Sylter Rätsel

Die illustrierte Leiche

Sylter Rätsel

Die illustrierte Leiche

Sina Marten ermittelt

Mara Tamen

Kapitel eins

Es war noch nicht lange her, dass der blasse Schimmer der Dämmerung vom Meer her über die schlafende Insel gekrochen war.

Ein kühler Morgennebel hing in den leeren Straßen von Westerland, die Stille wurde nur vereinzelt vom Ruf einer Möwe durchbrochen.

Ulf Bundis jedoch war an diesem Mittwochmorgen bereits unterwegs. Für den Besitzer von Bundis' Fischbude bedeutete jeder Mittwoch einen frühen Start, denn er musste seinen Stand für den Markttag vorbereiten.

Während der Saison fand der Markt vor dem Rathaus von Westerland nämlich nicht nur samstags, sondern zusätzlich auch mittwochs statt.

Er lenkte seinen Verkaufswagen, auf dessen Seite der große Schriftzug *Bundis' beste Fische* prangte, auf den Marktplatz. Wie so oft war er der Erste, der an seinem angestammten Standplatz parkte. Doch er wusste aus langjähriger Erfahrung, dass es nicht mehr lange dauern würde, bis seine Kollegen und Kolleginnen ankommen würden.

In einer halben Stunde wären die meisten damit beschäftigt, ihre Stände aufzubauen oder ihre Verkaufswagen herzurichten.

Ulf stieg aus seinem Wagen, zog den Reißverschluss seiner Jacke hoch, rückte seine Mütze zurecht. Auch im Juni war es so früh am Morgen unangenehm kühl. Doch der Wetterbericht versprach für den weiteren Tagesverlauf Sonne und angenehme Temperaturen.

Bundis' Gummistiefel verursachten ein leises,

quietschendes Geräusch auf dem feuchten Pflaster, als er um seinen Verkaufswagen herumging, um die Seite des Wagens zu öffnen, hinter der seine Verkaufstheke lag.

Er warf einen flüchtigen Blick zum Rathaus, diesem markanten, langgestreckten Gebäude, das mit seinen Türmchen, Giebeln und Bögen den Rathausplatz dominierte.

Ulf blinzelte. Da stimmte doch etwas nicht. Was war das, was da auf den Stufen vor dem Rathaus lag?

Hat da jemand etwa seinen Müll abgeladen?

Die Stirn in tiefe Furchen gelegt stapfte Ulf auf das Rathaus zu. Je näher er kam, desto sicherer wurde er sich, dass da ein großer Müllsack lag.

Doch dann blieb er abrupt stehen.

Nein, das kann nicht sein.

Ein Beben lief durch seinen Körper, ließ ihn zusammenfahren, wie ein plötzlicher heftiger Windstoß. Denn nun, da er bis auf wenige Meter herangekommen war, sah er, dass es sich nicht um einen großen dunklen Plastiksack handelte, sondern um einen Menschen.

Reglos lag der Körper quer über den Stufen, auf dem Rücken, die Arme leicht abgespreizt, die Beine geschlossen.

Ulf löste sich aus seiner Starre, tastete in der Jackentasche nach seinem Handy. Doch bevor er die Nummer der Polizei wählte, trat er noch einige Schritte näher an den Körper heran.

»Hallo?«, rief er. »Brauchen Sie Hilfe?«

Keine Antwort.

Die Art und Weise wie der Körper dalag, absolut regungslos in dieser unnatürlichen Haltung, ließ Ulf das Schlimmste befürchten.

Doch er wollte sich vergewissern, dass er nicht zuerst eine Ambulanz anrufen musste.

Einige weitere beherzte Schritte brachten ihn zu den Stufen, wo er erneut innehielt. Erneut blinzelte, weil er an seiner Sehkraft zweifelte.

Was um alles in der …?

Nun sah er, dass es sich um einen Mann handelte, denn der Körper war unbekleidet. Anstelle von Kleidung bedeckte Farbe die nackte Haut. Wie eine groteske Leinwand war der Mann von Kopf bis Fuß mit komplexen Darstellungen bemalt worden.

Ulfs Kehle schnürte sich zu, er schlug eine Hand vor den Mund.

Sind das Tätowierungen?

Er beugte sich ein wenig vor, sah, dass nicht einmal die Fußsohlen und Hände freigeblieben waren. Auf der linken Fußsohle konnte er merkwürdige Symbole ausmachen, auf der rechten eine kunstvolle Zeichnung.

Ulf stieg die Stufen empor, bis er auch das Gesicht des Mannes sehen konnte.

Er schnappte nach Luft. Auch vor Gesicht und Hals hatte der Künstler nicht Halt gemacht. Dicht an dicht reihten sich Symbole, Worte, Bilder, die für Ulf keinerlei Sinn ergaben.

Zögernd streckte er eine Hand aus, berührte den Mann an der Seite des Halses. Die Haut unter seinen Fingerspitzen war eiskalt.

Wer hat dir das angetan?

Ulf trat einen Schritt zurück, hätte auf den Stufen fast das Gleichgewicht verloren, ruderte mit den Armen.

Schwer atmend setzte er sich schließlich auf eine Stufe in sicherer Entfernung von der Leiche und zückte sein Handy. Dem toten Mann drehte er den Rücken zu, er hatte genug gesehen. Mehr als genug.

Mit zitternden Fingern wählte er die Nummer der Polizei.

***

»Wie spät ist es?«, fragte Sina mit belegter Stimme.

Das schrille Klingeln ihres Diensthandys hatte sie aus dem friedlichen Kokon des Schlafes gerissen, ihre verklebten Augen waren kaum in der Lage gewesen, den Namen des Anrufers vom Display abzulesen.

»Kurz vor sechs«, drang die Stimme ihrer Kollegin Maja an ihr Ohr. »Bernd und ich sind hier auf dem Rathausvorplatz. Einer der Marktstandbetreiber hat uns angerufen. Hier liegt eine Leiche vor dem Rathaus.«

Mit einem Ruck setzte Sina sich auf. »Eine Leiche vor dem Rathaus?«

»Ja, aber das ist noch nicht alles. Der Tote ... Ich weiß gar nicht, wie ich das beschreiben soll, das musst du dir selbst ansehen.«

Beunruhigt schwang Sina die Beine aus dem Bett und schlüpfte in ihre Hausschuhe. »Was meinst du?«

»Der Mann ist nicht nur seit Stunden tot und splitterfasernackt, den hat auch jemand über und über mit Zeichnungen und Symbolen vollgemalt. Wir dachten erst, das wären Tätowierungen, aber das ist Farbe. Schwarze Farbe.«

Sina, die bereits auf dem Weg ins Badezimmer war, blieb stockstarr stehen. »Die Leiche wurde bemalt?«

»Sogar das Gesicht, die Hände und die Fußsohlen. Muss ewig gedauert haben.«

Sina bedeckte die Augen mit der freien Hand. »Könnt ihr auf den ersten Blick erkennen, wie der Mann gestorben ist? Gibt es offensichtliche Verletzungen?«

»Nein, gar nichts. Soweit man das unter der ganzen Farbe überhaupt erkennen kann. Er liegt auch auf dem Rücken, wir sehen also nur die Vorderseite.«

Sina betrat das Bad, schaltete das Licht ein und zog die Tür hinter sich zu. Sie setzte sich auf den Rand der Badewanne. »Hast du von dem Fall in Flensburg gelesen? Dem Mord letzte Woche?«

Sie hörte, wie Maja scharf einatmete. »Ach, du liebes bisschen. Daran habe ich im ersten Schreck gar nicht gedacht.« Sie klang ein wenig entschuldigend, als sie weitersprach. »Wir waren so beschäftigt, Bernd und ich, wir mussten ja erst mal alles weitläufig absperren, weil doch um sieben der Markt losgehen sollte.«

Sina nickte. »Ja, das habt ihr auch gut gemacht. Haltet die Stellung, ich komme sofort. Fordere noch ein paar Kollegen von der Streife an, die euch bei der Sicherung des Tatortes helfen sollen, und ruf bitte auch Sven an. Um die Spurensicherung und den Rechtsmediziner kümmere ich mich.«

***

»Was ist denn passiert?«

Als Sina aus dem Bad kam, nachdem sie sich rasch die Zähne geputzt, das Gesicht gewaschen und alle erforderlichen Anrufe erledigt hatte, saß ihr Freund aufrecht im Bett und machte einen hellwachen Eindruck.

»Eine Leiche vor dem Rathaus«, meinte Sina und

ging zum Kleiderschrank, um sich anzuziehen.

»Klingt übel«, sagte Jan.

Sina zog sich ein T-Shirt über den Kopf und drehte sich um. »Tut mir leid, du musst heute die Morgenrunde mit Barney übernehmen.«

»Kein Problem.« Jan stand auf und ging in Richtung Badezimmer. »Der wird sich freuen, wenn es heute fast eine Stunde früher rausgeht als sonst.«

Trotz der furchtbaren Neuigkeiten und der Tatsache, dass sie am frühen Morgen zu einem Tatort eilen musste, stahl sich beim Gedanken an ihren Border Collie-Rüden ein Lächeln auf Sinas Gesicht.

Sie wusste genau, dass Barney sie mit größter Begeisterung begrüßen würde, sobald sie das Schlafzimmer verließ.

Der hat ja auch keine anderen Sorgen, als genug Auslauf und immer reichlich Futter zu bekommen. Der hat nicht so einen stressigen Job wie ich.

***

Die Insel schien noch tief und fest zu schlafen, als Sina sich auf den Weg nach Westerland machte. Auf der Straße herrschte kaum Verkehr, die meisten Touristen schliefen entweder noch oder saßen gerade beim Frühstück.

Als sie die Hauptstadt der Insel erreichte, erwachte der noch so junge Tag gerade zum Leben. Sie sah Lieferwagen, die Bäckereien, Lebensmittelläden und Restaurants belieferten, Busse, die Menschen zur Arbeit brachten und Schulkinder auf dem Weg zum Unterricht.

Auf dem Vorplatz des Rathauses hatten sich sogar schon einige Schaulustige hinter der Absperrung aus

Flatterband versammelt. Als Sina parkte und zielstrebig auf die Stufen vor dem Rathaus zuging, hörte sie Raunen und Murmeln hinter ihrem Rücken.

Nicht nur am Absperrband standen mehrere Kollegen in Uniform, auch auf der Treppe selbst befanden sich mehrere Polizisten. Sie bildeten einen lockeren Halbkreis um den auf dem Boden liegenden Toten. Dieser war zwischenzeitlich mit einer blauen Plane bedeckt worden.

»Wir wussten nicht so genau, was wir machen sollen, bis die Kollegen von der KT da sind«, sagte Maja leise, als Sina neben sie trat. »Wir wollten verhindern, dass Passanten mit dem Handy Fotos machen und die online stellen.«

Sina nickte. »Richtig gedacht.« Über die Schulter warf sie einen Blick zu den Schaulustigen, die die Hälse reckten und immer noch aufgeregt tuschelten.

Mit einer Handbewegung bedeutete Sina Maja und Bernd, die Plane so hochzuheben, dass sie einen Blick auf die Leiche werfen konnte, die Plane aber weiterhin als Sichtschutz diente.

Scharf sog Sina den Atem ein, als sie den Toten erblickte. Seine Haut war vollständig mit Zeichnungen bedeckt, der Täter hatte keinen Quadratmillimeter ausgelassen.

Sina ging in die Hocke und besah sich den Bauch des Mannes. Verschlungene Symbole rankten sich um einzelne Worte, eingerahmte Bilder von Gesichtern befanden sich neben Abbildungen karger Felslandschaften.

»Was um alles in der Welt soll das?«, murmelte Sina. Dann zog sie ihr Smartphone hervor und machte einige Fotos.

Sie stand wieder auf und sah sich suchend um.

»Wo ist eigentlich Sven?«

Maja zuckte die Schultern. »Wahrscheinlich noch unterwegs. Angerufen habe ich ihn.«

Sina sah kurz auf die Uhr, dann bedeutete sie den Kollegen, den Toten wieder mit der Plane zu bedecken.

Fürs Erste habe ich genug gesehen.

Sie entfernte sich ein Stück vom Fundort der Leiche und setzte sich auf die oberste Stufe vor dem Rathauseingang. Auf ihrem Smartphone startete sie eine Internetsuche nach einem Zeitungsartikel, den sie in der Vorwoche gelesen hatte.

Sie fand den Artikel problemlos, überflog ihn, um ihr Gedächtnis aufzufrischen und suchte dann nach neueren Artikeln über den aufsehenerregenden Mordfall, der Flensburg erschüttert hatte.

Zwei Tage nach dem Fund der Leiche war der Tote identifiziert worden. In der Zeitung wurde sein Name als Fabian N. angegeben. Er war fünfunddreißig Jahre alt geworden. Die Polizei hatte einen Aufruf gestartet, um mögliche Augenzeugen zu finden. Offenbar bis heute vergeblich, denn es gab keinerlei Presseberichterstattung über einen möglichen Ermittlungserfolg.

Sina schloss den Browser, sah sich die Fotos an, die sie gerade aufgenommen hatte.

Genau wie in Flensburg. Der Körper ist vollständig mit Bildern und Worten bedeckt.

Mit Daumen und Zeigefinger vergrößerte sie das Foto, das sie gerade betrachtete, versuchte, die Worte auf der Haut des Toten zu entziffern.

Steht da Apokalypse?

Ein Schauer lief ihr über den Rücken. Sie schluckte die in ihr aufsteigende Übelkeit hinunter, schloss die Fotos und öffnete die in ihrem Smartphone gespeicherte Kontakteliste.

Sina war mittlerweile seit einigen Jahren auf Sylt. Doch ursprünglich kam sie aus Flensburg. Dort war sie nicht nur aufgewachsen, dort hatte sie auch ihre Laufbahn bei der Polizei begonnen.

Nun suchte sie die Nummer ihrer alten Dienststelle heraus und wählte. Als am anderen Ende abgehoben wurde, holte sie tief Luft, nannte ihren Namen und brachte ihr Anliegen vor.

»Ich müsste mit dem Leiter der Ermittlungen in dem Mordfall Fabian N. sprechen. Wir haben gerade hier in Westerland ebenfalls eine männliche Leiche gefunden, deren Körper der Täter vollständig bemalt hat.«

***

Kurz nachdem Sina einige der Fotos, die sie von dem Toten gemacht hatte, nach Flensburg gemailt hatte, war Sven eingetroffen.

Zu Sinas großer Freude hatte er ihr einen Becher Kaffee mitgebracht, der dazu beigetragen hatte, ihre Müdigkeit zu vertreiben.

Während sie noch damit beschäftigt war, Sven auf den aktuellen Stand zu bringen, klingelte Sinas Handy. Es war Johannes Bente, der Ermittlungsleiter aus Flensburg.

Nach einer knappen Begrüßung kam er sofort zur Sache. »Die Art der Zeichnungen entspricht genau unserem Fall«, sagte er.

Sinas Herzschlag beschleunigte sich. »Sie meinen also, wir haben es mit demselben Täter zu tun?«

»Davon gehe ich aus. Ich schicke Ihnen meine

Kollegin Laura Jacobs. Sie wird Ihnen alles zu unserem bisherigen Ermittlungsstand mitteilen und Sie bei den Ermittlungen unterstützen.«

Laura Jacobs?

»Vielen Dank«, sagte Sina mechanisch. »Wann wird Frau Jacobs hier auf Sylt eintreffen?«

»In spätestens zwei Stunden«, gab Bente zurück. »Ich habe ihr Ihre Handynummer zur weiteren Abstimmung gegeben.« Er verabschiedete sich und beendete das Gespräch.

Einen Moment starrte Sina noch auf das Telefon in ihrer Hand.

Laura, ausgerechnet.

»Was ist denn los mit dir? Du schaust, als hättest du ein Magengeschwür.« Sven sah sie forschend an.

Sina lachte humorlos auf. »Magengeschwür.« Sie schüttelte den Kopf. »Passt irgendwie, der Vergleich.«

»Du sprichst in Rätseln.« Sven deutete in Richtung des weißen Zeltes, das die mittlerweile eingetroffenen Kollegen von der Spurensicherung über der Leiche errichtet hatten. »Mir reichen die Bilderrätsel auf der Leiche.«

Sina holte tief Luft. »Wir bekommen eine Kollegin aus Flensburg zur Unterstützung. Sie wird in ungefähr zwei Stunden hier sein.«

Sven legte den Kopf schräg. »Und? Das ist doch wunderbar. Wir können definitiv Hilfe gebrauchen. Und falls das derselbe Täter ist wie letzte Woche in Flensburg, macht es doch Sinn zusammenzuarbeiten. Oder etwa nicht?«

Seufzend nickte Sina. »Natürlich macht es Sinn. Es ist nur ...« Sie brach ab, ließ den Blick über die Szenerie vor ihren Augen wandern. Das Zelt der Spurensicherung, die Schaulustigen hinter dem Absperrband. Die Wagen der Marktstandbetreiber, die auf dem Vorplatz parkten, eine einzelne Möwe, die über das Straßenpflaster stakste.

»Ich kenne die Kollegin, die sie schicken«, sagte sie schließlich. »Wir haben früher, als ich noch in Flensburg war, an ein paar Fällen zusammengearbeitet.«

»Aha, daher weht der Wind«, meinte Sven. »Lass mich raten: Ihr könnt nicht gut miteinander.«

Erneut seufzte Sina. »Das ist noch untertrieben.«

»So schlimm?« Sven sah sie mit hochgezogenen Augenbrauen an.

»Ich komme einfach mit ihrer Art nicht klar«, sagte Sina vage. Eine ihrer Erinnerungen an Laura war, wie diese sie vor versammeltem Team bloßgestellt hatte, weil Sina bei einer Ermittlung nicht bereit gewesen war, ein ihrer Meinung nach zu großes Risiko einzugehen. Sie hatte auf Verstärkung gewartet, statt alleine vorzugehen. Dies hatte dazu geführt, dass ein Verdächtiger entkommen konnte.

Sina hatte richtig gehandelt, hatte sich an die Vorschriften gehalten. Dies hatte ihr auch ihr damaliger Vorgesetzter bestätigt. Trotzdem hatten sie Lauras Vorwürfe - auch wenn sie nicht gerechtfertigt gewesen waren - tief getroffen.

Sina schüttelte diese unangenehmen Erinnerungen an die ehemalige Kollegin ab. Auch wollte sie diese Erinnerungen nicht mit Sven teilen.

Hoffentlich klären wir diesen Fall schnell auf. Egal ob mit Lauras Hilfe oder ohne.

Doch die erste Hürde, der Sina sich gegenübersah, war die Identifizierung des Toten. Außer den rätselhaften Zeichnungen auf seinem Körper gab es keinerlei Anhaltspunkte. Keine Kleidung oder Schuhe, keine anderen Gegenständen, die in der Nähe der Leiche gefunden worden waren.

Im Moment war Dr. Gerhard Singer, der Rechtsmediziner, in dem Zelt, das aufgestellt worden war, damit die Leiche vor Blicken geschützt war und das Team in Ruhe seine Arbeit machen konnte.

»Ich hoffe, wir können den Toten bald identifizieren«, sagte sie. »Wie die Kollegen in Flensburg das bei ihrem Fall gemacht haben, wird die erste Frage sein, die ich Laura stelle.«

»Wahrscheinlich müssen wir - oder eher gesagt Singer und seine Assistenten - erst mal die ganze Farbe abmachen. Man kann ja das Gesicht überhaupt nicht erkennen unter dem ganzen Geschmiere«, meinte Sven.

Nachdenklich blickte Sina zu dem weißen Zelt hinüber. »Was das wohl für Farbe ist? Sah nicht gerade so aus, als sei sie einfach abwaschbar. Aber irgendein Lack ist es auch nicht.«

Sven zuckte mit den Achseln. »Da werden wir abwarten müssen, was die Spusi sagt.« Er drehte sich um. »Wir sollten zunächst mal überlegen, wie der Täter hierher gekommen ist, um den Toten abzulegen.«

»Wahrscheinlich mit einem Lieferwagen.« Sina deutete auf die wenigen Fahrzeuge der Marktleute, die noch geparkt waren. Die meisten Standbetreiber hatten sich, als sie die schlechten Neuigkeiten gehört hatten, sofort dazu entschlossen, den Rathausplatz wieder zu verlassen. Denn natürlich war ihnen klar, dass heute kein Markt mehr stattfinden würde.

Sven nickte. »Ein Lieferwagen vor dem Rathaus würde am frühen Mittwochmorgen überhaupt nicht weiter auffallen. Wenn den jemand sieht, würde er nur denken, das sei ein Marktstandbetreiber, der früh dran ist.«

Sina nickte. »Genau das meinte ich. Was aber bedeutet, dass der Täter sich in Westerland gut auskennt. Schließlich ist es ungewöhnlich, dass ein Markt an einem Wochentag stattfindet.«

»Der Markt findet ja auch nur während der Saison mittwochs statt«, sagte Sven. »Du hast recht, es muss jemand sein, der sich hier gut auskennt.« Er sah Sina stirnrunzelnd an. »Wo wurde die Leiche in Flensburg gefunden?«

»Das weiß ich nicht so genau, das stand in den Zeitungsartikeln, die ich gelesen habe, nicht drin. Irgendwo in der Altstadt.« Sina zog ihr Smartphone hervor und öffnete die Notiz-App. Sie schrieb sich eine kurze Gedächtnisstütze, dass sie Laura auch danach fragen wollte, ob die Flensburger Leiche in der Nähe eines Marktplatzes gefunden worden war.

»Singer ist fertig«, sagte Sven, während Sina noch auf das Display ihres Handys konzentriert war.

Sie blickte hoch und tatsächlich kam der Gerichtsmediziner mit energischen Schritten auf sie zu.

»Wie sieht's aus?«, begrüßte Sven ihn.

Singer schüttelte den Kopf. »Zur Todesursache kann ich leider noch absolut nichts sagen. Ich konnte keine offensichtlichen Verletzungen erkennen, aber natürlich kann es sein, dass sich unter der ganzen Farbe etwas verbirgt. Die Obduktion werden wir damit beginnen müssen, diese Farbe zu entfernen.«

Er hob eine Hand, wie um Sina und Sven davon abzuhalten, Einwände vorzubringen. »Natürlich werden diese bizarren Bilder und Schriftzüge vorher akribisch abfotografiert.«

Erneut schüttelte er den Kopf. »Es ist wirklich unglaublich. Ich konnte keinen einzigen freien Quadratzentimeter Haut entdecken. Die Fußsohlen, zwischen den Fingern, hinter den Ohren. Ich wette, der Mann hatte keine Glatze, die hat ihm der Täter rasiert.«

Bei dem Gedanken daran, dass der Mörder dem unbekannten Toten erst die Haare abrasiert hatte, lief Sina erneut ein Schauer über den Rücken.

Das ist albern. Die Haare abrasieren war ja nun das Harmloseste, was er mit ihm gemacht hat.

»Wie sieht es mit dem ungefähren Todeszeitpunkt aus?«, fragte sie rasch, um sich von ihren unangenehmen Gedanken abzulenken.

»Die Körpertemperatur liegt nur noch knapp über neunundzwanzig Grad, die Leichenstarre ist voll ausgeprägt. Ich würde sagen, er starb vor acht bis zehn Stunden.«

Sina hob die Hand, in der sie noch ihr Smartphone hielt. Es war mittlerweile kurz vor neun Uhr. »Also zwischen dreiundzwanzig und ein Uhr.«

Singer nickte. »Von mir aus kann die Leiche abtransportiert werden. Ich kläre nur noch schnell, ob ich die Obduktion hier auf Sylt vornehmen kann oder ob dies in Flensburg geschehen soll.«

Sina sah dem Rechtsmediziner hinterher, der auf sein Auto zuging und dabei das Handy aus der Jackentasche zog.

»Dann wollen wir mal sehen, ob die Spurensicherung etwas gefunden hat«, meinte sie und richtete ihren Blick wieder auf Sven.

Der verzog das Gesicht und legte eine Hand auf den Bauch. »Sind wir dann hier fertig?«

»Geht es dir nicht gut?«, fragte Sina besorgt.

Sven winkte ab. »Nein, nein, alles okay. Nur ein

wenig Bauchweh. Ich hätte wahrscheinlich den Kaffee nicht auf nüchternen Magen trinken sollen.«

Er deutete auf das weiße Zelt. »Wollen wir?«

Sina nickte und folgte ihrem Kollegen.

***

Adrian Winkler, der Leiter des Spurensicherungsteams, hatte keine guten Neuigkeiten für Sina und Sven gehabt. An der Leiche und in deren unmittelbarer Umgebung hatten er und seine Mitarbeiter keine offensichtlichen Spuren gefunden.

Die ganzen Hoffnungen des Ermittlerteams ruhten nun darauf, dass sich an dem Toten selbst DNA- oder Faserspuren seines Mörders finden würden.

Damit keine Spuren verlorengehen oder aus Versehen zerstört werden konnten, war die Leiche sorgfältig in eine Plastikplane gewickelt worden, bevor sie in den Leichensack gelegt worden war.

Mittlerweile hatte auch Dr. Singer abgeklärt, dass er die Obduktion im Krankenhaus von Westerland durchführen würde, also war der Tote dorthin gebracht worden.

Sina und Sven waren zu Fuß zum Revier gegangen, wo sie ihr weiteres Vorgehen besprechen wollten. Unterwegs hatte Sina einen kleinen Abstecher in eine Bäckerei gemacht, um sich etwas für ein verspätetes Frühstück zu kaufen.

Sven hatte ihr Angebot, ihm etwas mitzubringen, abgelehnt. »Ich habe keinen Hunger«, meinte er.

Dies hatte Sina mit Verwunderung zur Kenntnis genommen, denn sonst war Sven meistens der Erste, wenn es darum ging, versäumte Mahlzeiten nachzuholen.

Vielleicht hat ihm der Anblick des Toten auf den Magen geschlagen, dachte sie, während sie in ihr belegtes Brötchen biss.

»Unser Hauptaugenmerk muss natürlich darauf liegen, den Mann schnellstmöglich zu identifizieren«, sagte Sven. Er stand in Sinas Büro vor der großen Wandtafel und schrieb mit einem Marker *unbekannte männliche Leiche* oben in die Mitte der Tafel.

»Wir müssen auch den Mann befragen, der den Toten gefunden hat«, sagte Sina kauend. »Wie hieß der noch gleich?«

Sie legte das Brötchen beiseite und sah in der Notiz-App ihres Smartphones nach. »Ulf Bundis. Ich fürchte allerdings, der wird nichts gesehen haben, was uns weiterhilft. Das kann Maja übernehmen.«

Sven nickte. »Ich denke auch, dass der Tote dort schon eine Weile gelegen hat.« Er schrieb erneut etwas an die Wandtafel: *Todeszeitpunkt zwischen 23 und 1 h.*

Dann legte er den Marker beiseite und setzte sich Sina gegenüber auf den Besucherstuhl. »Ich bin gespannt, was die Kollegin vom Festland zu sagen haben wird.«

Sina schob sich den letzten Bissen ihres Frühstücks in den Mund und nickte.

Ich auch.

***

»Ihr konntet nicht warten? Ihr wusstet doch, dass ich schon unterwegs bin.« Laura Jacobs stand mit in die Hüfte gestützten Händen vor Sinas Schreibtisch. Ihre stahlgrauen Augen sahen Sina durchdringend an.

Sina zuckte die Achseln. »Wir haben Fotos. Das

wird doch wohl reichen.« Sie versuchte, sich äußerlich gelassen zu geben, doch in ihrem Inneren kochte es. Es war noch keine fünf Minuten her, dass Laura Jacobs eingetroffen war und schon standen sie miteinander auf Kriegsfuß.

Kein guter Start.

»Ich hätte den Toten natürlich gerne am Fundort in der Auffindesituation gesehen. Nicht nur auf Fotos.« Laura warf beide Hände in die Luft. »Wann ist denn die Obduktion?«

»Heute Nachmittag um vier. Dr. Singer hat mich gerade angerufen.«

Kopfschüttelnd zog Laura sich den Besucherstuhl heran und ließ sich darauf fallen. Mit beiden Händen fuhr sie durch ihre ungezähmt über die Schultern fallenden braunen Locken. »Es war also nicht so, dass der Abtransport geeilt hätte.«

Sina kniff die Augen zusammen. Lauras ganze Art ging ihr jetzt schon gehörig gegen den Strich. »Doch, schon. Wie du ja sicherlich schon weißt, wurde die Leiche auf den Stufen vor dem Rathaus gefunden. Da standen sogar am frühen Morgen schon sehr viele Schaulustige herum. Wir wollten kein Spektakel für die halbe Insel aufführen. Also, ja - es war eilig.«

»Wie auch immer«, murmelte Laura. Sie bückte sich und zog die Reisetasche zu sich heran, die sie nach Betreten von Sinas Büro auf dem Fußboden abgestellt hatte.

Sie holte einen Aktenordner hervor und legte ihn auf der Tischplatte ab. »Das ist unsere illustrierte Leiche.«

Sina zuckte aufgrund der Ausdrucksweise, die sie als respektlos empfand, zusammen, griff jedoch nach dem Ordner, während Laura erneut abtauchte.

Als Sina die Fotos aus dem Ordner nahm, stellte Laura einen schmalen Laptop auf den Schreibtisch. »Die digitale Ermittlungsakte ist hier drauf.«

Sina breitete die Fotos auf ihrer Tischhälfte aus. Auf den ersten Blick sah sie, dass die Zeichnungen und Schriftzüge auf dem Körper des Flensburger Mordopfers denen glichen, die sie vor wenigen Stunden auf den Stufen vor dem Rathaus gesehen hatte.

»In der Zeitung stand, das Opfer hieß Fabian N.«, sagte sie. »Wie war denn sein voller Name? Und wie konntet ihr ihn identifizieren?«

Laura tippte etwas auf der Tastatur ihres Laptops, dann drehte sie ihn so, dass Sina den Bildschirm sehen konnte. »Fabian Neumann, fünfunddreißig Jahre alt. Wir haben es erst über seine Fingerabdrücke versucht, aber die waren nicht in der Datenbank. Vor der Obduktion haben die Rechtsmedizinerin und ihr Assistent fast zwei Stunden lang geschrubbt, um all die Farbe abzukriegen. Da haben wir dann auch Fotos vom Gesicht gemacht.«

Sina atmete scharf ein. »Habt ihr die Fotos öffentlich gemacht?«

Laura winkte ab. »War zum Glück nicht nötig. Am Abend des Tages, an dem die Leiche gefunden wurde, meldete sich eine Frau bei uns. Sie sagte, sie könne ihren Freund nicht erreichen und sei äußerst beunruhigt. Sie hatte von dem Leichenfund gehört.«

»Die Freundin hat ihn dann identifiziert?«

»Genau. Wir haben ihr erst eines der Fotos gezeigt. Anhand des Fotos war sie sich schon sehr sicher, dass es sich um Fabian Neumann handelte. Das bestätigte sie dann nach einem Besuch im Leichenschauhaus.«

Sina tippte auf eines der vor ihr liegenden Fotos.

»Du hast gesagt, es sei schwer gewesen, die Farbe abzuwaschen. Was war es denn für eine Farbe?«

»Acrylfarbe.« Laura verdrehte die Augen. »In jedem Bastelladen für ein paar Euro zu bekommen. Aber höllisch schwer von menschlicher Haut runterzukriegen. Ich habe gehört, eine Methode wäre, die Haut mit warmem Seifenwasser einzuweichen, aber das wollte die Rechtsmedizinerin nicht. Nachdem alle Spuren von der Hautoberfläche gesichert worden waren, wurde die Haut Stück für Stück mit Öl eingerieben, um die Farbe zu lösen.«

Sina mochte sich diese Arbeit, die nun auch Dr. Singer bevorstand, überhaupt nicht vorstellen. »Was war dann das Ergebnis der Obduktion? Wie ist Neumann gestorben?«

»Er wurde erstickt«, sagte Laura. »Höchstwahrscheinlich mit einem Kissen oder ähnlichen Gegenstand. Du kannst nachher in Ruhe den Obduktionsbericht lesen. Ich habe alles dabei.«

Sina nickte und machte sich eine Notiz. Kurz bevor Laura eingetroffen war, hatte sie ein neues Notizbuch angefangen. Darin standen bisher nur die mageren Fakten, die Sven auch bereits auf der Wandtafel notiert hatte.

»Abgesehen von der Bemalung gibt es an der Auffindesituation Ähnlichkeiten zu unserem Toten?«, wollte Sina wissen. »Wurde Neumann auch frühmorgens gefunden? Von wem? Und wo?«

Laura hob eine Hand und zählte die Antworten an den Fingern ab. »Erstens: Ja, er wurde morgens um sechs gefunden. Zweitens: Von einer Frau, die auf dem Weg zur Arbeit war. Drittens: In der Flensburger Altstadt.«

»Wo genau da? Nicht zufällig in der Nähe des Südermarktes?«

Auf dem Flensburger Südermarkt fand zwei Mal die Woche der älteste Markt Schleswig-Holsteins statt. Im Gegensatz zu Westerland befand sich dort allerdings nicht das Rathaus, sondern die größte Kirche Flensburgs, St. Nikolai.

Laura verstand offenbar, worauf Sina hinauswollte. »Nein, auch nicht auf dem Rathausplatz oder auf dem Nordermarkt.«

Sie zog den Laptop wieder zu sich heran, und wischte kurz auf dem Trackpad herum, klickte, dann zeigte sie Sina wieder den Bildschirm.

Darauf war nun ein Ausschnitt aus dem Stadtplan von Flensburg zu sehen. »Die Leiche lag auf den Stufen vor dem Stadttheater.«

Sina beugte sich vor. »Das Theater befindet sich in der Rathausstraße. Auch wenn das Rathaus mittlerweile ganz woanders liegt, vielleicht hat das etwas zu bedeuten.«

»Erscheint mir eher unwahrscheinlich«, meinte Laura. »Was die Person unseres Toten angeht: Er war freiberuflicher Künstler und wohnte in Neustadt, also nicht allzu weit, nur ungefähr zwei Kilometer vom Fundort entfernt.«

»Künstler?« Sina sah ihre Kollegin fragend an. »Könnte die Körperbemalung etwas mit seiner Arbeit zu tun haben?«

»Allerdings.« Laura lehnte sich zurück, verschränkte die Arme und grinste Sina an. »Er hat Graphic Novels gezeichnet.«

»Ein Comiczeichner?« Sina konnte ihre Überraschung nicht verbergen. Sie nahm eines der Fotos zur Hand, das eine Großaufnahme der Brust des Toten zeigte. »Darum sind einige der Bilder von rechteckigen oder quadratischen Rahmen umgeben«, sagte sie. »Der Täter hat Bezug auf Neumanns Arbeit genommen.«

Laura zuckte die Achseln. »Kann sein. Wir tappen aber komplett im Dunkeln, was das Mordmotiv angeht. Auch was einen Verdächtigen angeht, absolute Fehlanzeige. Wir haben das soziale Umfeld von Neumann akribisch durchleuchtet, aber keinerlei Anhaltspunkte gefunden. Wir waren bereits an einem Punkt angelangt, an dem wir einfach nicht mehr weiterwussten.«

Sie deutete auf Sinas PC. »Bis heute morgen dein Anruf kam. Zeig mir doch mal die Fotos von eurem Toten.«

Sina öffnete den Ordner, in dem die Fotos gespeichert waren, drehte den Bildschirm so, dass auch Laura darauf sehen konnte, und schob ihrer Kollegin die Maus zu.

Langsam klickte Laura sich durch die Bilder, hielt ab und zu inne, um sich Details genauer anzusehen. Einmal hielt sie eines ihrer mitgebrachten Fotos neben den Bildschirm.

»Die Bemalung ist ähnlich, aber nicht identisch«, sagte sie schließlich. »Der Stil ist aber eindeutig derselbe.«

»Wie sieht es mit den Schriftzügen aus? Ich hatte noch nicht die Zeit, alles zu entziffern. Habt ihr eine Liste aller Wörter und Begriffe angefertigt, die sich auf Neumanns Leiche fanden?«, fragte Sina.

»Ja, haben wir. Moment.« Laura beschäftigte sich kurz wieder mit dem mitgebrachten Laptop.

Die Liste, die sie Sina schließlich zeigte, war nicht allzu lang.

»Es sind genau dreiundzwanzig Wörter«, teilte sie

Sina ungefragt mit. »Keine Wiederholungen, ungleichmäßig über den Körper verteilt. Die Liste ist alphabetisch sortiert.«

»Ich werde einen Kollegen bitten, eine solche Liste auch für unseren unbekannten Toten anzufertigen«, meinte Sina. »Dann können wir vergleichen, ob es Übereinstimmungen gibt.«

»Falls du jetzt hoffst, dass der Täter eine Botschaft hinterlassen hat, muss ich dich enttäuschen«, sagte Laura. »Wir haben uns an dieser Wörtersammlung bereits die Zähne ausgebissen. Es scheint sich einfach nur um eine Auswahl von Begriffen zu handeln, die in Comics oder Graphic Novels häufig vorkommen. Da gab es zum Beispiel auch Lautmalereien wie *Ticktack*, *Boing* oder *Bumm*, teilweise mit Ausrufezeichen versehen.«

Laura blätterte die mitgebrachten Fotos durch und zeigte Sina schließlich eines, auf dem das Wort *Bumm* in Großbuchstaben, von Zacken umgeben, deutlich zu erkennen war.

»Auf unserer Leiche konnte ich das Wort *Apokalypse* entziffern«, sagte Sina und wandte sich wieder der Liste zu.

»Stand auch auf Neumanns Haut«, meine Laura prompt. »Ich kann diese Wörter mittlerweile auswendig.«

Nachdenklich las Sina die gesamte Liste durch, dann schob sie den Laptop beiseite. »Eine andere Frage, die ich mir bereits gestellt habe, ist, wie lange der Täter wohl für seine Zeichnungen gebraucht hat.«

»Darüber haben wir natürlich auch nachgedacht«, sagte Laura. »Die Haut eines Menschen hat eine Größe von ungefähr zwei Quadratmetern. Wir gehen natürlich davon aus, dass das Opfer sich nicht wehren konnte, weil er zum Beispiel gefesselt oder bewusstlos war. Es kommt dann zum einen darauf an, wie geübt der Täter ist und wie detailliert und komplex die Zeichnungen sind.«

Sie verzog das Gesicht. »Ich wollte ja einige Künstler befragen, ihnen die Zeichnungen zeigen, aber ich wurde überstimmt. Stattdessen wurde bei der Beantwortung dieser Frage künstliche Intelligenz zu Hilfe genommen. Das Ergebnis fand ich alles andere als zufriedenstellend. Je nach Komplexität der Zeichnungen zwei bis sechzehn Stunden. Also eine Riesenspanne. Die Antwort war aber immerhin in drei Segmente unterteilt. Das höchste Schätzungssegment von acht bis sechzehn Stunden bezog sich auf sehr detaillierte und komplexe Zeichnungen.«

Laura tippte auf das vor ihr liegende Foto. »Das ist hier meiner Meinung nach nicht gegeben. Ich würde sagen, das hier ist ein moderater Detailgrad. Dafür setzte die KI vier bis acht Stunden an.«

»Immer noch eine lange Zeitspanne«, meinte Sina. »Selbst wenn der Täter sehr schnell gearbeitet hat, bedeutet das, unser Opfer muss zumindest noch gelebt haben, als der Täter mit dem Malen anfing. Denn laut Dr. Singer starb er zwischen dreiundzwanzig und ein Uhr. Gefunden wurde er um halb sechs Uhr morgens.«

Laura nickte. »Ein ähnliches Bild stellte sich bei uns dar. Der Täter musste ja auch warten, bis die Farbe vollständig getrocknet war, bevor er das Opfer bewegte, um weiterzumalen. Wir sind uns auch sicher, dass der Täter Neumann erst tötete, nachdem er mit der Bemalung fertig war.«

Sina blickte Laura an. »In einem Punkt scheinen wir uns also einig zu sein. Es ist derselbe Täter.«

»Daran besteht für mich keinerlei Zweifel«, sagte Laura. Sie sah auf ihre Armbanduhr. »Mal sehen, was die Obduktion erbringt. Ich bin gespannt, ob der Unbekannte auf dieselbe Weise getötet wurde wie Neumann.«

Sina nickte. Sie war sich fast sicher, dass Dr. Singer später am Nachmittag zu genau diesem Ergebnis kommen würde.

***

Sina brütete über den Zeichnungen, welche die Körper der beiden Toten bedeckt hatten, vergrößerte sie ausschnittsweise, versuchte zu erkennen, was auf den Bildern zu sehen war, und notierte alle Worte, die sie entziffern konnte, in ihrem Notizbuch.

Laura saß ihr immer noch gegenüber und arbeitete an ihrem Laptop. Sie hatten schon seit einiger Zeit kein Wort mehr miteinander gewechselt.

Solange sie still ist, geht es ja. Aber wenn wir von der Obduktion zurückkommen, werde ich sie in einem anderen Büro platzieren. Haben wir irgendwo einen freien Schreibtisch?

Sina studierte das letzte Foto der Sylter Leiche. Auf einer der Zeichnungen waren mehrere menschliche Gestalten zu sehen, die in einer kargen Felslandschaft standen. Eine der Gestalten hatte einen Arm erhoben und schien auf etwas zu deuten.

Sina vergrößerte das Bild so weit es ging, doch eine tiefere Bedeutung oder gar eine verborgene Botschaft konnte sie nicht erkennen.

Einen Seufzer unterdrückend schloss sie den Fotoordner.

Handelt es sich um Comiczeichnungen, die der

Täter ersonnen hat, oder hat er Illustrationen nachgemalt, die von Fabian Neumann stammen?

Einer spontanen Eingebung folgend, öffnete Sina den Internetbrowser und navigierte zu einem Online-Buchhändler. Sie gab den Namen Fabian Neumann in das Suchfeld ein.

Die Ergebnisliste umfasste mehrere Titel, die Sina sich nach Beliebtheit sortieren ließ. Ganz oben landete ein Buch namens *Die Dunkelheit erwacht*. Dabei handelte es sich um den ersten Band der Serie *Asche und Schatten*.

Sina sah sich die Detailseite dieser Serie an. Bislang waren fünf Bücher in dieser Reihe veröffentlicht worden. Sie überflog die Titel, die auf *Die Dunkelheit erwacht* folgten: *Aufstand der Mutanten*, *Der Kampf um die letzte Oase*, *Geheimnisse der Vergangenheit* und *Das Erwachen einer neuen Hoffnung*.

Nachdenklich lehnte sie sich zurück. Unter den Hautbildern waren einige gewesen, die seltsame, monsterartige Wesen zeigten. Sollten das Mutanten sein?

Sie klickte das Cover von Band drei an, sah, dass es eine kostenlose Leseprobe gab und öffnete diese. Rasch klickte sie sich durch die in der Vorschau verfügbaren Seiten, konnte jedoch auf die Schnelle nichts erkennen, was sie an die Bilder auf der Haut des Mordopfers erinnerte.

Das ist eine Arbeit, für die ich mehr Zeit aufwenden muss. Außerdem müsste ich das ganze Buch durchsehen.

Sie hatte das Ende der Leseprobe erreicht und ging zurück zum Klappentext.

Als eine Gruppe von Überlebenden eine geheimnisvolle Einrichtung entdeckt, die von den Machern der Katastrophe zurückgelassen wurde, werden sie mit mutierten Kreaturen und genetisch modifizierten Monstern konfrontiert, die aus den Überresten der alten Welt hervorgegangen sind.

Sina verzog den Mund. *Nicht gerade aussagekräftig.*

Sie scrollte ein wenig tiefer, bis sie zu den Bewertungen von Lesern kam. Sie überflog einige Rezensionen, in denen begeisterte Leser von großartigem Weltenbau und lebensechten Charakteren schwärmten.

Genau so stelle ich mir eine dystopische Gesellschaft nach der Apokalypse vor, hatte einer dieser Leser geschrieben, der dem Buch fünf Sterne gegeben hatte.

Sina verharrte bei dem Wort *Apokalypse*. *Das passt zu unserer Leiche.*

Sie trommelte kurz mit den Fingern auf die Tischplatte. Dann beugte sie sich kurzentschlossen wieder vor und kaufte alle fünf Bände im e-Book-Format.

Da spanne ich Jan ein. Der liest das sicher gerne.

Nachdem sie den Kauf abgeschlossen hatte, erschien eine Bestellbestätigung auf ihrem Bildschirm. Erst jetzt fiel ihr auf, dass nicht nur ein Name als Autor angegeben war.

Wieso habe ich das nicht gleich gesehen?

Sie öffnete eine Anwendung zum Lesen von e-Books und sah sich das Cover von *Die Dunkelheit erwacht* genauer an.

Tatsächlich standen die beiden Namen in relativ kleiner Schrift ganz unten auf dem Titelbild, das von einer Zeichnung und den Titeln der Serie und des Buches in großen, plakativen Buchstaben beherrscht wurde.

Fabian Neumann und Luca Christensen.

»Luca Christensen«, sagte sie laut.

Laura blickte von ihrem Laptop auf.

»Ich sehe gerade, dass Fabian Neumann einen Co-Autor hatte«, meinte Sina.

»Ja, stimmt. Den haben wir letzte Woche auch befragt. Konnte uns nicht weiterhelfen. Der Mörder kann er auch nicht sein, er hat ein Alibi.«

»Das meinte ich gar nicht«, sagte Sina.

Ein wenig verdutzt sah Laura sie an, doch dann malte sich Verstehen auf ihren Zügen ab. »Oh, du glaubst ...?«

Sina legte die Finger auf die Tastatur und startete eine weitere Onlinesuche. »Luca Christensen könnte unser zweiter Toter sein.«

***

Sina hatte die weiteren Recherchen zu Luca Christensen Sven überlassen, denn es war an der Zeit gewesen, sich gemeinsam mit Laura auf den Weg ins Krankenhaus von Westerland zu machen.

Pünktlich um sechzehn Uhr fanden sie sich in dem Raum ein, in dem Dr. Singer die Obduktion vornehmen würde.

»Wir sind gerade erst damit fertig geworden, den Körper zu säubern«, erklärte Singer nach einer kurzen Begrüßung. »Es war ziemlich harte Arbeit, die ganze Farbe zu entfernen. Zum Glück konnte mir meine Kollegin, die sich letzte Woche um die Leiche in Flensburg gekümmert hat, einige Tipps geben.«

Er schüttelte den Kopf und deutete auf einen in der Ecke stehenden Abfalleimer. »Wir haben drei Flaschen Babyöl verbraucht.«

Dieses Detail interessierte Sina nicht sonderlich. Sie trat auf den stählernen Sektionstisch zu und musterte den Leichnam, der darauf lag, nackt und unnatürlich bleich unter dem grellen Licht.

Singer und sein Assistent hatten wirklich ganze Arbeit geleistet. Nicht einmal der kleinste Rest Farbe war zurückgeblieben, sodass Sina sich nun erstmals einen Eindruck verschaffen konnte, wie der Tote ausgesehen hatte.

Auf der Website des Verlages, der die Graphic Novel-Reihe herausbrachte, hatte sie ein Foto gefunden, dass Luca Christensen gemeinsam mit Fabian Neumann zeigte. Dieses hatte sie ausgedruckt und mitgebracht.

Das Foto in der Hand ging Sina an das Kopfende des Sektionstisches, Laura folgte ihr auf dem Fuße. Die Augen des Toten waren geschlossen, blau schimmerten Adern durch die dünne Haut der Lider. Durch den glattrasierten Kopf wirkte die Stirn des Mannes unnatürlich hoch.

Sina bemerkte eine kleine Verletzung ein Stück über der linken Schläfe. Sie sah aus wie ein Schnitt, der beim Rasieren entstanden sein könnte.

»Keine besonderen Kennzeichen wie Narben oder Tätowierungen«, sagte Dr. Singer, der neben Sina und Laura stand.

Sie streckte die Hand aus und hielt das Foto direkt neben das Gesicht des Toten. »Könnte das derselbe Mann sein?«

Singer rückte seine Brille zurecht und beugte sich ein wenig vor. »Die Form des Mundes ist auf dem Foto nicht gut zu erkennen, da der Mann lächelt. Aber die Nase sieht zumindest ähnlich aus.«

Mit einer behandschuhten Hand deutete er auf

das Foto. »Schade, dass man die Ohrläppchen nicht sehen kann.«

Ein wenig verwirrt sah Sina den Gerichtsmediziner an.

»Ohrläppchen sind ein sehr gutes Erkennungsmerkmal, weil man sie nicht verändern kann«, erklärte Dr. Singer.

Sina wandte sich an Laura. »Was meinst du?«

»Ich war zwar nicht diejenige, die Christensen letzte Woche befragt hat, aber für mich ist er das«, ließ Laura sich vernehmen. Sie wandte sich an Singer. »Welche Augenfarbe hat der Tote?«

»Graublau.«

Laura tippte auf das Foto, das Sina immer noch in der Hand hält. »Man kann die Farbe seiner Augen nicht gut erkennen, aber braun sind sie auf jeden Fall nicht.«

Sina nickte und trat einen Schritt beiseite, um das Foto abzulegen. Sie wollte es nicht während der gesamten Obduktion in der Hand halten.

»Gut, dann können wir anfangen«, sagte sie und zog ihren Mundschutz über Mund und Nase.

***

Die Obduktion hatte tatsächlich ergeben, dass der Tote genau wie Fabian Neumann eine Woche zuvor erstickt worden war.

»Abwehrverletzungen gab es keine, aber an Hand- und Fußgelenken Spuren, die darauf hindeuten, dass er eine Zeitlang gefesselt war«, sagte Sina, die Sven in dessen Büro über die neusten Erkenntnisse informierte.

»Wahrscheinlich war er gefesselt, als der Täter

seine Malarbeiten durchführte«, meinte Sven. Er deutete auf seinen Computer. »Während ihr bei der Obduktion wart, habe ich mehr Informationen über Luca Christensen zusammengetragen. Er ist vierunddreißig Jahre alt und ein waschechter Sylter. Seine Eltern leben in List. Gemeldet ist er allerdings in Flensburg, dort lebt er wohl allein. Er ist nicht verheiratet.«

Sina, die den Besucherstuhl neben Sven gezogen hatte, holte ihr Smartphone hervor und suchte eines der Fotos heraus, die sie vom Gesicht des Toten bei der Obduktion gemacht hatte. »Ich gehe davon aus, du hast noch mehr Fotos von Christensen gefunden?«

»Klar, hab ich.« Sven hantierte kurz mit der Maus. Mehrere Fotos erschienen auf dem Bildschirm.

Sina hielt ihm ihr Smartphone hin. »So sieht er ohne die Farbe im Gesicht aus.«

Kurz betrachtete Sven das Foto, dann vergrößerte er eines der Bilder auf seinem Monitor. »Also, wenn man sich auf deinem Foto die Haare dazu denkt ... Für mich ist Luca Christensen unser Toter.«

Er deutete auf den Bildschirm. »Die Nase und der Mund passen. Das Kinn sieht etwas anders aus, aber das wird an der Leichenstarre liegen.«

Sina verglich die beiden Fotos. »Du hast recht. Ich denke auch, dass er das ist. Dann müssen wir wohl als Nächstes die Eltern befragen.«

Sven lehnte sich in seinem Bürostuhl zurück und atmete hörbar aus. »Meinst du, das könntest du gemeinsam mit Laura erledigen?« Er legte eine Hand auf seinen Bauch. »Ich habe immer noch diese komischen Bauchschmerzen.«

Besorgt sah Sina ihren Kollegen an. »Wie geht es

dir sonst? Tut dir nur der Bauch weh oder hast du noch andere Beschwerden?«

»Hm ja, so eine unterschwellige Übelkeit«, meinte Sven. »Ich hab vorhin schon mal einen Cousin angerufen, der Arzt ist. Er meinte, ich solle nach Dienstschluss vorbeikommen.«

Sina sah auf die Uhr. Es war bereits nach siebzehn Uhr. »Weißt du was? Mach für heute Schluss, lass dich untersuchen. Ich hoffe, es ist nichts Ernstes.«

»Danke«, sagte Sven. »Das hoffe ich auch.« Er gestikulierte in Richtung seines PCs. »Ich habe die Fotos schon in die elektronische Ermittlungsakte gestellt. Du hast also problemlos Zugriff darauf. Soll ich dir noch was ausdrucken?«

»Nein, nein, das mache ich selbst, falls ich etwas brauche. Schau du, dass du möglichst schnell zum Arzt kommst.« Sina stand auf. »Ich schicke dir eine SMS oder rufe an, falls die Eltern Christensen identifizieren.«

»Ja, bitte, tu das. Das interessiert mich natürlich brennend.

***

Nach einer kurzen Vorbesprechung waren Sina und Laura nach List aufgebrochen, um sich mit dem Ehepaar Christensen zu unterhalten.

Werner und Ann-Marie Christensen lebten in der Nähe des Zentrums von List in einer Doppelhaushälfte mit roter Backsteinfassade und abgeschrägtem Dach. Eine hohe Hecke schützte das Haus zumindest teilweise vor Blicken.

Als Sina vor dem Haus parkte, war es kurz nach achtzehn Uhr.

»Hoffentlich stören wir nicht beim Abendessen«, meinte sie, als sie sich abschnallte.

Laura verdrehte die Augen. »Wenn der Tote ihr Sohn ist, wird das ihr geringstes Problem sein.«

Nun musste Sina ihrerseits an sich halten, nicht ebenfalls mit den Augen zu rollen. Lauras unsensible Art ging ihr gehörig gegen den Strich.

Aber das ist ja nichts Neues.

Ohne ein weiteres Wort stieg Sina aus und ging auf das niedrige weiße Gartentor zu. Sie durchquerte den kleinen Vorgarten und vergewisserte sich, dass der richtige Name auf dem Klingelschild stand, bevor sie die Klingel betätigte.

Der Mann, der ihnen die Haustür öffnete, trug ein weites Leinenhemd und beige Cordhosen. Sina wusste bereits, dass er Mitte sechzig war, doch durch sein noch dunkles Haar, das nur an den Schläfen angegraut war, und seinen freundlichen, offenen Blick wirkte er deutlich jünger.

Nachdem Sina sich selbst und Laura vorgestellt hatte, sah Werner Christensen sie fragend an. »Geht es um Fabian?«

Sina tauschte einen raschen Blick mit Laura. »Könnten wir das vielleicht drinnen besprechen?«, fragte sie dann. »Es wird ein wenig länger dauern.«

»Aber ja, kommen Sie herein.« Herr Christensen wirkte leicht beunruhigt, als er einen Schritt zurücktrat, um sie einzulassen.

Der Hausflur war in einem sanften Hellgrün gestrichen und wurde von einem antiken Sideboard dominiert, auf dem das moderne schnurlose Telefon in seiner Basisstation wie ein Fremdkörper wirkte.

»Ist Ihre Frau auch daheim?«, fragte Sina. »Wir würden gerne mit Ihnen beiden sprechen.«

Werner Christensen nickte. »Ann-Marie ist im Wohnzimmer, kommen Sie.«

Sina folgte ihm, Laura bildete das Schlusslicht.

Im Wohnzimmer saß eine Frau mit so hellen Haaren, dass Sina auf den ersten Blick gar nicht erkennen konnte, ob diese noch blond oder bereits weiß waren, auf einem gemütlich wirkenden Sofa, ein Buch in der Hand. Erstaunt sah sie ihrem Mann und den beiden Polizistinnen entgegen.

»Bitte, nehmen Sie doch Platz«, sagte Werner. Dann wandte er sich an seine Frau. »Diese beiden Damen sind von der Polizei. Es geht wohl um Fabian.«

»Oh, so eine schreckliche Sache«, sagte Frau Christensen. Sie legte ihr Buch achtlos beiseite und sah Sina mit großen Augen an. »Aber wie sollen wir Ihnen da helfen können? Da müssten Sie mit Luca sprechen. Wir kannten Fabian ja kaum.«

Sina war froh, dass Frau Christensen ihren Sohn erwähnt hatte. Das gab ihr die Gelegenheit, das Gespräch auf Luca zu bringen, ohne sofort den Leichenfund zu erwähnen. »Ihr Sohn ist zurzeit zu Besuch auf Sylt? Wohnt er hier bei Ihnen?«

Ann-Marie seufzte. »Ja, in seinem alten Zimmer. Aber wir bekommen ihn kaum zu Gesicht. Ständig ist er unterwegs.«

»Wann haben Sie ihn denn das letzte Mal gesehen?«, fragte Laura.

Sina, die gerade schon den Mund geöffnet hatte, um genau dieselbe Frage zu stellen, warf ihrer Kollegin einen verärgerten Seitenblick zu.

Laura schien dies jedoch überhaupt nicht zu bemerken, ihre volle Aufmerksamkeit war auf Frau Christensen gerichtet.

»Gestern Nachmittag. Wir haben keine Ahnung, wo der Junge schon wieder steckt«, antwortete Herr Christensen.

Sinas Mut sank. Es sah ganz so aus, als würde in wenigen Momenten die Welt dieses sympathischen älteren Ehepaares einstürzen.

»Haben Sie seitdem mit ihm telefoniert?«, fragte Laura.

Sina biss die Zähne zusammen. Sie hatte Laura auf der Fahrt nach List klipp und klar gesagt, dass sie allein die Fragen stellen würde. Laura sollte bei dem Gespräch nur als stille Beobachterin fungieren.

Genau wie ich es mit Sven immer mache.

Doch jetzt hatte ihre Kollegin vom Festland wohl vor, die Befragung an sich zu reißen.

Fragend sah Ann-Marie zwischen Laura und Sina hin und her. »Ist etwas mit Luca? Ist ihm etwas passiert?«

Auch Herr Christensen machte einen beunruhigten Eindruck.

Sina hob eine Hand, im Versuch einer beschwichtigenden Geste. »Das wissen wir noch nicht«, sagte sie.

Bevor sie weitersprechen konnte, fiel Laura ihr ins Wort.

»Heute am frühen Morgen wurde ein Toter in Westerland aufgefunden. Wir vermuten, dass es sich um Ihren Sohn handelt«, sagte sie geradeheraus.

Ann-Marie keuchte auf, Werner schien zu erstarren.

»Wir haben Fotos, die Sie sich bitte ansehen«, sagte Sina rasch. Sie zog die mitgebrachten Fotos aus der Handtasche. Ihr Kollege Sebastian hatte diese etwas retuschiert, um sie ein wenig vorzeigbarer zu machen.

Sie stand auf und drückte Herrn und Frau Christensen je ein Foto in die Hand. »Ist das Ihr Sohn?«

Der erstickte Aufschrei, den Ann-Marie von sich gab, und der starre Blick, den Werner auf das Bild in seiner Hand gerichtet hielt, waren Sina Antwort genug.

***

Sina hatte dem Ehepaar Christensen in allen Einzelheiten berichtet, wie die Leiche ihres Sohnes aufgefunden worden war und was die Obduktion ergeben hatte.

Als sie erzählte, dass Lucas Haut vollständig mit Abbildungen im Comicstil bedeckt gewesen war, reagierten Werner und Ann-Marie mit Entsetzen.

»Dann muss das Motiv doch in seiner Arbeit liegen«, rief Herr Christensen. »Das war jemand, der ihm den Erfolg missgönnt. Und Fabian auch.«

»Ich kann nicht fassen, dass Luca tot ist«, sagte Ann-Marie unter Tränen. »Ausgerechnet jetzt, da er endlich erfolgreich war. Nach all den Jahren, die er sich mit Gelegenheitsjobs über Wasser halten musste.«

Sina runzelte die Stirn. Sie fand es angesichts der Tatsache, dass sie dem Ehepaar Christensen gerade die Nachricht vom gewaltsamen Tod ihres einzigen Kindes überbracht hatte, sehr seltsam, dass beide den Erfolg von Lucas und Fabians Graphic Novels so betonten.

Aber vielleicht liegt das auch nur am Schock. Da kommen einem manchmal seltsame Gedanken. Auch wenn man die normalerweise vielleicht nicht unbe-

dingt laut ausspricht.

»Wissen Sie, es gab sogar Interesse einer Filmproduktion«, sagte Werner Christensen. In seiner Stimme schwang eindeutig Stolz mit. »Die wollten die Serie unseres Jungen verfilmen.«

Das war Sina neu. Könnte dies für die Ermittlungen von Bedeutung sein?

»Kennen Sie den Namen dieser Produktionsfirma?«, fragte sie, den Kugelschreiber gezückt.

Sowohl Werner als auch Ann-Marie schüttelten den Kopf.

»Aber sein Agent kann Ihnen das sagen«, warf Frau Christensen ein.

»Agent?« Daran, dass ein halbwegs erfolgreicher Autor von Graphic Novels einen Agenten haben könnte, hatte Sina noch gar nicht gedacht.

Dabei ist das ja nur logisch. Agenten handeln Verträge mit Verlagen aus, kümmern sich darum, dass Übersetzungs- oder Filmrechte verkauft werden.

»Sein Name ist Jochen Zinßer. Mit scharfem S. Er hat sein Büro in Westerland. Mit dem müssen Sie sich unbedingt unterhalten«, sagte Werner.

Sina schrieb den Namen in ihr Notizbuch. Sie würden Zinßer gleich am nächsten Tag einen Besuch abstatten.

Doch da gab es noch etwas, das am nächsten Tag erledigt werden musste.

Sie räusperte sich. »Vielen Dank für die Informationen. Herr und Frau Christensen, ich müsste Sie noch bitten, Ihren Sohn offiziell zu identifizieren. Dass Sie ihn auf dem Foto erkannt haben, reicht leider nicht.«

Ann-Marie schlug eine Hand vor den Mund.

Werners Augen weiteten sich. »Heißt das, wir müssen ... müssen seine Leiche ansehen?«

Sina wandte kurz den Blick ab. Diese Pause nutzte Laura, um erneut das Wort an sich zu reißen.

»Sie müssten morgen ins Westerländer Krankenhaus kommen. Welche Uhrzeit wäre Ihnen recht? Am besten gleich vormittags.«

Sina hätte ihre Kollegin wegen deren Taktlosigkeit am liebsten gegen das Schienbein getreten. Doch vor dem Ehepaar Christensen wollte sie sich natürlich nicht anmerken lassen, dass es Missstimmungen zwischen ihr und Laura gab.

Werner und Ann-Marie tauschten einen Blick. Schließlich war es der Ehemann, der sprach. »Je früher, desto besser. Dann haben wir es hinter uns. Neun Uhr?«

»Ja, das passt«, sagte Sina schnell, bevor Laura ihr zuvorkommen konnte. Sie machte sich eine Notiz. Dann reichte sie Werner Christensen eine ihrer Visitenkarten. »Wir werden uns demnächst sicher noch einmal mit Ihnen unterhalten müssen. Falls Ihnen vor morgen früh noch etwas Wichtiges einfallen sollte, melden Sie sich bitte bei mir.«

***

Auf der Rückfahrt nach Westerland besprachen Sina und Laura die Eindrücke, die sie bei dem Gespräch mit dem Ehepaar Christensen gewonnen hatten.

»Sie scheinen beide sehr auf Lucas Erfolg fixiert zu sein«, meinte Sina. »Das kam mir ein wenig komisch vor.«

»Wer weiß, vielleicht lag er ihnen jahrelang auf der Tasche und sie waren gottfroh, als das endlich ein

Ende hatte.«

»Das könnte natürlich sein«, meinte Sina.

»Morgen müssen wir die beiden unbedingt noch nach weiteren Personen fragen, die Luca nahestanden«, sagte Laura. Sie zog eine kleine Tüte Gummibärchen aus ihrer Jackentasche.

»Den Namen des Agenten haben wir ja schon, mit dem fangen wir morgen an. Aber dann müssen wir auch noch Freunde und vielleicht auch Verwandte befragen. Ob Luca eine Freundin hatte, wissen wir auch noch nicht.« Ohne Sina etwas anzubieten, schob sie sich einige Gummibärchen in den Mund.

Sinas Griff um das Lenkrad verstärkte sich. Der herablassende Tonfall, in dem Laura mit ihr sprach, ging ihr gegen den Strich.

Sie redet mit mir, als müsse sie mir meinen Job erklären. Dazu noch ihre Einmischung beim Gespräch mit den Christensens. Und wie kann sie nur so seelenruhig Gummibärchen futtern, obwohl wir gerade mit den Eltern eines Mordopfers gesprochen haben?

Kurzentschlossen fuhr Sina rechts ran und hielt.

»Was ist?« Erstaunt sah Laura sie an.

Sina holte tief Luft. »Wir müssen ein paar grundlegende Dinge klären«, sagte sie. »Erstens, ich weiß, wie ich meinen Job zu machen habe, das musst du mir nicht erläutern. Zweitens, ich hatte vor der Befragung ausdrücklich gesagt, dass ich die Fragen stelle. Darüber hast du dich hinweggesetzt und mehrfach die Gesprächsführung an dich gerissen. Das geht so nicht. Wenn wir reibungslos zusammenarbeiten wollen, müssen wir an einem Strang ziehen.«

Aus leicht zusammengekniffenen Augen sah Laura Sina an. »Willst du jetzt hier die Chefin markieren?«

Sina hob beide Hände. »Ich bin die Chefin«, sagte sie. »Ich leite diese Ermittlungen.«

Herausfordernd sah sie Laura an. »Hast du damit ein Problem? Dann sag es jetzt oder lass es bleiben.«

Laura lehnte sich zurück, so als wolle sie den Abstand zwischen sich und Sina vergrößern. »Nein, kein Problem.« Sie wandte den Blick ab. »Entschuldige, wenn ich manchmal ein wenig brüsk bin. Das ist einfach meine Art.«

Den Blick immer noch abgewandt, versuchte sie sich an einem Lächeln. »Ich weiß, dass ich damit bei vielen Leuten anecke. Auch mit meiner Sturheit kommen viele Kollegen nicht klar.«

Sina musterte Laura. Sollte das ein Friedensangebot sein oder einfach nur eine Erklärung? Würde Laura versuchen, ihr Verhalten zu bessern oder munter genauso weitermachen wie bisher?

»Ab jetzt spielen wir nach meinen Regeln«, sagte sie und ließ den Wagen wieder an.

»Ja, Boss«, murmelte Laura.

Sina war sich nicht ganz sicher, ob dieser Satz ernst gemeint war oder sarkastisch.

***

Krass, dachte Niklas und ließ sein Handy sinken. Er lag auf dem Bett, war jedoch noch vollständig bekleidet, da er gerade erst von der Arbeit nach Hause gekommen war. Eigentlich hatte er nur schnell seinen Rucksack ablegen wollen, bevor er in die Küche ging, um nachzusehen, was es zum Abendessen gab.

Doch dann war die Nachricht von seiner Freundin Sammy gekommen.

Erst Fabian, jetzt Luca. Was ist da los?

Schwungvoll stand Niklas auf und trat zu seinem Bücherregal. Die Regalbretter waren bis auf den letzten Zentimeter gefüllt, teilweise standen die Bücher sogar in Zweierreihen.

Außer einigen alten Schulbüchern, die auf das unterste Regalbrett verbannt worden waren, handelte es sich bei den bunten Bänden ausschließlich um Comics, Mangas und Graphic Novels. Ihnen galt Niklas' ganze Leidenschaft.

Der größte Traum des Neunzehnjährigen war, selbst eines Tages als Illustrator einer Graphic Novel ganz groß rauszukommen.

Doch im Moment schien dieser Traum in weite Ferne gerückt zu sein, da seine Eltern darauf bestanden hatten, dass er *etwas Anständiges* lernte. Darum die Ausbildung zum Bankkaufmann.

Niklas fuhr mit einem Finger an den Buchrücken entlang, bis er das Gesuchte fand. Alle fünf Bände der *Asche und Schatten*-Reihe.

Er zog die Bücher aus dem Regal und setzte sich wieder aufs Bett. Er schlug den schon recht abgegriffenen ersten Band auf und betrachtete die erste Seite. Dabei kamen die Erinnerungen zurück, wie er diese Story kurz nach der Veröffentlichung zum ersten Mal gelesen - oder vielmehr verschlungen - hatte.

Fabian Neumann und Luca Christensen hatten ihn auf eine phänomenale Reise mitgenommen, die seine Fantasie in Flammen gesetzt hatte.

Besonders gefiel Niklas natürlich auch, dass die beiden Autoren aus Schleswig-Holstein stammten, Luca sogar von Sylt. Das hatte ihm das Gefühl gegeben, dass auch er es eines Tages schaffen könnte. Dass auch er eines Tages sein eigenes Buch in den Händen halten könnte.

Und jetzt sind sie beide tot. Es wird keine weiteren Bücher mehr von ihnen geben.

Bei diesem Gedanken erfüllte ihn eine tiefe Traurigkeit. Er strich mit einem Finger über die aufgeschlagene Seite.

Dann wird das mit der Verfilmung wohl auch nichts.

Als glühender Fan hatte Niklas natürlich auch den Newsletter des Autorenduos abonniert. Dieser landete einmal im Monat in seinem Posteingang. Erst im Mai war darin angedeutet worden, dass es wohl bald eine Fernsehserie oder sogar einen Kinofilm geben würde.

Niklas schlug das Buch zu und stapelte alle fünf Bände auf seinem Nachttisch. Heute vor dem Einschlafen würde er damit beginnen, die Reihe noch einmal zu lesen. Als eine Art Tribut an die toten Autoren.

Er schnappte sich sein Handy. Sammy hatte nicht noch einmal geschrieben. Also suchte Niklas online nach Berichten über den Mord.

Er wurde zwar schnell fündig, fand jedoch keine Details, die ihm Sammy nicht schon geschrieben hatte. Ganz im Gegenteil: Im Sylter Boten wurde kein Name genannt, da stand sogar klar und deutlich, dass es sich um einen unbekannten männlichen Toten handelte.

Woher weiß Sammy, dass das Luca ist? Niklas runzelte die Stirn und schrieb eine Nachricht an seine Freundin.

Während er ungeduldig wartete, dass sie antwortete, klopfte es an der Tür. »Niklas, Abendessen«, rief seine Mutter.

Nur widerwillig legte Niklas das Handy weg und

stand auf. Am Esstisch durfte er sein Smartphone nicht dabeihaben, das war eine eiserne Regel seiner Eltern. Sammys Antwort würde er erst nach dem Abendessen lesen können.

***

Sina hatte Laura zu der Pension gefahren, in der diese während ihres Aufenthaltes auf Sylt wohnen würde und war anschließend noch kurz auf dem Revier gewesen, bevor sie sich selbst auf den Heimweg machte. Als sie nach Hause kam, war sie vollkommen erledigt.

Wie lange bin ich jetzt schon wach?, dachte sie, als sie ihre Handtasche an die Garderobe neben Jans Jeansjacke hängte.

Sie zog die Schuhe aus, nahm ihr Smartphone aus der Tasche und ging auf Strümpfen ins Wohnzimmer. Leer. Kein Jan, kein Barney.

Ein Gähnen unterdrückend ging sie weiter in die Küche, um sich etwas zu trinken zu holen. Die Tür, die von der Küche in den Garten führte, stand offen.

Die beiden werden draußen sein. Kein Wunder bei dem schönen Wetter.

Sina nahm sich ein Glas, füllte es mit Wasser und trat in den Garten. Wie erwartet saß ihr Freund mit einem Buch an dem kleinen runden Metalltisch mit dazu passenden Stühlen. Er war in seine Lektüre vertieft.

Barney lag zu Jans Füßen und hob nur träge den Kopf, als Sina sich näherte, sprang nicht wie sonst auf und rannte schwanzwedelnd auf sie zu.

Wahrscheinlich genauso müde wie ich. Dabei hatte er den ganzen Tag nichts anderes zu tun, als am Strand und im Garten herumzutollen.

»Na ihr zwei?«

Jetzt blickte auch Jan auf. Bei Sinas Anblick lächelte er. »Da bist du ja. Ich hatte befürchtet, dass es heute spät wird.«

Sina verdrehte die Augen und ließ sich auf den Stuhl ihrem Freund gegenüber fallen. »Keine Chance. Ich bin todmüde. Wenn ich heute Überstunden machen würde, käme dabei eh nichts raus. Ich kann mich auf nichts mehr konzentrieren.« Wie um ihre Worte zu bestätigen, gähnte sie lange und herzhaft.

»Willst du noch was essen?«, fragte Jan fürsorglich und klappte sein Buch zu.

Sina schüttelte den Kopf. »Ich will nur noch duschen und ins Bett. Dann schlafen bis morgen früh.« Sie seufzte. »Ich muss um neun im Krankenhaus in Westerland sein. Wir haben die Leiche identifiziert, die Eltern müssen das Ganze morgen offiziell machen.«

Überrascht sah Jan sie an. »Ihr wisst schon, wer der Tote ist?«

Sina nahm einen großen Schluck von ihrem Wasser. »Erinnerst du dich an den Mord letzte Woche in Flensburg, der so große Schlagzeilen machte?«

»Ja, klar. Die angemalte Leiche.« Jan verdrehte die Augen. »Ich will gar nicht wissen, wer auf so perverse Ideen kommt.«

Sina seufzte. »Tja, genau damit muss ich mich jetzt leider befassen. Die Leiche, die heute morgen gefunden wurde, war ebenfalls - wie du es ausdrückst - angemalt.«

»Nicht dein Ernst.« Jan sah sie mit großen Augen an. »Ein Nachahmungstäter?«

Sina hielt mit dem Glas auf halbem Wege zum Mund inne. Daran hatten sie noch gar nicht gedacht.

Kurz überlegte sie, stellte ihr Glas wieder ab, ohne getrunken zu haben. Dann schüttelte sie den Kopf.

»Eher unwahrscheinlich. Aber die beiden Fälle hängen auf andere Weise zusammen. Die beiden Toten haben zusammengearbeitet.«

Nun runzelte Jan die Stirn. »Einer in Flensburg, einer auf Sylt?«

»Nein, unser Mordopfer wohnte auch in Flensburg, stammte aber von der Insel.« Sie unterdrückte ein Gähnen. »Allzu viel darf ich dir natürlich nicht erzählen, aber das steht eh alles spätestens übermorgen im Sylter Boten. Die beiden Opfer haben gemeinsam Graphic Novels verfasst und illustriert.«

Überrascht sah Jan sie an. »So was. Sehr ungewöhnlicher Beruf.«

»Allerdings. Sie hatten eine Reihe mit bislang fünf Bänden, die sehr erfolgreich war«, meinte Sina. »Ich habe die Bücher mal als e-Books heruntergeladen.«

Sie legte den Kopf schief und lächelte Jan an. »Wäre das etwas, das dich interessieren könnte? Ich fürchte, ich werde die nächsten Tage keine Zeit haben, das alles zu lesen, würde aber gerne wissen, worum genau es in diesen Storys geht.«

Jan grinste sie an. »Und da dachtest du, du setzt mich darauf an?«

»Null-null-neun mit der Lizenz zum Lesen.« Sina klimperte mit den Augenlidern.

Jan klimperte zurück. »Nur, wenn du mein Bond-Girl bist.«

»Aber immer doch.«

Ihr Geplänkel wurde von einem schrillen Klingeln unterbrochen. Das Display von Sinas Smartphone leuchtete auf.

»Sven«, sagte Sina. »Was will der denn noch? Der

ist heute früher gegangen, weil es ihm nicht gut ging.«

Sie nahm das Gespräch an. »Hallo, Sven, was gibt's?«

»Leider schlechte Neuigkeiten.« Die Stimme ihres Kollegen klang matt.

Sofort war Sina in höchster Alarmbereitschaft. »Ist etwas passiert?«

»Nein, nein, keine neuen Leichen oder Ähnliches. Aber die komischen Bauchschmerzen, die ich heute hatte ...« Sina hörte, wie Sven am anderen Ende der Leitung tief Luft holte.

»Ich war beim Arzt und der hat eine akute Blinddarmentzündung festgestellt. Ich werde morgen operiert.«

Sinas Herz rutschte bis in die Magengrube. *Das heißt, Sven fällt eine Weile aus und ich muss mich alleine mit Laura ...*

Sie hatte diesen Gedanken noch nicht zu Ende gedacht, da stiegen Schuldgefühle in ihr hoch.

Sven ist krank und ich bin so egoistisch und denke zuallererst daran, was für Unannehmlichkeiten das für mich bedeutet.

»Oh, nein«, sagte sie rasch. »Ich hoffe, da geht morgen alles glatt.«

»Wird schon«, sagte Sven. »Aber ich muss so zwei, drei Tage im Krankenhaus bleiben. Danach darf ich auch nicht gleich wieder arbeiten, sondern werde bis zu zwei Wochen krankgeschrieben.«

Zwei Wochen? Sina schluckte.

»Sieht so aus, als müssten du und Laura den Mörder ohne mich zur Strecke bringen.«

»Denk doch jetzt nicht darüber nach«, beeilte Sina sich zu sagen. »Jetzt ist nur deine Gesundheit wichtig. Werde baldmöglichst wieder ganz gesund. Ich rufe dich morgen Nachmittag mal an und wenn's irgend geht, komme ich dich auch kurz besuchen.«

Sie verabschiedeten sich und Sina legte mit einem lauten Seufzer das Telefon beiseite.

»Sven ist krank?« Jan, der Sinas Hälfte des Gesprächs mitangehört hatte, sah sie beunruhigt an.

Sie fuhr sich mit beiden Händen durch die Haare. »Blinddarmentzündung«, sagte sie leise.

»Autsch. Ausgerechnet jetzt.«

»Da sagst du was«, meinte Sina düster.

***

Ich hatte keine Ahnung, dass dein Cousin auf dem Markt arbeitet, tippte Niklas.

Das war ja auch bis jetzt nie interessant, kam wenig später die Antwort von Sammy.

Aber wieso weiß dein Cousin, dass der Tote Luca ist? Niklas kannte Sammys Cousin zwar nur flüchtig, wusste aber, dass er definitiv kein Comic-Fan war. Statt zu lesen, hing der lieber vor der Glotze ab.

Na, das ist doch ganz einfach, antwortete Sammy. *Wir haben doch letzte Woche alle von dem Mord an Fabian gelesen. Das war schließlich ganz groß in der Presse. Die Bemalung und so.*

Niklas schüttelte sich allein bei dem Gedanken daran, dass jemand die Leiche eines seiner Lieblingsautoren bemalt hatte. *Was für ein krankes Hirn denkt sich nur so was aus?*

Und?, tippte er.

Die Leiche heute früh war auch bemalt, kam Sekunden später die Antwort.

Niklas keuchte auf. *Echt, jetzt?*

Wenn ich's dir doch sage!

Das will dein Cousin gesehen haben?

Will er nicht nur, hat er!!!

Angesichts der drei Ausrufezeichen hob Niklas eine Augenbraue. *Was, wenn der dich nur auf den Arm nimmt?*

Es dauerte einen Moment, bis die drei Punkte im Chatfenster, die zeigten, dass Sammy eine neue Nachricht schrieb, wieder zu tanzen begannen.

Doch als dann ihre nächste Nachricht kam, stockte Niklas der Atem.

Er hat Fotos gemacht. Hat die Polizei nicht mitbekommen.

Mit immer noch angehaltenem Atem schrieb Niklas seine nächste Nachricht. *Hast du diese Fotos etwa gesehen?*

Statt einer Textnachricht erschien wenige Sekunden später ein Foto auf seinem Display.

Niklas zögerte. Seine Kehle war wie zugeschnürt. *Will ich das wirklich sehen?*, dachte er.

Doch seine morbide Neugier war geweckt. Er tippte das Foto an, um es zu vergrößern. Es zeigte einen Mann, der auf dem Rücken lag und über und über mit Illustrationen bedeckt war.

Er sieht aus wie ein japanischer Mafiosi, ein Yakuza, der von Kopf bis Fuß tätowiert ist, dachte Niklas.

Lange betrachtete er das Foto, lud es schließlich herunter. Er wollte es sich auf seinem Laptop genauer ansehen.

Ein *Ping* riss ihn aus seinen Betrachtungen.

Bist du noch da?, hatte Sammy geschrieben.

Ja, tippte er rasch. *Echt hart, das Bild. Aber wieso bist du so sicher, dass das Luca ist? Man erkennt doch gar nichts vor lauter Farbe.*

Dieses Mal kam die Antwort prompt. *Wer soll es denn sonst sein?*

Kapitel zwei

Sina war überpünktlich im Krankenhaus eingetroffen, um sich zu vergewissern, dass alles für die Identifizierung vorbereitet war. Das Angebot, von einem Seelsorger begleitet zu werden, hatte das Ehepaar Christensen abgelehnt. Neben Sina und Laura würde nur ein Assistent Dr. Singers anwesend sein.

Als Laura um kurz vor neun eintraf, stand Sina mit einem Becher Kaffee auf dem Gang vor dem Raum, in dem Luca Christensens sterbliche Überreste lagen.

Entgegen ihrer sonstigen Art, war Laura an diesem Morgen wortkarg und begrüßte Sina nur kurz.

»Willst du auch einen Kaffee?«, fragte Sina.

Laura schüttelte nur den Kopf. Dann sah sie an Sinas Schulter vorbei den Gang entlang. »Da kommen schon die Christensens.«

Sina wappnete sich, nahm noch einen letzten Schluck und stellte den Becher beiseite. Dann ging sie auf die Eheleute zu, um sie zu begrüßen.

»Ich weiß nicht, ob ich das kann.« Ann-Maries Worte waren nur ein Flüstern.

»Wir müssen jetzt stark sein«, sagte ihr Mann und drückte ihren Arm. »Bringen wir es hinter uns.« Diese letzten Worte waren an Sina gerichtet.

Sie nickte und führte Lucas Eltern in den Raum, in dem die von einem weißen Laken bedeckte Leiche lag.

Beim Anblick des verhüllten Körpers keuchte Ann-Marie leise auf.

Der Assistent Dr. Singers wartete bereits auf sie. Kurz begrüßte er das Ehepaar Christensen und erläuterte den Ablauf.

»Ich werde das Tuch bis auf Schulterhöhe zurückschlagen, sodass sie das Gesicht sehen können.«

Sina sah, wie Ann-Marie die Hand ihres Mannes umklammerte.

»Die Farbe wurde natürlich entfernt«, erklärte er weiter. »Aber bitte machen Sie sich darauf gefasst, dass das Kopfhaar abrasiert worden ist.«

Werner Christensen blickte starr auf das weiße Laken, so als wolle er es mit seinem Blick durchbohren. »Bringen wir es hinter uns«, sagte er erneut.

Sina nickte dem Assistenten zu, der ans Kopfende trat und das Laken anhob.

Ein leises Wimmern war alles, was Ann-Marie Christensen von sich geben konnte. Sie bedeckte das Gesicht mit den Händen.

Als Werner Christensen sich zu Sina umwandte, war sein Gesicht wie versteinert. Er nickte ihr zu. »Das ist Luca. Das ist unser Sohn«, sagte er leise.

»Vielen Dank«, sagte Sina. »Möchten Sie noch kurz mit Ihrem Sohn allein sein, um Abschied zu nehmen?«

Ann-Marie schüttelte heftig den Kopf, dann verbarg sie das Gesicht an der Brust ihres Mannes. Auch Werner Christensen schüttelte nach einem letzten raschen Blick auf seinen toten Sohn den Kopf.

Mit einer Geste bedeutete Sina dem Assistenten, Luca Christensen wieder zuzudecken. Leise raschelnd legte sich das Laken über das unnatürlich blasse Gesicht mit den geschlossenen Augen.

Sina und Laura führten die Christensens aus dem Raum. Ann-Marie schmiegte sich immer noch eng an ihren Mann und schluchzte leise.

Auf dem Gang führte Werner seine Frau zu einer Stuhlreihe und ließ sie Platz nehmen. Dann wandte er sich an Sina. »Da ist noch etwas.« Er deutete auf die schwarze Tasche mit Schulterriemen, die er bei sich trug und die Sina bis jetzt gar nicht bemerkt hatte.

»Wir haben Ihnen Lucas Tablet mitgebracht. Das lag noch in seinem Zimmer.«

Überrascht nahm Sina das Gerät entgegen, das Herr Christensen aus der Tasche zog. Es war sorgfältig in eine braune Papiertüte verpackt worden. Die Frage nach einem Laptop hatte sie am Vortag noch nicht gestellt, sie stand aber für heute auf ihrer Liste. Nun war ihr Werner zuvorgekommen.

»Vielen Dank«, sagte sie. »Ein Tablet, sagten Sie? Einen Laptop besaß er nicht?«

Müde winkte Werner Christensen ab. »Doch, sicher. Luca besaß alle möglichen Computer, klein und groß. Aber für seinen Besuch hier auf Sylt hatte er nur das Tablet dabei.«

Sina machte sich eine mentale Notiz, dass Lucas Wohnung in Flensburg durchsucht werden musste.

Wenn er wirklich mehrere Computer besessen hat, wird das ganz schön viel Arbeit für die Kollegen von der Technik.

»Ich will Sie nicht lange aufhalten«, sagte Sina. »Sie möchten jetzt sicher allein sein. Aber ich hätte eine kurze Frage.«

»Fragen Sie ruhig«, sagte Werner. Er wirkte unendlich müde, als hätte er in der vergangenen Nacht kein Auge zugetan.

»Sie sagten gestern, Sie hätten Luca kaum zu Gesicht bekommen, da er so viel Zeit mit Freunden verbrachte. Können Sie mir die Namen einiger dieser Freunde nennen? Wir würden uns gerne mit ihnen unterhalten.«

»Natürlich. Da wäre vor allem Lucas bester Freund, Uwe Madsen. Die beiden kannten sich schon von Kindesbeinen an. Uwe betreibt einen Laden für Surfzubehör hier in Westerland, der heißt Sylt Surf Shack. Fangen Sie dort an. Uwe wird Ihnen sagen können, wer sonst noch zu Lucas Freundeskreis zählte.«

Sina bedankte sich und sah den beiden Eheleuten hinterher, als diese sich den Gang entlang in Richtung Ausgang entfernten.

»Wo ist dieser Surfshop? Können wir da zu Fuß hingehen?«, fragte Laura, die hinter Sina stand.

»Ja, können wir. Aber zuerst steht unser Besuch bei dem Agenten auf dem Plan«, sagte Sina und drehte sich zu ihrer Kollegin um. »Auch da können wir zu Fuß hingehen.«

Sie hob die Papiertüte mit dem Laptop hoch. »Aber zuallererst will ich kurz aufs Revier. Dann kann sich Sebastian schon einmal das Tablet ansehen, während wir unterwegs sind.«

***

Jochen Zinßer hatte sein Büro im dritten Stock eines Neubaus in der Friedrichstraße, in dessen Erdgeschoß sich mehrere Läden befanden. Seinem überaus aufgeräumten Schreibtisch sah man nicht an, dass er überhaupt irgendeiner Arbeit nachging. Der teuer wirkende schmale silberne Laptop war zugeklappt, das daneben auf der auf Hochglanz polierten Tischplatte liegende Smartphone gehörte ebenfalls zum höheren Preissegment. Seit Sina und Laura sich Zinßer gegenüber niedergelassen hatten, hatte dieses Handy keinen Mucks von sich gegeben. Keine Benachrichtigungen, SMS oder gar Anrufe, das Display blieb dunkel.

Außer Laptop und Handy befand sich auf dem Schreibtisch nur ein digitaler Bilderrahmen, der wechselnde Fotos von Zinßer mit verschiedenen Personen zeigte. Vermutlich Klienten oder bekannte Persönlichkeiten des Literaturbetriebs. Sina erkannte jedoch niemanden.

Was nichts heißen muss. Wer weiß denn schon, wie Schriftsteller, Drehbuchautoren oder Verleger aussehen?

»Neumann und Christensen«, sagte Zinßer und legte die Fingerspitzen aneinander. Er saß in einem mit schwarzem Leder bezogenen Chefsessel, Sina und Laura auf der anderen Seite des Schreibtisches mussten sich mit unbequemen Stahlrohrstühlen begnügen, wie sie seit den 1980er-Jahren nicht mehr modern gewesen waren.

»Tragisch, mehr als tragisch.« Zinßer seufzte. »Die Verhandlungen mit Steiner Film gingen gerade in die entscheidende Phase.«

»Steiner Film?«, hakte Sina ein. »Ist das die Produktionsfirma, die *Asche und Schatten* verfilmen möchte?«

Zinßer hob eine Hand. »So weit waren wir dann doch noch nicht. Steiner wollten die Rechte optionieren. Von da zum Start der Dreharbeiten ist es noch ein langer Weg.«

Sina lächelte den Agenten an. »Vom Literatur- und Filmgeschäft habe ich keine Ahnung. Erklären Sie mir doch bitte, wie der aktuelle Stand der Verhandlungen war.«

Zinßer lehnte sich in seinem Bürostuhl zurück. »Gerne. Steiner machte ein Angebot für die Optionsrechte. Diese wollten sie für drei Jahre. Das bedeutet konkret, dass sie im Falle einer Vertragsunterzeichnung ab Unterschrift drei Jahre Zeit hätten, die Finanzierung auf die Beine zu stellen, alles weitere zu planen und dann einen Produktionsvertrag mit uns abzuschließen.«

»Und falls Steiner dies nicht innerhalb von drei Jahren tut?«, fragte Sina. »Fallen dann die Rechte an die Autoren zurück?«

Zinßer nickte. »Genau. Die könnten dann die Filmrechte anderweitig verkaufen. Die meisten Vorhaben kommen übrigens nie über die Optionsphase hinaus. Glauben Sie mir, ich habe schon jede Menge Optionen ausgehandelt. Produktionsverträge? Nicht so viele.«

»Der Optionsvertrag stand aber kurz vor dem Abschluss?«

Zinßer hob eine Hand, bewegte sie hin und her. »Wir waren uns noch nicht einig, was das Finanzielle anging. Ich war der Meinung, Steiner sollte noch ein paar Tausender mehr bieten. Neumann und Christensen waren jedoch sehr erpicht darauf zu unterschreiben.«

Er seufzte. »Autoren! Alle ungemein scharf darauf, ihren Namen in großen Lettern auf der Leinwand zu sehen.« Er lachte trocken auf. »Oder zumindest auf dem Bildschirm.«

»Wie geht es jetzt weiter, da beide Autoren tot sind?«, wollte Sina wissen.

Zinßer zuckte mit den Schultern. »Das weiß ich noch nicht. Ich werde heute noch mit dem Verlag und mit Steiner telefonieren. Ich denke aber, auch die Erben der Autoren werden daran interessiert sein, die Filmrechte unter Option zu bringen.«

Sina kritzelte eine Notiz in ihr Notizbuch. *Wer erbt? Testamente?*

Wieder lachte Zinßer kurz und trocken auf. »Wir reden hier immerhin von einem fünfstelligen Betrag. Da hätten die Erben wenigstens etwas, das ihre Trauer ein wenig lindert.«

Sina erstarrte, den Kugelschreiber noch auf dem Papier. So kaltschnäuzig konnte Zinßer doch nicht sein. Doch als sie den Blick hob und den selbstgefälligen Gesichtsausdruck des Agenten sah, wurde ihr klar, dass er das sehr wohl war. Für Gefühle interessierte Jochen Zinßer sich offenbar nicht. Für fünfstellige Eurobeträge dafür umso mehr.

***

»Eiskalter Geschäftsmann«, lautete Lauras sachliche Einschätzung, als sie das Gebäude verließen und auf die Friedrichstraße traten, wo wie meist reger Betrieb herrschte.

Heute hatte sie sich an Sinas Anweisungen gehalten und sich nicht in die Befragung eingemischt, sondern nur beobachtet.

»Sein ganzes Gerede, wie es jetzt mit den Filmrechten weitergehen könnte, hat mich allerdings auf eine Idee gebracht«, meinte Sina. »Wir müssen herausfinden, wer die Erben von Neumann und Christensen sind. Die Bücher der beiden verkaufen sich gut, vielleicht durch die Publicity, die sie wegen der Morde bekommen, noch besser als zuvor. Wer bekommt jetzt die Tantiemen?«

Laura nickte nachdenklich. »Könnte ein Motiv sein. Ich denke, Zinßer wird nicht der Einzige sein, der heute noch mit dem Verlag telefoniert, oder?«

Sina lenkte ihre Schritte in Richtung Strandpromenade. »Das sollten wir in Angriff nehmen, sobald wir uns mit Uwe Madsen unterhalten haben.«

***

Rein äußerlich entsprach Uwe Madsen so exakt dem Klischeebild des Surfer-Sunnyboys, dass er als Model hätte arbeiten können. Groß, durchtrainiert, die blonden Haare noch zusätzlich von der Sonne gebleicht und sogar jetzt im Juni schon so braungebrannt, als sei Hochsommer.

Doch seine blauen Augen blickten ernst, kein Lächeln umspielte seine Lippen, auch wenn die Lachfältchen darauf hindeuteten, dass Uwe sonst ein Mensch war, der gerne und häufig lachte.

»Das war Luca? Ich habe natürlich gehört, dass gestern eine Leiche gefunden wurde. Alle waren ganz erschüttert.«

»Seine Eltern haben ihn heute morgen offiziell identifiziert«, bestätigte Sina. »Sie haben uns auch Ihren Namen genannt. Sie waren seit der Kindheit mit Luca befreundet?«

Uwe fuhr sich mit einer Hand durch die Haare. Sie saßen recht beengt in dem winzigen Büro hinter dem Verkaufsraum des Surfshops. Da es dort nur zwei Stühle gab, hatte Uwe sich kurzerhand auf die Kante seines Schreibtisches gesetzt und die Stühle Sina und Laura überlassen.

»Ja, wir kannten uns, seit ich denken kann. Waren zusammen im Kindergarten.« Er blies die Backen auf. »Luca, tot? Das kann ich mir überhaupt nicht vorstellen.«

»Wie eng war denn der Kontakt zwischen Ihnen

noch, nachdem Luca nach Flensburg umgezogen war?«, wollte Sina wissen.

»Sehr eng«, kam die Antwort ohne den Hauch eines Zögerns. »Wir haben fast täglich gewhatsappt und wann immer Luca hier auf Sylt war, haben wir so viel Zeit miteinander verbracht wie nur möglich.«

»Wir möchten den Verlauf der letzten Tage rekonstruieren«, sagte Sina. »Von den Eltern wissen wir bereits, dass Luca vor fünf Tagen auf die Insel kam.«

»Ja, er war nach Fabians Tod vollkommen aufgelöst. Wir haben letzte Woche stundenlang telefoniert, bis er sagte, ihm falle in Flensburg die Decke auf den Kopf. Da die dortige Polizei ihn bereits befragt hatte, kam er spontan her, um ein wenig Abstand zu gewinnen.«

Nachdenklich musterte Sina ihr Gegenüber. »Und? Ist ihm das gelungen? Konnte er sich hier ablenken?«

Uwe kratzte sich am Kinn. »Nun ja, nicht so richtig. Wir hatten kaum ein anderes Thema als Fabian und dessen Tod. Das war ja auch heftig. Nicht nur, weil er Lucas Freund und Mitautor war, sondern auch die Art und Weise, wie er starb. Echt grausam.«

Dem konnte Sina in Gedanken nur zustimmen. »Hatte Luca denn eine Vermutung, wer Fabian getötet haben könnte?«

»Wir haben über alles Mögliche spekuliert«, sagte Uwe. »Aber nein, einen konkreten Verdacht hatte Luca nicht.«

»Was waren das denn für Spekulationen?«, fragte Laura.

Sina warf ihr einen irritierten Seitenblick zu. Genau diese Frage hatte sie selbst gerade stellen wollen. Doch Laura beachtete Sina nicht weiter, ihre ganze

Aufmerksamkeit war auf Uwe Madsen gerichtet.

Wieder fuhr sich der Surfshop-Betreiber durch die Haare, wirkte dabei ein wenig verlegen. »Das war wohl alles eher realitätsfern. Wir überlegten, ob es ein durchgeknallter Psychopath war, der von den Graphic Novels der beiden besessen war. Dann spekulierten wir noch, ob es eine Verflossene von Fabian gewesen sein könnte, aber da meinten wir dann, das wäre wohl eher nicht möglich, dass eine Frau dann die Leiche irgendwo ablegt. Fabian war groß und kräftig, eine Frau hätte den nicht tragen können.«

Er seufzte. »Lauter so Sachen halt. Das meiste davon ergab nicht viel Sinn. Es war mehr so eine Art Therapie für Luca. Über alles reden, alle Gefühle rauslassen, nichts unterdrücken.«

Diese Erklärung erschien Sina plausibel. Nach einem gewaltsamen Tod im engsten Freundeskreis versuchten viele Menschen, einen Sinn in der Grausamkeit zu finden.

Auch wenn meistens kein Sinn zu finden ist.

»Also nannte Luca keine konkreten Namen?«, vergewisserte sie sich.

Uwe schüttelte den Kopf. »Nein, absolut nicht. Im Endeffekt war er so ratlos wie wir alle.«

»Wir alle?«, hakte Sina rasch ein.

»Naja, die ganze Clique halt. Luca und ich hingen nicht nur zu zweit rum.«

Sina zückte ihren Kugelschreiber und schlug ihr Notizbuch auf. »Könnten Sie uns bitte die Namen aller weiteren Freunde nennen, mit denen Luca in den letzten Tagen Zeit verbracht hat?«

Uwe kniff die Augen zusammen, schien nachzudenken. »Da waren zunächst einmal Sarah Friedrich und Wolf Großhaupt, die arbeiten beide hier im Laden. Dann noch Elli Kranz und Jo Stolz. Wir waren alle zusammen am Strand am Sonntagnachmittag. Danach noch im Lombok, was essen und anschließend in der Strandbar, die zum Restaurant gehört. Dort haben wir noch was getrunken, bis die Bar zumachte.«

Sina hob eine Hand. »Moment, lassen Sie uns das Ganze einmal Tag für Tag durchgehen. Luca kam am Samstag nach Sylt. Haben Sie ihn gleich nach seiner Ankunft gesehen?«

Kopfschütteln. »Nein, am Samstag tatsächlich noch nicht, da haben wir nur auf WhatsApp geschrieben. Er kam erst am Nachmittag an und verbrachte den Abend mit seinen Eltern.«

Sina kritzelte die Angaben in ihr Notizbuch.

»Am Sonntag kam er dann gegen zwölf hierher. Wir haben natürlich auch sonntags geöffnet, da geht das Geschäft oft besonders gut. Wochenendausflügler und so.«

Sina nickte, während sie sich die Uhrzeit notierte.

»Wir hingen erst im Laden ab, Elli und Jo kamen irgendwann am Nachmittag dazu und als ich dann Feierabend hatte, gingen wir alle zusammen an den Strand.«

»Wann haben Sie denn am Sonntag Feierabend gemacht?«, wollte Sina wissen.

»Um sechzehn Uhr. Der Shop hat zwar bis siebzehn Uhr dreißig geöffnet, aber die letzten anderthalb Stunden hat Wolf den Laden alleine geschmissen.«

»Wie lange waren Sie denn alle zusammen am Strand?«, lautete Sinas nächste Frage.

»Bis wir Hunger bekamen«, meinte Uwe. »Ich kann das nicht so genau sagen. Was ich machen könnte, ist, meine Kreditkartenbelege rauszusuchen.

Da steht ja die Uhrzeit dabei, wann ich gezahlt habe. Die kann ich Ihnen gerne mailen.«

»Das wäre gut«, sagte Sina und suchte nach einer Visitenkarte, die sie Uwe reichte. »Wie ging es dann am Montag weiter?«

»Montag schickte ich Luca gegen Mittag eine WhatsApp, die er aber nicht beantwortete.« Uwe zupfte sich am Ohrläppchen. »Da hab ich mir erst nichts gedacht, war ja auch busy hier im Laden. Aber da wir am Vorabend verabredet hatten, dass Luca wieder herkommt, machte ich mir ein paar Stunden später dann doch Sorgen. Keine Antwort auf meine Nachricht und im Shop aufgetaucht ist er auch nicht.«

»Was haben Sie dann getan?«, fragte Sina, als Uwe kurz innehielt.

»Ich hab Luca angerufen, auf die Mailbox gequatscht. Als er sich dann zwei Stunden später immer noch nicht gemeldet hatte, hab ich mir echt Sorgen gemacht. Ich war kurz davor, Sarah und Wolf zu sagen, sie sollen die Stellung halten, damit ich zu Lucas Eltern fahren und nachschauen kann, ob es ihm gut geht.«

»Und?«

»Gegen siebzehn Uhr schrieb er dann endlich. Moment.« Uwe zog ein Smartphone aus einer der Taschen seiner Baggy Shorts und wischte über das Display. Nach kurzem Suchen, las er schließlich eine Nachricht laut vor. »Sorry, musste mal ein paar Stunden allein sein. War erst am Strand spazieren und dann in der Kirche, musste über alles nachdenken.«

Uwe blickte von seinem Handy hoch. »Das hat mich doch sehr gewundert. Luca in einer Kirche?

Normalerweise kriegten den doch keine tausend Pferde in die Kirche.« Kopfschüttelnd ließ er das Handy wieder in der Hosentasche verschwinden.

Sina runzelte die Stirn. *Er hat behauptet, er sei in einer Kirche gewesen, obwohl er sonst kein Kirchgänger war? War das vielleicht nur eine Ausrede und Luca hat sich ganz woanders aufgehalten? Vielleicht hat er sich mit jemandem getroffen?*

Rasch machte sie sich eine Notiz, die Eltern Christensen zu fragen, ob sie etwas über diesen angeblichen Kirchenbesuch ihres Sohnes wussten.

»Wie ging es dann weiter, nachdem er sich gemeldet hatte?«, fragte sie.

»Luca holte mich ab, als ich den Laden dichtmachte, dann waren wir mit Sarah und Wolf im Mareikes Hüs was essen. Anschließend wollte Luca gleich nach Hause, sagte, er sei müde. Uhrzeit weiß ich leider nicht mehr, aber da hab ich auch mit Karte gezahlt, das schick ich Ihnen alles.«

Sina nickte. »Und am Dienstag? Wie sah es da aus? Hatten Sie da auch noch Kontakt?«

»Nur per WhatsApp. Wir hatten uns eigentlich für den Abend verabredet, aber dann gab es wieder dasselbe Spiel wie schon am Montag. Als ich ihm schrieb, ob es bei achtzehn Uhr bleibt, kam keine Antwort. Ich hab dann sogar noch eine Weile länger hier im Shop auf ihn gewartet, falls er einfach so vorbeikommt, ohne vorher noch groß zu schreiben.«

Uwe breitete beide Hände aus. »Aber er kam nicht. Ich rief dann an, Mailbox. Ich muss gestehen, ich war leicht angefressen. Hab ihm dann ne Nachricht draufgesprochen im Sinne von *Hey Kumpel, mir ist ja klar, dass du ne schwere Zeit durchmachst, aber kapsel dich nicht so ab. Das ist nicht gut für dich. Melde dich, ich bin immer für dich da und der Rest der Gang auch.* So oder so ähnlich.«

»Hat Luca sich daraufhin noch einmal bei Ihnen gemeldet?«

Traurig schüttelte Uwe den Kopf. »Nein. Ungefähr eine Stunde später hab ich noch mal eine WhatsApp geschrieben. Die hat er nicht einmal gelesen.«

Sina tippte mit dem Kugelschreiber auf ihr Notizbuch. »Könnten Sie bitte gleich in Ihrem Handy nachsehen, um welche Uhrzeit Sie ihm diese Nachricht gesendet haben?«

»Logo.« Wieder holte Uwe sein Smartphone hervor. Es dauerte nicht lange und er hatte das Gesuchte gefunden. »Die WhatsApp ging um neunzehn Uhr vierundfünfzig an ihn raus. Ist immer noch als ungelesen markiert.«

Mit großen Augen blickte er Sina an. »Meinen Sie, da konnte er mir schon gar nicht mehr antworten? War er da schon tot?«

Sina biss sich auf die Unterlippe. Sie durfte Uwe Madsen natürlich nicht allzu viel über die laufenden Ermittlungen verraten.

»Er starb im Laufe der Nacht«, sagte sie vage. »Tut mir leid, Genaueres kann ich Ihnen nicht sagen.«

Uwe nickte betrübt.

Sina zog einen Kreis um die Uhrzeit, die ihr der Surfshop-Betreiber genannt hatte.

19.54 h - hatte ihn da bereits der Mörder in seiner Gewalt?

***

Nach dem Gespräch mit Uwe Madsen waren Sina und Laura aufs Revier zurückgekehrt und hatten den Rest des Teams zu einer Besprechung zusammengerufen.

Nachdem Sina kurz erklärt hatte, dass Sven für mindestens zwei Wochen ausfallen würde, da er heute noch am Blinddarm operiert werden musste, fasste sie mit Lauras Unterstützung die bisher durchgeführten Befragungen zusammen.

Dann reichte sie Sebastian Luca Christensens Tablet. »Bitte kümmere dich darum, dass die Daten auf diesem Gerät ausgewertet werden. Schau, wie weit du alleine kommst. Wenn nötig, schicke das Tablet nach Flensburg. Außerdem wird uns Uwe Madsen sowohl seine Kreditkartenbelege als auch seinen WhatsApp-Nachrichtenverlauf zukommen lassen.«

Sebastian nahm das Tablet entgegen. »Soll ich gleich eine Chronologie anlegen, wann Christensen sich wo aufgehalten hat?«

Sina nickte zu dem großen Whiteboard, das in einer Ecke des Besprechungszimmers stand. »Ich dachte, das notieren wir auf dem Board. Aber lass uns damit erst anfangen, wenn wir die genauen Uhrzeiten von Madsen bekommen haben.«

Sebastian hob eine Hand. »Ich habe heute früh Christensens Mobilfunkanbieter kontaktiert. Es wird aber eine Weile dauern, bis wir seine Verbindungsdaten erhalten.«

Sina nickte. »Ja, wie immer.« Sie sah Maja an. »Was hat deine Befragung von Ulf Bundis ergeben?«

Die Streifenpolizistin schüttelte den Kopf. »Wie erwartet nichts Neues. Er hat nichts Auffälliges bemerkt, als er auf den Rathausplatz kam. Er ist auf dem Weg dorthin niemandem begegnet und ihm sind auch keine Autos aufgefallen. Bis er die Leiche entdeckte, sei alles vollkommen normal gewesen.«

»Wie sieht es mit Videoüberwachung aus?«, fragte Sina. »Konntet ihr da etwas herausfinden.«

Wieder war es Sebastian, der sich zu Wort meldete. »Überwachungskameras in dem Sinne gibt es in der Nähe des Rathauses nicht. Aber die Stadt Westerland hat ein paar Webcams installiert, die Livebilder senden. Ist hauptsächlich für Touristen gedacht. Damit die sehen können, wie schön unsere Insel ist.«

Sina sah ihren Kollegen aufmerksam an. »Und so eine Webcam deckt auch den Rathausplatz ab?«

Sebastian schnitt eine Grimasse. »Eigentlich ja, aber ausgerechnet diese Kamera ist kaputt. Seit zwei Wochen schon, kann also nichts mit unserem Fall zu tun haben.«

Sina musste ihrer Enttäuschung Luft machen. »Das gibt es doch gar nicht. Wenn sich jemand darum gekümmert hätte, diese Kamera zu reparieren oder zu ersetzen, hätten wir jetzt ein Video vom Täter?«

Ihr Kollege hob in einer beschwichtigenden Geste beide Hände. »Ja, das schon. Aber diese Kameras haben nicht gerade eine gute Bildqualität. Noch dazu wurde die Leiche im Dunkeln dort abgelegt. Da hätten wir bestenfalls Schatten gesehen.«

Sina atmete tief durch. Was Sebastian da sagte, stimmte natürlich. »Nun, gut«, sagte sie und sah sich im Kreise ihrer Mitarbeiter um. »Gibt es sonst noch etwas Neues?«

»Ja, ich habe die Wörterliste fertig«, sagte Sebastian.

Einen Moment wusste Sina nicht, wovon er redete, doch dann fiel ihr wieder ein, dass es um die Begriffe ging, die auf Luca Christensens Haut geschrieben worden waren.

»Sehr gut, bitte bring mir einen Ausdruck ins Büro.«

***

Während Laura in Svens Büro damit beschäftigt war, einen Zoom-Call mit einem Mitarbeiter des Verlages zu arrangieren, saß Sina an ihrem Schreibtisch und verglich die beiden Wörterlisten.

Die Liste, die Sebastian erstellt hatte, enthielt einundzwanzig Einträge.

Zwei weniger als bei Fabian, dachte Sina.

Sie legte die beiden Ausdrucke nebeneinander. Auf beiden Listen waren die Eintragungen alphabetisch sortiert worden, was Sina die Arbeit erleichterte.

Apokalypse kommt schon mal in beiden Fällen vor.

Aus der obersten Schreibtischschublade holte Sina einen gelben Textmarker hervor und markierte nach und nach alle Begriffe, die der Täter sowohl auf die Haut von Fabian Neumann als auch auf die von Luca Christensen geschrieben hatte.

Zehn Wörter kamen in beiden Fällen vor, langsam las Sina sich diese durch. Dann schlug sie eine neue Seite in ihrem Notizbuch auf und schrieb diese Begriffe ab.

Apokalypse, Bumm, Desaster, Echo, Ruinen, Ticktack, Trümmer, Untergang, Zerstörung, Zivilisation.

Sie starrte diese neue, kurze Liste an, versuchte einen Sinn zu finden. Arrangierte die Wörter in Gedanken um, versuchte, Sätze zu bilden. Doch es gelang ihr nicht.

Also verbirgt sich hier wohl eher keine versteckte Botschaft des Täters.

So schnell wollte Sina jedoch nicht aufgeben. Sie unterstrich alle Wörter, die ihrer Meinung nach zu dem ersten Wort der Liste, *Apokalypse*, passten.

Bumm könnte sich auf eine Explosion beziehen, Desaster, Untergang und Zerstörung passen auch dazu. Ruinen und Trümmer könnten das Ergebnis der Zerstörung sein. Ticktack könnte ich mir als Countdown für eine Explosion vorstellen. Aber was ist mit Echo und Zivilisation? Diese beiden Begriffe passen überhaupt nicht zu den anderen.

Sina betrachtete immer noch die Wörterreihen, als Laura in ihr Büro kam. »Zoom-Call in fünf Minuten«, sagte sie knapp. »Ich habe alles auf meinem Laptop vorbereitet.«

Sina stand auf und folgte ihrer Kollegin in Svens Büro, das Laura nutzte, solange Sven krankgeschrieben war.

Das ist der einzige Vorteil seiner Abwesenheit, dachte Sina. *So sitzt mir Laura wenigstens nicht den ganzen Tag an meinem Schreibtisch gegenüber.*

***

Die Frau, die Sina und Laura vom Laptopbildschirm aus anblickte, wirkte auf eine zupackende Art sympathisch. Mit ihrem praktischen Kurzhaarschnitt, dem ungeschminkten Gesicht und der schlichten weißen Bluse sah sie aus wie jemand, der es gewohnt war, Probleme effektiv zu lösen.

Darum verwunderte es Sina auch nicht im Geringsten, als Marlena Yaran, die beim Visiverse Verlag Fabian Neumann und Luca Christensens Buchreihe als Lektorin betreut hatte, nicht lange um den heißen Brei herumredete.

»Die Verhandlungen mit der Filmfirma werden wir unter Einbeziehung von Herrn Zinßer weiterführen, auch wenn die Erbfrage noch nicht geklärt ist. An wen die Rechte nun fallen, da gleich beide Autoren verstorben sind, werden die Anwälte der Hinterbliebenen klären müssen. Außer natürlich, die beiden haben vorausgeschaut und ihr Testament gemacht. Dann sollte diese Sache schnell klar sein.«

»Wissen Sie zufällig, ob Neumann und Christensen Testamente hatten? Haben Sie sie diesbezüglich vielleicht beraten?«, fragte Sina.

Yaran schüttelte den Kopf. »Nein, das könnte eher der Agent wissen.« Sie blickte nachdenklich drein. »So wie ich die beiden gekannt habe, fürchte ich fast, dass sie sich um so etwas nicht gekümmert haben. Sie waren beide jung, beide erst Mitte dreißig. Da denken die meisten Menschen noch nicht daran, ihren letzten Willen festzulegen.«

Damit hat sie allerdings recht, dachte Sina.

»Es ist aber auf jeden Fall nicht so, dass jetzt die Rechte an uns fallen würden«, sagte Marlena rasch. »In unseren Verträgen mit Autoren ist ganz genau festgelegt, dass diese Verträge im Falle des Ablebens des Autors mit dessen Erben fortgeführt werden. Die Erben müssten sich also an die Kündigungsklauseln halten, falls sie zum Beispiel den Verlag wechseln wollen.«

Sina machte sich eine Notiz, bevor sie die nächste Frage stellte. »Wie sieht es denn mit Anfeindungen gegen die beiden Autoren aus? Haben Sie in der Hinsicht etwas mitbekommen?«

Marlena Yaran legte den Kopf leicht schräg. »Natürlich bekommen unsere Autoren nicht nur Fanpost. Aber konkrete Anfeindungen wie Sie es nennen, habe ich nicht mitbekommen. Für die bei uns eingehende Post bin ich aber auch nicht zuständig. Auch nicht für Social Media. Ich könnte meine Kollegen fragen und sie bitten, Sie zu kontaktieren, falls es Auffälligkeiten gab.«

»Bitte tun Sie das, dafür wären wir Ihnen sehr dankbar«, sagte Sina.

»Weil Sie gerade Social Media erwähnten«, mischte Laura sich ein, die seit der Begrüßung still neben Sina gesessen hatte, »haben Neumann und Christensen ihre Social Media-Accounts selbst geführt oder wurde dies vom Verlag übernommen?«

»Das machen unsere Autoren generell selbst«, lautete die Antwort. »Wir sind ein kleiner Verlag, wir haben nicht die Kapazitäten, für alle unsere Autoren auf den diversen Plattformen zu posten.« Sie lächelte. »Wir haben nur einen einzigen Social Media-Manager und der ist vollauf damit beschäftigt, Inhalte für unseren Verlag zu erstellen.«

»Vielen Dank soweit«, sagte Sina. »Das waren fürs Erste alle Fragen, die wir an Sie hatten.«

»Ich melde mich, sobald ich mit den Kollegen gesprochen habe«, versprach Yaran.

Als der Bildschirm schwarz wurde, schloss Laura Zoom und wandte sich an Sina. »Fabian Neumann hatte eine Facebookseite, ein Instagram-Account und war auch auf TikTok aktiv. Sein Konto bei X hatte er bereits letztes Jahr aus Protest gegen Elon Musk gelöscht.«

»Ich nehme an, ihr habt nichts Auffälliges gefunden?«

Laura schüttelte den Kopf. »Er hat zum Glück

nicht allzu häufig Inhalte geteilt. Die Kommentare zu seinen Beiträgen waren ausnahmslos positiv.«

Sina runzelte die Stirn. »Ausnahmslos? Da war nicht der Hauch von Kritik zu finden?«

»Du meinst, das ist seltsam?«

Sina nickte. »Allerdings. Irgendjemand hat doch immer etwas zu meckern. Und wenn es nur um den Preis der Bücher geht.«

Nun wirkte auch Laura nachdenklich. »Fabian könnte die negativen Kommentare gelöscht haben. Das können wir natürlich nicht nachvollziehen.«

»Bestehen diese ganzen Konten denn noch oder haben seine Eltern mittlerweile dafür gesorgt, dass sie geschlossen werden?«, fragte Sina.

»Die sollten noch da sein.« Laura zog ihren Computer näher zu sich heran. »Machen wir es so: Ich sehe bei Fabian nach, ob es in den vergangenen Tagen neue Kommentare gab, du kümmerst dich um Luca.«

Sina verkniff sich den Kommentar, dass sie damit viel mehr Arbeit haben würde als Laura.

Vielleicht täusche ich mich ja auch. Luca könnte nur auf einer Plattform aktiv gewesen sein. Dann sind wir wahrscheinlich ungefähr gleich schnell fertig. Wenn nicht, kann ich Laura später immer noch einen Teil meiner Arbeit aufs Auge drücken.

***

Den ganzen Tag schon hatte Niklas sich kaum auf die Arbeit konzentrieren können. Zwischen Telefonaten und E-Mails hatte er immer wieder im Internet nachgesehen, ob es neue Informationen über den Toten vom Westerländer Rathaus gab.

Dabei durfte er sich natürlich nicht erwischen lassen. Wenn einer seiner Kollegen im Großraumbüro oder gar sein Vorgesetzter ihn beim privaten Surfen erwischten, würde er Ärger bekommen.

Am Nachmittag gab es endlich ein Update auf der Homepage des Sylter Boten. Als Niklas die Schlagzeile las, starb der letzte kleine Funken seiner Hoffnung, dass Sammy mit ihrer Vermutung falsch gelegen hatte.

Lokaler Erfolgsautor ermordet waren die Worte, die der Journalist als Aufmacher gewählt hatte.

Das Klingeln seines Telefons ignorierend, las Niklas mit angehaltenem Atem den kurzen Artikel durch.

Luca C. sei von seinen in List lebenden Eltern identifiziert worden. Die Polizei habe mittlerweile auch die Information herausgegeben, dass die Todesursache Ersticken sei. Im letzten Absatz wurden die seltsamen Bemalungen des Körpers erwähnt und ein Zusammenhang zu dem Mord an Fabian N. in Flensburg hergestellt.

Aber ein Foto haben sie nicht, dachte Niklas. *Da war Sammys Cousin wohl doch anständig genug, seine Bilder nicht an die Presse zu verkaufen.*

Er verzog den Mund. *Oder er hatte einfach nur Angst, Ärger mit der Polizei zu bekommen.*

Das Telefon hatte längst aufgehört zu klingeln. Das war auch gut so, denn so wie die Gedanken im Moment wild durch Niklas' Kopf wirbelten, hätte er sich beim besten Willen nicht auf ein Kundengespräch konzentrieren können.

Er warf einen kurzen Blick in sein E-Mail-Postfach. Keine neuen Nachrichten, seit er das letzte Mal nachgesehen hatte.

Ein paar Minuten Pause sollten drin sein.

Niklas sah sich verstohlen um. Seine Kollegen schienen alle hochkonzentriert vor ihren Bildschirmen zu sitzen, niemand schenkte ihm Beachtung.

Wie krieg ich das Foto am besten vom Handy auf den Bildschirm?

Sein Ladekabel, mit dem er das Handy mit dem PC hätte verbinden können, hatte er leider nicht dabei. Das lag daheim in seinem Zimmer, weil er wie immer das Smartphone über Nacht aufgeladen hatte.

Er öffnete Google, um eine Lösung zu finden. Beim Anblick des bunten Logos des Suchdienstes, fiel ihm wieder ein, dass er die Google Fotos-App auf seinem Handy installiert hatte, diese jedoch so gut wie nie nutzte.

Die Fotos müssten doch alle automatisch hochgeladen werden, oder nicht?

Rasch loggte er sich am PC in sein Google-Konto ein und klickte auf das Foto-Symbol. Reihe um Reihe kleinformatiger Bilder füllten den Bildschirm.

Das Foto, das er suchte, war gleich das Erste, weil er seit dem vergangenen Abend weder etwas fotografiert noch andere Bilder heruntergeladen hatte.

Er führte einen Doppelklick mit der Maus aus und schon füllte das Foto von Luca Christensens Leiche den Bildschirm.

Niklas musste an sich halten, nicht laut aufzukeuchen. Im Großformat war der Anblick noch viel schrecklicher.

Mit einem Klick wechselte er von dem geöffneten Foto zurück zu seinem E-Mail-Posteingang.

Ich darf mich wirklich nicht erwischen lassen. Wenn jemand das Foto sieht, krieg ich richtig Ärger.

Doch nachdem er einmal tief durchgeatmet hatte,

siegte die Neugier. Die Hand auf der Maus, jederzeit bereit, das Fenster mit dem Foto zu minimieren, falls sich ein Kollege seinem Schreibtisch nähern sollte, holte Niklas das Bild wieder auf den Monitor.

Er klickte auf das Plus-Symbol, um es noch weiter zu vergrößern.

Was hat der Mörder da nur alles auf seine Haut gemalt? Und warum zum Teufel noch einmal? Soll das eine Art Botschaft sein? Oder wollte er Fabian und Luca verhöhnen, indem er das tat?

Niklas hatte das Foto so weit vergrößert, dass er nun nur noch einen Teil des linken Beines sehen konnte. Er beugte sich vor, kniff die Augen zusammen und versuchte auszumachen, was die Zeichnungen darstellen sollten.

Er meinte, ein Gesicht erkennen zu können, die Augen weit aufgerissen, daneben schien ein Wort zu stehen, das er allerdings nicht entziffern konnte.

Das bringt nichts, die Bildauflösung ist einfach zu schlecht.

Trotzdem verschob er den Bildausschnitt ein wenig. Er hatte keine Ahnung mehr, welchen Körperteil er gerade betrachtete, doch nun sah er eine schroffe Felslandschaft, mit kräftigen schwarzen Strichen schraffiert. Davor schienen mehrere Gestalten zu stehen, die sich als Silhouetten abhoben.

Niklas runzelte die Stirn. Er beugte sich so weit vor, dass er mit der Nase fast an den Bildschirm stieß.

Ja, das sind eindeutig menschliche Gestalten. Vier, nein fünf. Moment mal …

»Herr Schäfer?«

Heftig fuhr Niklas zusammen. Geistesgegenwärtig fuhr er mit dem Mauszeiger zu dem X in der oberen rechten Ecke des Fotos. Das Bild verschwand, nun war wieder sein Posteingang zu sehen.

Er blickte auf. Vor ihm stand sein Vorgesetzter, einige Papiere in der Hand.

»Ja?« Niklas versuchte, sich unbeteiligt zu geben.

»Würden Sie sich bitte diese Formulare ansehen.« Niklas' Chef streckte ihm die Papiere entgegen.

Als Niklas danach griff, zitterte seine Hand. Hatte sein Chef bemerkt, dass er sich gerade mit etwas Privatem beschäftigt hatte?

»Mache ich sofort«, sagte er schnell.

Sein Vorgesetzter nickte ihm nur kurz zu, drehte sich um und ging zurück zu seinem Büro.

Niklas atmete auf.

Das war haarscharf. Noch so ein Ding kann ich nicht brauchen.

So schwer es ihm auch fiel, Niklas beschloss, seine weiteren Untersuchungen des Fotos auf den Abend zu verschieben. Stattdessen versuchte er, sich auf die Papiere zu konzentrieren, die ihm sein Chef in die Hand gedrückt hatte.

***

Sina hatte tatsächlich Glück. Anders als sein Co-Autor war Luca Christensen nur auf einem Social Media-Kanal aktiv gewesen, nämlich auf Instagram. Auf Facebook hatte er zwar auch ein Konto gehabt, dieses aber nur privat genutzt.

Darum kann sich Sebastian kümmern, zumindest fürs Erste, dachte Sina.

Sie verschaffte sich einen ersten kurzen Überblick über Lucas Instagram-Feed. Er hatte insgesamt 163 Beiträge geteilt, hatte knapp 8.200 Follower und folgte selbst 124 Accounts.

Rasch scrollte Sina durch die letzten Posts. Luca hatte kein einziges Foto geteilt, sondern ausschließlich Zeichnungen. Teilweise waren diese schwarzweiß und sahen aus wie Entwürfe, teilweise handelte es sich offenbar um fertige, voll kolorierte Bilder.

Informationen über sein Privatleben werde ich hier auf jeden Fall schon mal nicht finden. Hoffentlich hat Sebastian in der Hinsicht mehr Erfolg.

Sie ging wieder zurück zum aktuellsten Beitrag und klickte ihn an. Das Bild war dreizehn Tage zuvor hochgeladen worden und zeigte eine nicht in allen Details ausgeführte Zeichnung zweier miteinander kämpfender Gestalten. Der Bildbeschreibungstext bestand nur aus zwei Hashtags: #illustration und #comics.

Sina verdrehte die Augen. *Mehr fiel ihm nicht ein?*

Sie klickte auf den Pfeil, der zum vorangehenden Post führte. Wieder eine Zeichnung, wieder nur zwei Hashtags als Beschreibung, dieses Mal #comics und #graphicnovel.

Immer schneller klickte Sina sich durch die Beiträge, bis sie schließlich doch zu einem kam, der mit einigen Zeilen Text aufwartete. Darin kündigte Luca an, dass er gemeinsam mit Fabian eine Signierstunde in einem Flensburger Buchladen geben würde.

Das war vor über zwei Monaten, ich glaube, hier auf Instagram werde ich keine Hinweise finden, die für unsere Ermittlungen wichtig sein könnten.

Ein wenig enttäuscht schloss Sina Instagram.

Mal sehen, ob Sebastian schon etwas gefunden hat.

***

»Bisher habe ich nur Dokumente und Nachrichten gefunden, die sich auf seine Arbeit beziehen. Verträge, Notizen mit Ideen für neue Storys, E-Mails zwischen ihm und seinem Agenten und dem Verlag«, fasste Sebastian kurz zusammen.

»Keine Fanpost?«, fragte Sina nach.

Sebastian schüttelte den Kopf. »Zumindest nichts, was er aufgehoben hat. Vielleicht hat er solche E-Mails ja gelöscht.«

Sina fuhr sich über die Stirn. »Wäre das nicht ungewöhnlich? Man freut sich doch, wenn einem Leser schreiben und ihre Begeisterung ausdrücken. So etwas löscht man doch nicht einfach.«

Schulterzuckend deutete Sebastian auf das Tablet. »Vielleicht war das eine E-Mail-Adresse, die seine Leser nicht kannten.«

»Wie sieht es mit den sozialen Medien aus? Facebook? Instagram? Ich habe mir schon seine Posts auf Instagram angesehen, wie sieht es dort mit den DMs aus? Kommst du da ran?«

Zu Sinas großer Erleichterung nickte Sebastian. »Ja, die Passwörter sind alle gespeichert. Wir können uns sowohl auf Insta als auch auf Facebook seine privaten Nachrichten ansehen.«

»Lass uns mit Instagram anfangen«, schlug Sina vor.

Sebastian wischte über das Display des Tablets und tippte das Icon der Instagram-App an. Die Login-Seite erschien, Benutzername und Passwort waren bereits automatisch ausgefüllt worden, sodass Sebastian nur noch auf den Anmelden-Button tippen musste.

Sofort wanderte Sinas Blick zur linken Seite des Displays, wo sich unter anderem ein kleines Papierflieger-Symbol befand. Dahinter verbarg sich der Posteingang.

Enttäuscht sah sie, dass sich über dem stilisierten Papierflieger kein roter Kreis mit einer Zahl darin befand. Das bedeutete, es gab in Luca Christensens Instagram-Postfach keine ungelesenen Nachrichten.

Hoffen wir, dass die alten Nachrichten was hergeben. Und wenn es nur ein paar Namen von Leuten sind, mit denen wir uns unterhalten können.

***

»Die privaten Nachrichten von Neumann konnten wir leider noch nicht auswerten«, erklärte Laura. »Im Gegensatz zu Luca hatte er keinen Passwortmanager eingerichtet. Die Kollegen arbeiten noch daran, sich Zugriff zu verschaffen.«

Sina lehnte sich an den Türrahmen des Büros, das eigentlich Sven gehörte, dem Laura aber bereits ihren Stempel aufgedrückt hatte. Ihre Jacke lag achtlos über den Besucherstuhl geworfen, ihre Handtasche stand auf dem Aktenschrank, zwischen Tastatur und Monitor lag eine geöffnete Tüte Haribo Goldbären und der Rest des Schreibtischs war mit Post-its und anderen Notizzetteln übersät.

Sina hielt einen Zettel in der Hand, auf dem sie die wenigen Namen notiert hatte, die sie und Sebastian gefunden hatten. »Wir haben auf Instagram auch nichts entdeckt, was uns irgendeinen Hinweis auf den Täter geben könnte.«

»Keine Drohnachrichten? Keine enttäuschten Leser, denen der neueste Band der Serie nicht gefallen hat?«, fragte Laura.

Sina schüttelte den Kopf. »Nur ein paar Leute, die

wir vielleicht noch befragen könnten. Bei einigen der Nachrichten war klar, dass sie von Fans stammten, die hat Luca auch nicht beantwortet, hat höchstens mit einem Emoji reagiert.«

»Aber einigen Leuten hat er geantwortet?«

»Ja, ich habe hier vier Namen. Das könnten Freunde von ihm gewesen sein. Sebastian sieht sich gerade deren Profile an.«

»Irgendjemand dabei, der ein enger Freund sein könnte?«, wollte Laura wissen.

Sina faltete den Zettel mit den Namen zusammen. »Eher nicht. Mit seinen engen Freunden wird er via WhatsApp kommuniziert haben. Sein Handy haben wir aber leider nicht.«

»Dann denke ich, diese Befragungen können bis morgen warten«, meinte Laura. »Meiner Meinung nach sollten wir uns als Nächstes der Frage widmen, die der Agent aufgeworfen hat. Wer erbt eigentlich die Rechte an den Büchern?«

Sina musste ihrer Kollegin recht geben. Diese Frage sollten sie vordringlich behandeln. Kurz überlegte sie, ob ein kurzer Telefonanruf bei Luca Christensens Eltern ausreichen würde, um diese Frage zu beantworten.

Nein, es ist besser, ich spreche persönlich mit Ihnen.

Sie sah Laura an, die gerade etwas auf ein pinkes Post-it kritzelte. Sie wollte auf keinen Fall, dass ihre Kollegin ihr wieder ins Wort fiel, wenn sie mit den Christensens sprach.

»Weißt du was? Wir teilen die Arbeit auf. Du telefonierst mit den Eltern von Fabian Neumann und fragst sie nach seinem Testament, ich fahre zu den Christensens.«

Laura sah nicht einmal auf. »Gute Idee, so geht's schneller«, sagte sie nur.

Erleichtert, dass sie sich nicht auf Diskussionen mit Laura einlassen musste, stieß Sina sich vom Türrahmen ab und eilte in ihr eigenes Büro.

***

Sina hatte nur rasch ihre Handtasche geholt und war auf direktem Weg nach List zum Ehepaar Christensen gefahren.

Dort saß sie nun wie schon am Vortag auf der Wohnzimmercouch, doch heute war die Atmosphäre eine ganz andere. Hatte gestern nervöse Anspannung in der Luft gelegen, so schien heute alles Leben aus dem Heim der Christensens gewichen zu sein.

Sowohl Werner als auch Ann-Marie Christensen sahen aus, als seien sie seit dem Vortag um Jahre gealtert. Sina fühlte sich ein wenig unwohl dabei, die von ihrer Trauer gezeichneten Eltern erneut befragen zu müssen.

Die beiden wollen auch, dass der Mörder ihres Sohnes möglichst schnell gefunden wird. Wenn ich so taktvoll wie nur irgend möglich vorgehe, ist es schon okay, dass ich schon wieder hier sitze.

Sina schlug ihr Notizbuch auf. Bevor sie das Gespräch auf die Frage der Erbschaft brachte, wollte sie noch etwas anderes wissen.

»Sie hatten ja gestern selbst bereits gesagt, dass der Tod Ihres Sohnes vielleicht etwas mit seiner Arbeit zu tun hat«, begann Sina. »Dies ist natürlich angesichts der Tatsache, dass sein Partner letzte Woche auf dieselbe Art getötet wurde, naheliegend. Ich wüsste gerne von Ihnen, ob Sie mit Luca über Fabians Tod gesprochen haben.«

»Er hat immer wieder gesagt, dass er sich nicht vorstellen kann, wer das getan hat und warum«, sagte Werner Christensen.

»Luca war erschüttert, er hatte ja nicht nur seinen Mitautor verloren, sondern auch einen Freund«, fügte Ann-Marie hinzu.

»War Fabian Neumanns Tod der Grund, aus dem Luca nach Sylt kam? Wollte er Abstand gewinnen, zur Ruhe kommen? Was denken Sie?«, fragte Sina.

Ann-Marie sah sie nachdenklich an. »Das sicher auch, aber er wollte auch mit seinem Agenten sprechen. Wie gesagt, es gab dieses Angebot einer Filmproduktion. Da musste geklärt werden, wie es nach Fabians Tod weitergehen sollte.«

Sie schluckte, Tränen glänzten in ihren Augen. »Jetzt geht es gar nicht weiter«, sagte sie leise.

Sina hielt einen Moment inne, bevor sie die nächste Frage stellte, überlegte, wie sie möglichst behutsam vorgehen könnte.

»Uwe Madsen hat uns erzählt, dass Luca am Montagnachmittag eine Kirche besucht hätte. Ihm erschien das ungewöhnlich. Wissen Sie etwas von diesem Kirchenbesuch?«

Zwei Augenpaare sahen Sina überrascht an. »Nein, wir dachten, er sei bei seinen Freunden«, sagte Herr Christensen. »Von einem Kirchenbesuch hat er nichts gesagt.«

Sina machte sich eine Notiz. *Dieser angebliche Kirchenbesuch wird wohl für immer ein Geheimnis bleiben. Augenzeugen werden wir kaum finden.*

»Vielen Dank soweit. Ich hätte noch eine letzte Frage. Meine Kollegin und ich haben uns heute bereits mit Herrn Zinßer unterhalten. Dabei kam die

Frage auf, wer denn nun eigentlich die Rechte an den Werken von Fabian und Luca erbt. Wissen Sie, ob Ihr Sohn ein Testament gemacht hat?«

Frau Christensen wirkte ratlos, als sie ihren Mann ansah. »Luca, ein Testament?«

Auch ihr Mann schien diese Frage nicht beantworten zu können, er hob die Schultern. »Über so etwas haben wir nie geredet«, sagte er leise.

»Warum hätten wir das auch tun sollen«, sagte Ann-Marie. »Luca war schließlich noch so jung. Da denkt man doch an so etwas überhaupt nicht.«

Werner räusperte sich. »Ich glaube nicht, dass Luca ein Testament gemacht hat. Ich gehe davon aus, dass wir - seine Eltern - nach der gesetzlichen Erbfolge erben werden.« Er sah Sina an. »Da wird wohl einiges auf uns zukommen.«

Sie nickte. »Am besten, sie lassen sich anwaltlich beraten. Und zwar von jemandem, der sich mit Medienrecht auskennt. Die Rechte an den Werken Ihres Sohnes könnten einiges wert sein.«

***

Bevor sie zurück aufs Revier fuhr, verweilte Sina kurz in ihrem geparkten Auto und las sich ihre Notizen noch einmal durch.

Ihr Handy klingelte. Die Melodie von *Here Comes the Sun* erklang, der Klingelton, den sie Jan zugewiesen hatte.

Neugierig, was ihr Freund von ihr wollte, nahm sie den Anruf an.

»Moin, ich dachte, ich gebe dir schon mal ein Update, was meine Lektüre angeht. Ich bin aber noch nicht ganz durch.«

»Ach ja, die Graphic Novels. Danke, dass du dich so schnell darum gekümmert hast.«

»Ist doch klar. Ich weiß schließlich, wie wichtig das ist. Auf jeden Fall geht es in der Serie um eine postapokalyptische Welt, in der die wenigen Überlebenden einer globalen Katastrophe um ihr Überleben kämpfen.«

Sina erschauerte unwillkürlich. Derartige Geschichten waren überhaupt nicht ihr Ding. Sie hatte sich nicht einmal den Film *Die Tribute von Panem* ansehen können.

»Von der einstigen Zivilisation sind nur noch Trümmer und Ruinen übrig, die sich die Natur langsam, aber sicher zurückerobert«, erklärte Jan. »Das ist alles ganz toll umgesetzt. Super Zeichnungen von Pflanzen, die über zerstörte Gebäude wuchern.«

»Wie macht man aus so etwas eine Story mit fünf Bänden?«, fragte Sina. »Wenn es nur noch einige wenige Überlebende gibt, wird das doch schnell langweilig.«

»Denkst du«, sagte Jan. »Bei den Überlebenden handelt es sich ja nicht nur um nette Menschen. Die Protagonisten sind eine Gruppe von fünf Leuten, die sich gegen alle möglichen Gefahren behaupten müssen. Nicht nur die Natur und die Suche nach überlebenswichtigen Ressourcen wie Nahrung, Wasser und einem Unterschlupf stellen Herausforderungen dar, natürlich gibt es auch noch andere Überlebende, die sich zu Banden zusammengeschlossen haben und ihnen Übles wollen.«

»Definitiv nicht meine Art von Geschichte«, sagte Sina. »Das ist mir alles zu düster.«

»Düster ist es tatsächlich. In Band eins bauen sich die Protagonisten in einer zerklüfteten Felslandschaft an einem Bach eine Unterkunft, nur um von einer marodierenden Bande überfallen und vertrieben zu werden.«

»So was lesen Leute zur Unterhaltung? Das ist doch furchtbar«, warf Sina ein.

»Also, ich muss gestehen, mir gefällt's ganz gut«, sagte Jan. »Neben der ganzen Action wird angedeutet, dass zumindest einige der Protagonisten auch noch düstere Geheimnisse mit sich herumtragen, die sie vor den anderen verbergen wollen.«

»Gibt es irgendwelche Charaktere, die von anderen bemalt oder tätowiert werden?«, fragte Sina.

»Nein. Zumindest bis jetzt noch nicht, vielleicht kommt das ja noch. Aber Tätowierwerkzeug und Farbe sind in dieser postapokalyptischen Welt wohl eher schwer zu finden.«

Sina schnippte mit den Fingern. »Moment mal kurz.« Sie legte das Handy auf ihren Oberschenkeln ab und blätterte in ihrem Notizbuch, bis sie die Liste mit den Wörtern fand, die sich auf beiden Leichen gefunden hatten.

»Ich habe hier ein paar Wörter, die ich gerne mit dir abgleichen würde«, sagte sie. »Mich würde interessieren, ob sich diese Wörter auf die Bücher beziehen. Das erste ist schon klar, das passt. Apokalypse. Desaster, Ruinen, Trümmer, Untergang, Zerstörung und Zivilisation dürften auch alles Begriffe sein, die vorkommen.«

»Ja, auf jeden Fall«, meinte Jan. »Wie lauten denn die andern Wörter.«

»Bumm, Echo, Ticktack«, las Sina vor.

»Ich meine, mich zu erinnern, dass Bumm in einem der Bilder vorkam, in dem eine Explosion dargestellt wird. Du weißt schon, so typisch comicmäßig, in einer gezackten Wolke.«

»Ja, ich weiß genau, was du meinst. Wie sieht es mit Echo und Ticktack aus?«

»Da ist mir bis jetzt nichts untergekommen«, sagte Jan. »Ich werde aber darauf achten, wenn ich weiterlese.«

Sina bedankte sich bei ihrem Freund, versprach, pünktlich Feierabend zu machen und beendete das Gespräch.

Sie legte das Handy weg und zog mit ihrem Kugelschreiber Kringel um die Worte *Echo* und *Ticktack.*

Falls diese beiden Wörter wirklich aus dem Rahmen fallen und mit den Graphic Novels nichts zu tun haben, was könnten sie dann für eine Bedeutung haben?

Einen langen Moment starrte Sina noch auf ihre Notizen, dann schüttelte sie den Kopf, packte ihr Notizbuch und ihr Handy weg und machte sich auf den Rückweg nach Westerland.

***

Auf dem Revier war Laura nicht untätig gewesen. Sie hatte beim Telefonat mit Fabian Neumanns Eltern herausgefunden, dass diese seine Alleinerben waren.

Sina hatte sich auf den Besucherstuhl gesetzt, um die neuesten Erkenntnisse mit Laura zu besprechen.

»Im Gegensatz zu Christensens wusste das Ehepaar Neumann definitiv, dass ihr Sohn kein Testament hinterlassen hat«, erklärte Laura. »Sie haben bereits alles in die Wege geleitet, um das Erbe anzutreten.«

Bevor sie weitersprach, griff sie in die Tüte Gummibärchen, die immer noch zwischen Tastatur und

Monitor lag. Sina sah, dass die Tüte mit dem bunten Aufdruck mittlerweile fast leer war.

»Sie haben sogar von sich aus die Verhandlungen mit Steiner Film angesprochen. Klang für mich so, als seien sie ganz scharf drauf, dass ihr Kind posthum noch zu Ruhm und Ehr im Kino oder Fernsehen kommt.«

Sie zuckte die Achseln. »Über den Tod von Luca zeigten sie sich natürlich entsetzt. Aber ob die beiden Morde etwas mit den Graphic Novels zu tun haben könnten, konnten sie sich nicht vorstellen. Sowohl Vater als auch Mutter Neumann versicherten mir, sie hätten die Bücher alle gelesen und wüssten nicht, wie sich aus der Handlung ein Motiv ergeben könnte.«

Sina erinnerte sich an das, was ihr Jan über seine bisherige Lektüre erzählt hatte. »Es kommen keine bemalten oder tätowierten Menschen oder gar Leichen in den Büchern vor?«

Laura nahm sich noch ein Gummibärchen und schob es sich in den Mund. »So konkret habe ich das nicht gefragt. Aber ich bin mir sicher, wenn es diesen Zusammenhang gäbe, hätten die Neumanns das von sich aus erwähnt. Schon nach dem Mord an Fabian letzte Woche.«

»Stimmt«, meinte Sina. Sie sah auf die Uhr. »Ich will jetzt noch Sven im Krankenhaus besuchen. Danach würde ich gerne Feierabend machen. Morgen kümmern wir uns dann um die Befragungen der Freunde von Luca Christensen hier auf Sylt.«

Laura deutete auf den Monitor ihres PCs. »Eine Sache noch. Sebastian hat vor ein paar Stunden den Durchsuchungsbeschluss für Christensens Wohnung in Flensburg beantragt. Der Beschluss kam gerade. Ich würde das gerne gleich morgen in Angriff nehmen.«

Sie sah Sina fragend an. »Soll ich nach Flensburg fahren und die Durchsuchung leiten? Oder sollen wir das komplett den Kollegen vor Ort überlassen?«

Sina runzelte die Stirn. Bei der Durchsuchung von Luca Christensens Wohnung wäre sie zu gerne selbst dabei.

Aber kann ich mir das leisten? Die ganze Fahrerei würde mich schon einen halben Arbeitstag kosten.

Sie zögerte. Wenn sie nach Flensburg fuhr, würde das auch bedeuten, Laura alle Befragungen von Lucas Freunden allein durchführen zu lassen.

Was ist mir wichtiger? Die Durchsuchung oder die Befragungen?

»Was ist? Warum schaust du so komisch?«

»Weil ich mich nicht vierteilen kann«, sagte Sina. »Lass uns morgen früh als Erstes besprechen, wer zu der Durchsuchung nach Flensburg fährt. Heute ist mir das zu hektisch.«

Sie stand auf und klopfte mit den Fingerknöcheln auf Lauras Schreibtischplatte. »Wir sehen uns morgen früh um acht.«

»Alles klar.« Lauras Finger wanderten schon wieder zu der Gummibärchentüte.

Kopfschüttelnd verließ Sina das Büro. *Wie kann sie nur so viele von den Dingern in sich reinstopfen und dabei so dünn bleiben?*

***

Sina betrat das Krankenhauszimmer und sah mit Erleichterung, dass Sven ein Einzelzimmer hatte.

Dann können wir auch über den Fall reden, ohne dass uns jemand belauscht.

Sven wirkte unnatürlich bleich, doch er lächelte, als er Sina sah. »Moin«, sagte er. Seine Stimme klang kratzig.

»Moin. Hast du einen Frosch im Hals? Ich dachte, du wurdest am Blinddarm operiert, nicht am Kehlkopf.«

Sven zog eine Grimasse und streckte den Arm nach dem Beistelltisch neben seinem Bett aus.

Sina sah, dass dort ein Glas und eine Karaffe mit Wasser standen. Doch Sven konnte beides ganz knapp nicht erreichen.

»Wenn ich versuche, mich aufzurichten, tut alles weh. Aber nach der Krankenschwester läuten, damit die mir den Tisch näher ranschiebt, wollte ich nicht.«

Sina schüttelte den Kopf, trat an das Krankenbett heran und verschob den Tisch, der auf Rollen lief, ein wenig.

Sven griff nach dem Glas und nahm einen Schluck.

»Frosch beseitigt?«, fragte Sina und zog sich einen Stuhl heran. »Wie lief die OP? Alles in Ordnung mit dir?«

Sven verzog erneut das Gesicht. »So gut es einem den Umständen entsprechend eben gehen kann. Ich fühle mich total benebelt von den ganzen Schmerzmitteln und wahrscheinlich auch noch von den Nachwirkungen der Narkose.«

Er stellte das Glas wieder weg. »Ich bin bis obenhin voll mit Schmerzmitteln, aber mir tut trotzdem alles weh.«

Besorgt sah Sina ihn an. »Dann solltest du vielleicht doch lieber nach der Schwester klingeln.«

Sven winkte ab. »Später. Jetzt erzähl du erst mal, was es Neues gibt.«

»Noch nicht viel«, sagte Sina. »Wir haben keine

Ahnung, was das Motiv sein könnte und einen Verdächtigen haben wir auch noch nicht.«

»Wie läuft es mit dir und Laura?«, fragte Sven.

»Naja«, sagte Sina zögerlich, »es geht so.«

»Du klingst nicht gerade begeistert.«

»Bin ich auch nicht. Es läuft nicht gerade rund. Ich hoffe, das bessert sich noch.«

»Das hoffe ich allerdings auch«, meinte Sven. »Aber ich bin da zuversichtlich, ihr werdet euch schon zusammenraufen.«

Sina unterdrückte einen Seufzer. *Ich bin leider nicht ganz so zuversichtlich*, dachte sie.

Schnell wechselte sie das Thema. »Hoffentlich bist du bald wieder fit. Wir brauchen dich ganz dringend so schnell wie möglich zurück.«

Sven grinste. »Ich hoffe auch, dass meine Genesung schnell abgeschlossen sein wird. Anfang August ist doch dieser Kite-Wettbewerb.«

Sina verdrehte die Augen. »Ich weiß, Jan redet jetzt schon ständig davon.«

»Ha, mein bester Freund und größter Konkurrent. Sag ihm mal schöne Grüße von mir. Auf jeden Fall will ich da natürlich topfit an den Start gehen. Das heißt, ich muss so bald wie möglich wieder mit dem Training beginnen.«

Betrübt sah Sven auf seinen reglos daliegenden Körper. »Ich will gar nicht daran denken, wie viel Muskelmasse ich in den nächsten Tagen und Wochen verlieren werde. Das muss ich mir dann alles wieder antrainieren.«

Sina tat empört und verschränkte die Arme. »Ich höre dich hier nur vom Kiten reden. Was ist mit deiner Arbeit? Da musst du auch wieder voll durchstarten, sobald du wieder gesund bist.«

Sven hob eine Hand in einer beschwichtigenden Geste. »Schon klar. Aber den aktuellen Fall wirst du ja wohl hoffentlich mit Laura lösen. Ich habe keine Lust, in zwei oder drei Wochen wieder aufs Revier zu kommen und mich dann immer noch mit diesen beiden Comiczeichnern befassen zu müssen.«

Er deutete auf das Handy, das neben Wasserglas und Karaffe lag. »Ich les grad den ersten Band von ihrer Reihe. Gar nicht mal so schlecht.«

Sina klopfte sich auf die Knie und stand auf. »Dann lass ich dich mal in Ruhe weiterlesen. Erhol dich gut, damit du in Rekordzeit wieder fit bist. Fürs Kiten und für die Ermittlungsarbeit.«

***

Vor dem Abendessen war Niklas nicht dazugekommen, sich das Foto noch einmal anzusehen. Aus schlechtem Gewissen war er eine halbe Stunde länger in der Arbeit geblieben, hatte dann den Bus nach Hause verpasst, sodass er erst wenige Minuten vor dem Abendessen daheim eingetroffen war.

Aber jetzt saß er in seinem Zimmer an seinem kleinen Schreibtisch, den Laptop vor sich aufgeklappt, das Foto in einem Bildbearbeitungsprogramm geöffnet.

Dann wollen wir doch mal sehen.

Er ging planmäßig vor, begann links oben. Er vergrößerte das Bild, soweit es ging, ohne dass es vollkommen unscharf wurde. Dann sah er sich den Ausschnitt genau an. Er sah ein menschliches Gesicht mit weit aufgerissenen Augen.

Niklas fertigte einen Screenshot an und speicherte ihn. Dann verschob er das Bild ein wenig, sodass er einen weiteren Ausschnitt vergrößert betrachten konnte.

Da steht ein Wort, direkt über etwas, das wie eine Hand mit gespreizten Fingern aussieht.

Er legte den Kopf schräg, kniff die Augen ein wenig zusammen, versuchte, die Buchstaben zu entziffern.

Das ist auf jeden Fall ein A, dann ein D, noch ein D, ein K, wieder A ... Was um alles in der Welt, soll das heißen?

Er suchte nach einem Stift und einem Stück Papier, fand auf die Schnelle nur einen alten Kassenzettel. Er notierte die Buchstaben, starrte wieder auf den Bildschirm, korrigierte das erste D zu einem P.

Und das zweite D ist auch kein D, sondern ein O. A-p-o-k-a ... Da steht Apokalypse!

Beflügelt von seinem Erfolg, machte Niklas weiter. Doch die nächsten Bildausschnitte, die er betrachtete, waren alle von Schatten überlagert, sodass er nichts erkennen konnte.

Frustriert wollte er schon aufgeben, doch dann fand er wieder eine Stelle, an der er etwas erkennen konnte. Eine karge Felslandschaft, vor der sich fünf menschliche Silhouetten abhoben.

Niklas blinzelte. Dieses Bild hatte er sich bei der Arbeit ansehen wollen, als sein Vorgesetzter aufgetaucht war. Nun, da er Zeit hatte, es ausführlich zu betrachten, kam es ihm irgendwie seltsam vertraut vor.

Erneut machte er einen Screenshot und speicherte ihn ab. Dann suchte er mit neuem Elan weiter, fand aber keine weiteren Bilder oder Worte mehr.

Nachdenklich lehnte er sich zurück, bemerkte erst jetzt, dass sein Nacken und seine Schultern ganz verspannt waren, da er so lange in gekrümmter Haltung dagesessen hatte.

Er rieb sich den Nacken, ließ den Kopf kreisen und überlegte.

Ob Sammy noch mehr Fotos hat oder für mich auftreiben kann?

Sein Handy verriet ihm, dass es schon kurz vor dreiundzwanzig Uhr war. Sammy war jedoch eine Nachteule, ähnlich wie Niklas selbst.

Er versuchte sein Glück und sendete ihr eine Nachricht auf WhatsApp.

Hey, hat dein Cousin vielleicht noch mehr Fotos von der Leiche gemacht? Mir ist da etwas Interessantes aufgefallen.

In der Tat dauerte es nicht lange, bis eine Antwort von Sammy kam. *Dir ist etwas aufgefallen? Willst du einen auf Sherlock Holmes machen? Ich hab noch drei Fotos, die häng ich dir an.*

Tatsächlich landeten neben der kurzen Textnachricht auch drei Bilddateien in Niklas' Chatverlauf. Rasch lud er sie herunter, um sie sich ebenfalls ganz genau anzusehen. Dann schrieb er noch schnell eine Antwort an Sammy, bevor er sich an die Arbeit machte.

Danke für die Fotos. Sherlock spielen? Lieber nicht. Aber wenn meine Vermutung stimmt, sollte ich vielleicht morgen tatsächlich mit der Polizei sprechen. Denen fällt das, was mir aufgefallen ist, garantiert nicht auf.

Die Nachricht von Sammy, in der sie um Aufklärung bat, ignorierte er. Seine Freundin würde warten müssen, bis sich sein Verdacht bestätigt hatte.

Kapitel drei

Eine kühle Brise wirbelte Sinas Haar durcheinander. Sie strich sich die Strähnen aus den Augen, dann suchte sie in ihren Jackentaschen nach einem Zopfgummi.

Während sie sich die Haare zusammenband, beobachtete sie Barney, der aufgeregt am Wegrand schnüffelte.

Wer ihm da wohl schon wieder zuvorgekommen ist und sein Revier markiert hat?

Kaum hatte sie den Gedanken zu Ende gedacht, hob ihr Border Collie auch schon das Bein und hinterließ seine eigene Duftmarke. Als er seinen Weg fortsetzte, machte er einen hochzufriedenen Eindruck.

»Männer«, murmelte Sina.

Barney blickte über die Schulter zu ihr zurück, als hätte er genau verstanden, was sie da gerade gesagt hatte. Er hechelte, was wie immer aussah, als lache er.

»Ja, ja, lach mich nur aus«, meinte Sina.

Sie ließ Barney noch einige Minuten herumtollen, dann pfiff sie ihn zu sich und legte ihm die Leine an. Jetzt hechelte er nicht mehr, vielmehr schien sein Blick vorwurfsvoll zu sein.

»Jan geht nachher noch mal mit dir«, sagte Sina. »Ich muss jetzt zur Arbeit, da muss ich dich vorher heimbringen, das weißt du doch.«

Brav lief Barney bei Fuß und Sina war einmal mehr froh, dass Jan sich so gut um die Ausbildung ihres gemeinsamen Hundes gekümmert hatte.

Ich hatte dafür natürlich mal wieder keine Zeit vor lauter Arbeit. Ohne Jan wäre Barney jetzt wahr-

scheinlich ein kleiner Rüpel, der immer und überall seinen Willen durchsetzt.

Auf dem Weg zurück zu ihrem Haus wanderten Sinas Gedanken bereits zu der Morgenbesprechung mit ihrem Team. Sie hatte noch am Vorabend beschlossen, dass sie selbst nach Flensburg zu der Wohnungsdurchsuchung fahren würde.

Das muss ich jetzt nur noch Laura verkaufen.

Beim Gedanken an ihre Kollegin seufzte sie. Barney hob den Kopf und schien sie fragend anzusehen.

»Sei froh, dass du keine Kollegen hast«, sagte sie.

Barney hechelte.

***

»Ich werde nach dieser Besprechung selbst nach Flensburg fahren, um bei der Durchsuchung von Luca Christensens dortiger Wohnung dabei sein zu können«, sagte Sina.

Sie saß mit Laura und Sebastian im Besprechungszimmer, um die Aufgaben für den heutigen Tag durchzugehen. Nun hob sie ihr Tablet.

»Außer der Durchsuchung stehen mehrere Befragungen an. Wir haben von einem guten Freund Christensens vier Namen bekommen, zusätzlich hat Sebastian vier weitere Personen, die wir befragen sollten, auf Instagram gefunden.«

Sina nickte ihrem Kollegen zu. »Hast du schon die Kontaktdaten dieser vier Personen herausfinden können?«

»Ja, habe ich. Zwei leben in Flensburg, einer in Berlin und einer in einem kleinen Ort in der Schweiz.«

Sina überlegte kurz. »Um die zwei in Flensburg kümmere ich mich. Entweder ich befrage sie heute selbst oder delegiere das an die dortigen Kollegen. Sebastian, bitte versuche, die anderen beiden heute telefonisch oder über Zoom zu erreichen.«

»Was ist mit den vier Leuten, die uns Uwe Madsen genannt hat?«, fragte Laura.

»Um die kümmerst du dich bitte«, sagte Sina. »Falls du nicht alle Befragungen heute durchführen kannst, mache morgen damit weiter.«

Laura senkte den Kopf und machte sich eine Notiz.

Ich wette, sie wäre lieber mit nach Flensburg gefahren, dachte Sina.

Sie wischte kurz über ihr Tablet. »Ich habe gerade gesehen, dass Uwe Madsen die versprochenen Kreditkartenbelege geschickt hat. Sebastian, bitte komm gleich mit mir in mein Büro. Ich will noch schnell mit dir die Uhrzeiten abgleichen, bevor ich mich auf den Weg nach Flensburg mache.«

Laura klappte ihr Notizbuch zu. »War's das? Kann ich mich gleich an die Arbeit machen?«

Sinas Augen verengten sich. Der leicht aufsässige Tonfall ihrer Kollegin vom Festland ging ihr gegen den Strich. Doch sie hatte keine Lust, bereits am frühen Morgen und noch dazu vor Sebastians Augen und Ohren, einen Streit mit Laura vom Zaun zu brechen. Also biss sie die Zähne zusammen.

»Ja, das war's«, sagte sie knapp.

Als Laura wortlos aufstand und den Raum verließ, musste Sina an sich halten, nicht genervt die Augen zu verdrehen.

***

Bevor sie sich auf den Weg nach Flensburg machte, wollte Sina noch die Rekonstruktion der letzten Tage von Luca Christensen anhand der Informationen von Uwe Madsen ergänzen.

Darum stand sie nun mit Sebastian vor der Wandtafel in ihrem Büro. Als sie Svens Handschrift sah, durchfuhr sie ein Stich. Wie sehr viel lieber hätte sie jetzt in diesem Moment Sven an ihrer Seite gehabt als Sebastian.

Ich darf Sebastian nicht unrecht tun. Er ist ein zuverlässiger Mitarbeiter, der immer gute Arbeit leistet.

Sina drückte ihrem jungen Kollegen den abwaschbaren Stift in die Hand. Dann zog sie ihr Tablet zu Rate. »Laut dem Kreditkartenbeleg hat Uwe Madsen am Sonntag um zweiundzwanzig Uhr acht im Restaurant Lombok bezahlt.«

Sie sah zu, wie Sebastian die Uhrzeit und den Namen des Restaurants auf die Tafel schrieb. »Schreib noch drunter, dass sie anschließend in der Strandbar waren. Die macht am Sonntag um Mitternacht zu.«

»Und am nächsten Tag?«, fragte Sebastian.

Sina wischte weiter zum nächsten abfotografierten Beleg. »Am Montag zahlte er im Restaurant Mareikes Hüs um neunzehn Uhr siebenundzwanzig. Das war der Tag, an dem Luca nach dem Abendessen gleich nach Hause wollte.«

»Der Tag, an dem er nachmittags angeblich in der Kirche war«, meinte Sebastian, während er schrieb.

Sina ließ ihr Tablet sinken. »Wovon seine Eltern nichts wussten.«

»Was nichts heißen mag. Wenn er für sich sein wollte, kann es ja gut sein, dass er mit seinen Eltern nicht darüber reden wollte.« Sebastian steckte die

Kappe wieder auf den Stift und legte ihn beiseite. Dann deutete er auf die unterste Zeile. »Die WhatsApp-Nachricht, die Madsen am Dienstagabend an Christensen sendete, wurde nicht einmal mehr als gelesen markiert. Ich wette, da hatte der Täter Christensen bereits an den Ort gebracht, an dem er ihm die Haare abrasiert und seinen Körper bemalt hat.«

Sina seufzte. »Wenn wir doch nur wüssten, wo sich dieser Ort befindet.«

»Könnte überall sein«, sagte Sebastian. »Der Täter könnte das im heimischen Wohnzimmer gemacht haben. Vorausgesetzt, er lebt allein, natürlich.«

»Natürlich«, murmelte Sina.

»Oder er hat einen Hobbyraum, eine Scheune oder eine Garage, etwas in der Art. Viel Platz hat er nicht gebraucht, nur genug, um Christensen auf einen Tisch oder eine Pritsche zu legen. Vielleicht sogar auf den Boden.«

Sina nickte. Sebastians Überlegungen waren logisch, brachten sie aber nicht weiter.

Wir brauchen Fakten, keine Spekulationen.

Sie sah auf die Uhrzeit auf ihrem Tablet. »Jetzt muss ich aber wirklich los, sonst verpasse ich den Autozug.«

***

Die Zeit auf dem Autozug nutzte Sina für ein Telefonat mit Adrian Winkler, dem Leiter des Spurensicherungsteams, das am Fundort der Leiche in Westerland gearbeitet hatte.

»Wir sind noch nicht ganz mit der Auswertung des Materials fertig, das wir an der Leiche sichergestellt haben«, erklärte Winkler. »Wir fanden Hautschuppen und einige Haare, mit deren Analyse wir begonnen haben.«

»Gibt es schon erste Ergebnisse?« Gespannt wartete Sina auf Winklers Antwort.

»Teilweise stammte das Material vom Toten selbst, aber wir haben tatsächlich auch DNA, die nicht von ihm stammt.«

»Sondern möglicherweise vom Täter.«

»Möglicherweise. Wir werden zunächst Vergleichsmaterial von dem Zeugen beschaffen, der den Toten gefunden hat.«

Sinas Mut sank. *Klar, wahrscheinlich hat sich einfach Ulf Bundis über die Leiche gebeugt und dabei ein paar Haare und Hautschüppchen verloren.*

»Aber falls es da keine Übereinstimmung geben sollte, hätten wir DNA für einen Abgleich, sobald Sie einen Verdächtigen haben.«

Sina blies die Backen auf. *Tja, wenn wir den doch nur schon hätten.*

Sie bedankte sich bei Winkler und beendete das Telefonat.

Dann sah sie nachdenklich aus dem Fenster auf die am Zug vorbeiziehende Wattlandschaft.

Christensen war vollkommen unbekleidet. Die DNA-Spuren wurden also nicht an Kleidung gefunden, an der sie bereits längere Zeit gehaftet haben könnten. Sie müssen von jemandem stammen, der sich kurz vor oder nach seinem Tod in seiner Nähe aufgehalten hat. Bundis wäre natürlich ein Kandidat. Aber außer ihm käme wirklich nur der Täter in Frage.

Sie trommelte mit den Fingern auf das Lenkrad. *Diese DNA könnte uns bei der Überführung des Täters gute Dienste leisten.*

Ihre Gedanken richteten sich von dem, was sie gerade erfahren hatte, auf die Aufgabe, die als Nächstes vor ihr lag.

Ein Flensburger Kollege würde die Durchsuchung leiten, Sina würde nur als Beobachterin dabei sein. Sie holte ihr Tablet aus der Handtasche und rief einen Stadtplan auf, um nachzusehen, wo genau in Flensburg sich die Wohnung von Luca Christensen befand. Dann programmierte sie die Adresse in ihr Navigationsgerät ein.

Da sie noch reichlich Zeit bis zur Ankunft in Niebüll hatte, sah sie sich die Informationen an, die Sebastian über die beiden Flensburger-Instagram-Freunde von Christensen zusammengestellt hatte.

Nils Schneider war zweiunddreißig Jahre alt, lebte im selben Stadtteil wie Christensen und war als arbeitssuchend gemeldet. Sina tippte den Link zu seinem Instagram-Profil an, den Sebastian unter diesen Details angegeben hatte.

Sie studierte das Profilbild, das einen blonden, selbstbewusst wirkenden Mann zeigte, der in die Kamera lachte. Sina konnte nicht genau erkennen, wo das Foto aufgenommen worden war, da sie nur einen kleinen Ausschnitt sehen konnte, doch der Himmel hinter Nils Schneider war blau und die Sonne schien.

Entweder ein Urlaubsfoto oder ein Bild, das an einem besonders sonnigen Tag aufgenommen wurde.

Sie scrollte ein wenig durch die Fotos, die Schneider auf Instagram geteilt hatte. Dass sie dabei nichts fand, was auch nur im Geringsten interessant war, überraschte sie nicht. Schließlich hatte sich Sebastian bereits ausführlich mit diesem Instagram-Profil befasst.

Sie schloss Instagram und nahm sich die Informationen über die zweite Person vor. Maria Sörensen war in Schweden geboren worden, lebte aber bereits seit ihrem dritten Lebensjahr in Flensburg. Sie war einunddreißig, verheiratet und hatte einen zweijährigen Sohn. Mit ihrer Familie lebte sie am Stadtrand von Flensburg.

Ich kann mir ja nicht vorstellen, dass diese Leute etwas mit Christensens Tod zu tun haben, dachte Sina. *Hinweise werden sie uns auch kaum geben können.*

Trotzdem scrollte sie auch kurz durch Sörensens Instagram-Fotos. Nicht, weil sie hoffte, Hinweise zu finden, sondern weil sie ein Gefühl dafür bekommen wollte, was für eine Person Maria Sörensen war.

Sie sah zahlreiche Fotos, auf denen eine brünette Frau mit zarten Gesichtszügen in die Kamera strahlte, einen kleinen Jungen mit fluffigem Blondhaar und einen gutaussehenden dunkelhaarigen Mann an ihrer Seite.

Sina verharrte bei einem Foto, das den Jungen mit schokoladeverschmiertem Mund und Händen zeigte. Er hielt etwas in die Kamera, was sie nicht erkennen konnte.

Sie vergrößerte das Bild ein wenig, doch es ging ihr nicht darum, den Gegenstand zu identifizieren, den Sörensen Junior hielt. Stattdessen betrachtete sie die klaren blauen Augen, die voller Unschuld in die Kamera blickten. Das unbeschwerte Lachen, die feinen Haare, das noch unfertige Gesicht mit der Stupsnase.

Maria Sörensen war neunundzwanzig, als sie Mutter wurde. Für heutige Verhältnisse ist das so-

gar ziemlich jung.

Sina biss sich auf die Unterlippe. Das Thema Kinder hatten sie und Jan noch nie so richtig angesprochen.

Weil ich selbst nicht weiß, was ich will. Ich habe immer gedacht, Kinder, klar, irgendwann mal. Aber langsam sollte ich mir Gedanken darüber machen, wann denn dieses irgendwann mal sein könnte. Ich will nicht eines Tages aufwachen und merken, dass es zu spät ist.

Sina schüttelte den Kopf und schloss rasch das Foto des kleinen Jungen.

Du meine Güte, tickt mich jetzt etwa meine biologische Uhr an? Ausgerechnet jetzt, mitten in einer Mordermittlung?

Sie schaltete das Tablet aus und schob es zurück in die Handtasche.

***

Die Wohnung von Luca Christensen war klein, umfasste nur ein Wohnzimmer mit Küchenzeile, ein Schlafzimmer und ein daran angrenzendes Badezimmer.

Zum Glück, dachte Sina, die mitten im Wohnzimmer stand und sich umsah. *Wenn er eine Vierzimmerwohnung in diesem Zustand gehabt hätte, würde die Durchsuchung ewig dauern. Ist das hier das, was man allgemein als kreatives Chaos bezeichnet?*

Die Einrichtung bestand zwar nur aus einem Sofa, einem niedrigen Couchtisch und einer Kommode, auf der ein riesiger Flachbildfernseher stand. Aber dafür lagen und standen auf sämtlichen Oberflächen und auf dem Boden zahlreiche Gegenstände. Mehrere

Spielekonsolen verschiedener Marken und die dazugehörigen Controller. Die Hüllen von Games, Blurays und DVDs, teilweise geöffnet. Dazu Zeitschriften, Bücher und lose Notizzettel.

Auf dem Tresen, der den Wohnbereich von der Küchenzeile abtrennte, stapelten sich leere Pizzakartons und Styroporverpackungen, die eines fernen Tages allerlei Fastfood enthalten haben mochten, dazwischen standen Cola- und Bierdosen.

»Wir haben einen Laptop gefunden«, sagte Johannes Bente, der von Sina unbemerkt das Wohnzimmer betreten hatte. »Lag im Bett unter einem Kissen.« Er schüttelte den Kopf, war wohl ebenfalls fassungslos angesichts des Chaos, das sich ihnen bot.

»Wie sieht es mit handschriftlichen Aufzeichnungen aus?« Sina deutete auf zwei Stapel Zeitschriften, die neben dem Sofa auf dem Boden lagen. »Hat sich schon jemand die Zeitschriften vorgenommen?«

»Ein Kollege ist grad mit den Büchern beschäftigt, die sich im Schlafzimmer stapeln. Entweder der Mann war ein Vielleser oder er hat zumindest gerne Bücher gekauft. Für ein Regal hat's dann wohl nicht mehr gelangt.« Bente seufzte. Mit der Schuhspitze deutete er auf einen Zettel, der auf dem Boden lag. »Was Ihre Frage nach handschriftlichen Aufzeichnungen angeht: Außer Einkaufslisten und Telefonnummern haben wir in der Hinsicht bisher nichts gefunden. Keine Briefe, kein Tagebuch, keinen Terminkalender.«

»Termine und Telefonnummern hatte er sicher in seinem Handy gespeichert«, meinte Sina. »Das ist leider verschwunden.«

Erneut ließ sie ihren Blick schweifen, dann ging sie zur Küchenzeile und stellte sich vor den Kühlschrank.

Dessen Tür war mit Fotos und Notizzetteln bedeckt, die Luca mit Magneten befestigt hatte.

Sie sah einen linierten Zettel, auf dem einige Lebensmittel notiert waren, einen anderen, auf dem mehrere Filmtitel standen.

Oder sind das Bücher? Sina machte ein Foto mit ihrem Handy, um die Titel später googlen zu können.

Dann sah sie sich die Fotos näher an. Auf den meisten war Luca mit mindestens einer weiteren Person zu sehen, manchmal mit ganzen Gruppen von Leuten. Alle Fotos sahen aus, als seien sie auf Partys oder anderen Veranstaltungen gemacht worden.

Die einzige Ausnahme bildete ein Foto einer jungen Frau, die in die Kamera lächelte. Es handelte sich um eine Großaufnahme, nur ihr Gesicht war zu sehen. Doch es war kein Bild, das von einem Profifotografen aufgenommen worden war, sondern ein Schnappschuss, wahrscheinlich von einer Handykamera.

Sina fotografierte sämtliche Bilder ab, in der Hoffnung, einige dieser Personen identifizieren zu können. Auf einigen Fotos erkannte sie Fabian Neumann, auf anderen Uwe Madsen, auf einem meinte sie, Nils Schneider zu sehen.

Dann zog sie die Kühlschranktür auf. Er war spärlich bestückt, enthielt nur eine vergammelte Tomate, eine geöffnete Packung mit Schinken, eine mit Käse, eine Dose Kaffeesahne und zwei Flaschen Bier.

»Das müssen Sie sich ansehen.«

Sina schloss den Kühlschrank und drehte sich um. Johannes Bente kam auf sie zu, in der Hand einen durchsichtigen Beweismittelbeutel.

Als er vor Sina stand, sah sie, dass ein kleiner wattierter Umschlag in dem Beutel steckte.

»Das hat der Kollege gefunden, der den Briefkasten unten im Eingangsbereich geöffnet hat.« Er hielt den Beweisbeutel so, dass Sina sehen konnte, dass der Umschlag handschriftlich an Luca Christensen adressiert war. Er war frankiert und die Briefmarke war abgestempelt.

Sie beugte sich ein wenig vor. »Wann wurde der Brief abgeschickt?«

Wortlos drehte Bente den Beutel um, sodass sie nun die Rückseite sehen konnte. Dort standen Name und Anschrift des Absenders.

Fabian Neumann.

»Einen Tag vor Neumanns Tod«, antwortete Bente.

Wie elektrisiert starrte Sina den Umschlag an. Was mochte er enthalten?

***

Niklas ließ den Zeichenstift sinken. Er hatte wie so oft seine Mittagspause dazu genutzt, sich auf eine Bank an der Strandpromenade zu setzen, Leute zu beobachten und an Entwürfen für seine geplante erste Graphic Novel zu arbeiten.

Aber heute konnte er sich nicht konzentrieren, seine Gedanken kreisten unablässig um das, was er am Vorabend entdeckt hatte.

Könnte es der Polizei helfen, den Mörder von Luca zu finden?

Seine Hand verkrampfte sich um den Stift, den er immer noch hielt. Er hatte die halbe Nacht lang wachgelegen und sich ausgemalt, wie er zum Polizeirevier ging, um eine Aussage zu machen. Dabei war er auf ein ganz entscheidendes Problem gestoßen.

Wenn ich zur Polizei gehe, bringe ich damit nicht nur mich, sondern auch Sammy und ihren Cousin in Schwierigkeiten. Wie soll ich erklären, dass ich Fotos der Leiche gesehen habe?

Beim Gedanken daran, was ihnen für Konsequenzen drohen könnten, fühlte er eine Welle der Panik in sich aufsteigen.

Sein Gewissen drängte ihn dazu, die Polizei zu informieren, aber seine Angst vor Strafe hielt ihn zurück. Was würden seine Eltern sagen, sein Arbeitgeber?

Niklas schluckte. Auch wenn er vielleicht gar keine Straftat oder Ordnungswidrigkeit begangen hatte, so würde sein Name wahrscheinlich in der Zeitung stehen. Auch das wäre etwas, das seinem Arbeitgeber gar nicht gefallen würde.

Er schloss die Augen, atmete tief ein und aus, um sich zu beruhigen, aber der Knoten in seinem Magen wollte sich einfach nicht auflösen.

Ich muss eine Entscheidung treffen, und zwar so schnell wie möglich. Je länger ich zögere, desto schlimmer wird es.

***

Sina brannte darauf zu erfahren, was in dem Umschlag steckte, den Fabian so kurz vor seinem Tod an seinen Co-Autor geschickt hatte.

Doch Bente bestand darauf, dass das übliche Prozedere eingehalten wurde. Das bedeutete, der Umschlag kam ins Labor, wurde dort spurentechnisch untersucht und erst dann geöffnet.

Er hat ja recht, dachte Sina. *Auch wenn die Chance, dass sich an einem Umschlag, der mit der Post verschickt wurde, wichtige Spuren befinden, eher gering ist.*

Da es für sie in Luca Christensens Wohnung nichts mehr zu tun gab, machte sie sich auf den Weg zu Maria Sörensen.

Eigentlich wäre es logischer gewesen, wenn Sina sich mit Nils Schneider unterhalten hätte. Er wohnte nur wenige Gehminuten von Luca Christensens Wohnung entfernt.

Doch diese Befragung hatte sie einem Flensburger Kollegen überlassen. Stattdessen hatte sie sich in ihr Auto gesetzt und war an den Stadtrand von Flensburg gefahren. Sie hatte sich eingeredet, dass das Haus, in dem Maria Sörensen mit ihrer kleinen Familie lebte, schließlich auf dem Weg zurück nach Niebüll lag.

Zumindest fast. Es ist nur ein winziger Umweg.

Als Sina vor dem Einfamilienhaus mit der weißen Tür und den hübschen ebenfalls weißen Fensterläden parkte, sah sie wieder die Fotos von Instagram vor ihrem inneren Auge.

Was erwartet mich hier? Das Idyll, das ich auf Instagram gesehen habe, oder war das alles nur Fassade?

Als sie an der Haustür klingelte, gestand sie sich ein, dass es weniger die Hoffnung war, Hinweise von Maria Sörensen zu erhalten, die sie hierher geführt hatte, sondern vielmehr ihre Neugier. Neugier auf diese junge hübsche Frau, die auf ihren Fotos so lebenslustig wirkte.

Sie musste eine Weile warten, bis die Tür geöffnet wurde. Die Frau, die sie fragend anblickte, sah genauso aus wie auf ihren Fotos. Ungeschminkt, natürlich, zierlich, und so hübsch, dass Sina sich dabei ertappte, wie sie sich über die Haare fuhr, die sie am Morgen in ihrer Eile nur rasch gebürstet und zu einem Pferdeschwanz gebunden hatte.

»Ja?«

Sina zog rasch ihren Polizeiausweis aus der Jackentasche und hielt ihn Maria Sörensen hin. »Moin, Sina Marten, Polizei Sylt. Ich würde mich gerne mit Ihnen über Luca Christensen unterhalten.«

Maria schlug eine Hand vor den Mund. »So schrecklich, ich habe davon in der Zeitung gelesen.« Sie trat zurück und öffnete die Tür weit. »Kommen Sie herein. Ove und ich sind im Garten.«

Als Sina der jungen Frau folgte, überlegte sie, ob Ove der Sohn oder der Ehemann war.

Der Mann wird bei der Arbeit sein. Es ist Nachmittag.

Sinas Vermutung bewahrheitete sich. Als sie das Wohnzimmer durchquert hatten und durch eine verglaste Terrassentür in den hübschen Garten hinter dem Haus traten, saß dort der kleine blonde Junge auf dem Rasen, den sie schon auf Instagram gesehen hatte, und spielte stillvergnügt mit einem kleinen Plastiktraktor.

Maria Sörensen deutete auf einen Holztisch mit vier passenden Stühlen. »Bitte setzen Sie sich doch.«

Sina setzte sich so, dass sie dem kleinen Ove den Rücken zudrehte. Sie konnte bei dem Gespräch mit seiner Mutter keine Ablenkung gebrauchen.

Nachdem sie ihr Notizbuch ausgepackt und eine neue Seite aufgeschlagen hatte, kam sie gleich zur Sache. »Woher kannten Sie Luca?«

»Während meines Studiums habe ich eine Zeitlang in einem Café in der Innenstadt gekellnert. Dort hat auch Luca gearbeitet. Wir haben uns angefreundet und diese Freundschaft hielt bis … nun ja …«

»Bis zu seinem Tod«, sagte Sina.

Maria nickte und biss sich auf die Unterlippe.

»Hatten Sie nur über Social Media Kontakt oder haben Sie sich auch öfter getroffen?«, fragte Sina.

Maria streckte die Hand nach einem Spielzeugauto aus, das auf der Tischplatte lag, spielte gedankenverloren damit herum. »Seit Ove da ist, haben wir uns nicht mehr so oft gesehen. Also eigentlich schon nicht mehr, seit ich schwanger wurde.« Sie lächelte Sina zaghaft an. »Davor sind wir oft alle zusammen ausgegangen, haben Party gemacht. Luca, Fabian, ihre jeweiligen Freundinnen, Timo und ich.«

»Timo ist Ihr Ehemann?«

Maria nickte, spielte weiter mit dem kleinen roten Auto.

»Sie erwähnten gerade die jeweiligen Freundinnen von Luca und Fabian. Wechselten die beiden denn häufig die Partnerin?«

Maria seufzte, legte das Spielzeug beiseite. »Ja, sie hatten beide einfach kein Glück mit Frauen. Fanden nie die Richtige.« Ihr Blick umwölkte sich. »So traurig.«

Sina erinnerte sich an das Foto, das sie an der Kühlschranktür gesehen hatte. Sie zog ihr Smartphone hervor und suchte nach dem Bild, dann hielt sie es Maria hin. »Ist das eine von Lucas Freundinnen?«

Sofort nickte Maria. »Ja, das ist Nadine. Ich glaube, bei der hatte Luca ernsthafte Absichten, aber sie wollte keine feste Beziehung.«

Überrascht sah Sina ihre Gesprächspartnerin an. »Ist das sonst nicht eher umgekehrt?«

Wieder tasteten Marias Finger nach dem roten Spielzeugauto. »Ja, aber in diesem speziellen Fall war es Luca, der am liebsten sofort geheiratet und eine Familie gegründet hätte. Ich glaube, seine Euphorie hat Nadine eher abgeschreckt. Das ist aber schon über ein Jahr her.«

Sina hob das Handy. »Dieses Foto hängt immer noch an Lucas Kühlschrank.«

Traurig sah Maria sie an. »Ich denke, er hat ihr immer noch nachgetrauert. Seit der Trennung von Nadine gab es nur noch flüchtige Kurzzeitbeziehungen.« Sie räusperte sich. »One Night Stands«, fügte sie leise hinzu.

Sina schrieb den Namen Nadine in ihr Notizbuch. »Wissen Sie zufällig auch, wie Nadine mit Nachnamen heißt?«

Marias hübsches Gesicht verzog sich, als sie die Stirn runzelte. »Ich bin mir nicht ganz sicher. Steeger oder so ähnlich. Lucas Eltern könnten das wissen.«

Sina notierte auch den Nachnamen, dann ging sie zu ihrer nächsten Frage über. »Haben Sie Luca in letzter Zeit gesehen oder mit ihm geschrieben oder telefoniert?«

Maria hob eine Hand und drehte sie hin und her. »Wie man's nimmt. Ja, wir hatten Kontakt, aber nur oberflächlich. Hier und da ein Kommentar oder eine Kurznachricht auf Instagram. Als ich von Fabians Tod hörte, habe ich ihm natürlich sofort eine WhatsApp-Nachricht geschrieben. Aber er hat nie darauf geantwortet.« Traurigkeit lag in ihrem Blick, als sie auf ihre Hände blickte, die sie nun auf der Tischplatte verschränkt hatte. »Wahrscheinlich war er zu geschockt über Fabians plötzlichen grausamen Tod. Da war für mich kein Platz.« Die letzten Worte sprach sie mit so leiser Stimme, dass Sina sie kaum verstehen konnte.

»Sie können sich also nicht vorstellen, wer hinter den Morden an Fabian und Luca stecken könnte?«, fragte Sina mit sanfter Stimme.

Heftig schüttelte Maria den Kopf. »Ich habe nicht die leiseste Ahnung.«

»Gut, das waren dann auch schon alle Fragen, die ich hatte«, sagte Sina und klappte ihr Notizbuch zu. Gerade wollte sie Maria eine ihrer Visitenkarten geben, als diese von ihrem Stuhl aufsprang.

»Ove, nicht.«

Sina drehte den Kopf und sah, wie die junge Mutter zu ihrem kleinen Sohn eilte, der sich gerade etwas in den Mund schob, das Sina nicht identifizieren konnte.

Maria kniete sich neben ihrem Kind auf den Boden und zog an dessen kleiner Hand. Ein Stein fiel zu Boden.

Ove verzog das Gesicht und einen Moment lang sah es so aus, als würde er anfangen zu weinen. Doch dann wuschelte Maria ihm durch die flachsblonden Haare und lachte ihn an.

Ove lachte zurück und patschte mit der Hand nach seiner Mutter.

Maria mit ihrem Kind zu sehen, berührte Sina zutiefst. Sie schluckte, um die plötzliche Enge in ihrer Kehle loszuwerden.

Könnte ich das auch haben? Unbeschwerte Nachmittage im Garten mit einem kleinen Jungen oder einem kleinen Mädchen?

***

Auf der Autofahrt nach Niebüll beschäftigten Sina nur zwei Themen. Zum einen der mysteriöse Briefumschlag und zum anderen das Ziehen in ihrem Inneren beim Anblick von Ove Sörensen.

Was den Brief von Fabian an Luca anging, versuchte sie, sich keine allzu großen Hoffnungen zu machen. Vielleicht hatten die beiden öfter Material für die gemeinsame Arbeit per Post ausgetauscht und der Inhalt war für ihre Ermittlungen vollkommen irrelevant.

Da könnten besondere Stifte drin gewesen sein oder etwas in der Art. Wobei ... arbeiten Illustratoren heutzutage überhaupt noch mit Stiften oder wird das alles digital gemacht?

Seufzend hatte sie auf das Handy geschielt, das in der Freisprecheinrichtung steckte. Bente hatte sich noch nicht gemeldet, hatte Sina aber hoch und heilig versprochen, sie sofort zu informieren, sobald er wusste, was sich in dem Umschlag verbarg.

Ihre Gedanken wanderten von ihrer Arbeit zu ihrem Privatleben.

Wie kann ich das Thema Baby am besten ansprechen? Heute Abend beim Essen? Vor dem Fernseher?

Sie biss sich auf die Unterlippe.

Warum ist das alles so kompliziert? Oder bin nur ich es, die die Dinge unnötig verkompliziert? Jan will doch sicher Kinder haben. Irgendwann mal zumindest.

Ihre Hände am Steuerrad verkrampften sich.

Womit ich wieder beim Punkt irgendwann mal wäre. Ist es noch zu früh in unserer Beziehung, um über ein Baby auch nur nachzudenken? Sollten wir vorher erst heiraten?

Bei all ihren Überlegungen fiel ihr auch wieder ein, was eine Schwangerschaft für ihre Karriere bedeuten würde.

Mindestens dreieinhalb Monate Pause, das geht einfach nicht. Und dann? Wenn das Kind krank ist, kann ich auch nicht jedes Mal erwarten, dass Jan sich kümmert.

Heftig schüttelte Sina den Kopf, als könne sie so ihre Gedanken ordnen.

Nein, es ist zu früh. Ich muss mich voll und ganz auf diesen Fall konzentrieren. Wenn der abgeschlossen ist, dann denke ich noch einmal über das Thema Baby nach. Ganz in Ruhe.

***

Zurück auf dem Revier hatte Sina sich mit Sebastian und Laura im Besprechungszimmer zusammengesetzt. Ihre Kollegen hatten ihr über die Befragungen berichtet, die sie im Laufe des Tages durchgeführt hatten. Leider ohne dabei bahnbrechende neue Erkenntnisse zu gewinnen.

»Wir konnten der Chronologie von Christensens letzten Tagen einige neue Uhrzeiten hinzufügen«, sagte Sebastian. »Allerdings handelt es sich nur um einige WhatsApp-Nachrichten, die er mit Freunden ausgetauscht hat.«

Er blätterte in seinen Notizen. »Einer Freundin ging es ähnlich wie Uwe Madsen. Sie hatte Luca eine Message geschrieben, die er nie gelesen hat. Das war am Dienstag um neunzehn Uhr zwanzig. Also sogar noch eine halbe Stunde vor der letzten Nachricht, die Madsen schickte.«

»Das könnte ein Hinweis darauf sein, dass Luca zu dieser Uhrzeit bereits in der Gewalt des Täters war«, meinte Sina. »Was uns aber wie bereits heute Morgen gesagt, nicht wirklich weiterbringt. Wie sieht es mit dem mysteriösen Kirchenbesuch aus? Wusste jemand darüber Bescheid?«

Sebastian und Laura schüttelten beide den Kopf.

»Ich habe konkret danach gefragt, aber niemand hatte je etwas davon mitbekommen, dass Christensen auch nur ansatzweise religiös oder spirituell veranlagt war. Der Eindruck, den ich von ihm nach den Erzählungen seiner Freunde gewinne, ist der eines allseits beliebten Mannes«, sagte Laura. »Alle sind entsetzt über seinen Tod, niemand hat auch nur den leisesten Hauch einer Ahnung, wer dahinterstecken könnte. Sagen sie zumindest alle, aber ich habe keinen Anlass anzunehmen, dass einer der Befragten vielleicht gelogen haben könnte.«

»Mir geht es ähnlich«, bestätigte Sebastian.

»Vielleicht lagen ja Luca und Uwe mit ihren Spekulationen über den Mord an Fabian richtig und es war ein durchgeknallter Fan ihrer Bücher«, meinte Laura.

Sina stützte die Ellbogen auf der Tischplatte ab. Direkt neben ihr lag ihr Smartphone, das jedoch immer noch keine neue Nachricht aus Flensburg anzeigte.

»Dann liegt wohl im Moment unsere größte Hoffnung darauf, dass der Brief von Fabian einen Hinweis enthält«, meinte sie.

»Sieht ganz so aus«, sagte Laura.

»Wir warten auch noch auf den DNA-Abgleich der an der Leiche gefundenen Fremd-DNA mit Bundis und auf die Mobilfunkdaten von Lucas Handy. Aber vor Montag ist da nicht mit Ergebnissen zu rechnen«, meinte Sebastian.

»Haben wir schon Zugriff auf die privaten Nachrichten auf Facebook und Instagram?«, fragte Sina.

Laura stand auf. »Ich rufe die Kollegen in Flensburg an und frage nach.«

Bevor Sina noch etwas sagen konnte, eilte Laura bereits auf die Tür zu. Sie biss die Zähne zusammen. Ihr gefiel nicht, dass Laura einfach ging, bevor Sina die Besprechung für beendet erklärt hatte, aber wegen so einer Kleinigkeit wollte sie sich nicht mit ihr streiten.

Ich muss mich auf das Wesentliche konzentrieren.

»Bist du mit deinem Papierkram auf dem neuesten Stand?«, fragte sie Sebastian. Der schüttelte den Kopf. »Ich muss noch die heutigen Befragungsprotokolle schreiben und in die digitale Ermittlungsakte einstellen.«

»Gut, dann tu das. Sobald du damit fertig bist, kannst du Feierabend machen.« Sina klopfte auf die Tischplatte und stand auf. »Außer es ergeben sich heute noch neue Entwicklungen.«

***

Auf dem Weg zurück in ihr eigenes Büro kam Sina an Svens Büro vorbei. Die Tür stand offen und Sina konnte Laura am Schreibtisch sitzen sehen. Ihre Kollegin hatte den Telefonhörer zwischen Schulter und Ohr eingeklemmt und tippte etwas auf der Computer-Tastatur.

Sina zögerte, doch dann ging sie weiter. Wenn es Sven gewesen wäre, der da saß, hätte sie sich auf einen der Besucherstühle gesetzt und so lange gewartet, bis er sein Telefonat beendet hätte, um sofort zu erfahren, ob es etwas Neues gab.

Doch zu Laura hatte sie dieses ungezwungene Verhältnis natürlich nicht. Ihr gegenüberzusitzen, während sie mit den Kollegen in Flensburg telefonierte? Das fühlte sich für Sina ganz falsch an.

Als sie tief in Gedanken ihr eigenes Büro betrat und auf den Einschaltknopf ihres PCs drückte, klingelte ihr Handy.

»Marten«, meldete sie sich knapp, ohne vorher nachzusehen, ob der Name des Anrufers im Display angezeigt wurde.

»Moin, Bente hier.«

Sina setzte sich und zog einen Post-it-Block und einen Stift zu sich heran. »Bitte sagen Sie mir, dass Sie in dem Umschlag einen wichtigen Hinweis gefunden haben.«

»Könnte sein«, kam die vage Antwort.

Sina runzelte die Stirn. »Was soll das heißen? Was war in dem Umschlag?«

»Eine kurze handschriftliche Nachricht und ein USB-Stick.«

Wie elektrisiert beugte Sina sich vor. *Ein USB-Stick? Wer benutzt denn so etwas heutzutage noch?*

»Über der Nachricht steht das Datum zwei Tage vor Neumanns Tod. Der Text lautet: *Falls mir etwas zustoßen sollte, sieh dir die Files auf dem Stick an.* Das ist alles. Ich sende Ihnen einen Scan dieser Nachricht gleich auch noch per E-Mail.«

Sinas Herz schlug schneller. *Fabian wusste also, dass er in Gefahr schwebte, sonst hätte er seinem Partner diese Nachricht nicht geschickt. Hatte er eine Verabredung mit jemandem getroffen, von dem er sich bedroht fühlte? Oder wurde er verfolgt?*

Diese Gedanken sprach sie jedoch nicht laut aus. »Was sind das für Files?«, fragte sie stattdessen.

»Tja, da liegt das Problem. Die Dateien sind verschlüsselt.«

Sina hätte vor Enttäuschung am liebsten laut aufgestöhnt.

»Die Kollegen von der Technik arbeiten schon mit Hochdruck daran. Sie sind zuversichtlich, dass sie die Inhalte entschlüsseln können.«

»Handelt es sich um Worddokumente oder Videos oder Fotos? Kann man das wenigstens sehen? Was ist mit den Dateinamen? Geben die irgendeinen Hinweis auf den Inhalt?«

»Nein, leider nichts. Es sind drei Files, die Dateinamen bestehen aus für uns willkürlich aussehenden Ziffernkombinationen. Die Dateiendung ist in allen drei Fällen txt, es handelt sich also um unformatierte Textdateien.«

Textdateien, die alles Mögliche enthalten können. Vielleicht sogar den Namen des Mörders.

***

Sina saß an ihrem Schreibtisch und starrte die gescannte handschriftliche Nachricht an, die ihr Bente wie versprochen gesendet hatte.

Sie hatte die Bilddatei vergrößert, sodass sie ihren gesamten Bildschirm ausfüllte.

Ein schlichtes liniertes Blatt Papier, an der linken Seite leicht ausgefranst, eindeutig aus einem Heft oder Notizbuch herausgerissen. Der kurze Text blau, höchstwahrscheinlich mit einem Kugelschreiber geschrieben.

Falls mir etwas zustoßen sollte, sieh dir die Files auf dem Stick an.

Darüber das Datum, darunter ein hingekritzeltes *Fabian.*

Drei Textdateien, die wer weiß was enthalten

können, dachte Sina.

Ein Klopfen hinter ihrem Rücken ließ sie zusammenfahren. Als sie sich umdrehte, sah sie, dass Laura im Türrahmen stand.

»Wir haben noch keinen Zugriff auf die privaten Nachrichten«, sagte sie. Dann hob sie den linken Arm und deutete auf ihre Armbanduhr. »Wäre es okay, wenn ich für heute Schluss mache? Ich möchte nach Hause fahren, meinen Sohn sehen.«

»Du hast einen Sohn?«, fragte Sina verwundert.

»Ja. Tristan ist vier. Meine Mutter kümmert sich um ihn, während ich weg bin.« Laura lächelte, wohl mit den Gedanken bei ihrem Kind.

»Aber natürlich«, sagte Sina rasch. »Weißt du was? Bleib das ganze Wochenende in Flensburg. Wir hatten ja schon festgestellt, dass es vor Montag keine neuen Ermittlungsansätze geben wird.«

Sie gestikulierte in Richtung ihres PCs. »Ich habe gerade erfahren, dass sich in dem gefundenen Umschlag, auf den ich so große Hoffnungen gesetzt habe, ein USB-Stick befand. Aber die Dateien sind leider verschlüsselt. Das wird also auch noch eine Weile dauern.«

Lauras Lächeln wurde breiter. »Du meinst, es ist wirklich okay, wenn ich erst Montagmorgen wiederkomme?«

»Ja, klar. Mach dir ein schönes Wochenende mit deiner Familie.« Sina lächelte ebenfalls.

»Mit meinem Sohn«, korrigierte Laura sie. »Mehr Familie gibt es nicht. Das mit Tristans Vater und mir hat leider nicht funktioniert.«

»Oh, das tut mir leid.«

Laura machte eine abwehrende Geste. »Nein, nein, schon okay. Über die Sache ist längst Gras gewachsen.«

Sina winkte in Richtung Tür. »Komm gut heim.«

»Danke«, sagte Laura.

Nachdem ihre Kollegin gegangen war, schloss Sina kurz die Augen. *Warum haben auf einmal alle kleine Kinder? Ich hätte nie im Leben gedacht, dass Laura Mutter sein könnte. Wie man sich doch täuschen kann.*

Nun warf Sina selbst einen Blick auf die Uhr. *Eigentlich könnte ich auch Feierabend machen. Hier gibt es heute nichts Dringendes mehr zu tun. Auf mich wartet zwar kein Vierjähriger, aber ein Vierbeiner und ein Mann.*

Beim Gedanken an Barney und Jan lächelte Sina erneut. Sie hatte zwar kein Kind, aber doch so etwas wie eine kleine Familie.

Vielleicht hat das mit dem Baby ja wirklich noch ein wenig Zeit.

Sie schloss Fabians Nachricht an Luca und wollte gerade den PC herunterfahren, als es erneut an ihrer Tür klopfte.

***

Das Herz schlug Niklas bis zum Hals, als die junge Polizeibeamtin ihm bedeutete, das Büro zu betreten.

Nachdem er im Empfangsbereich des Polizeireviers sein Anliegen mehr schlecht als recht herausgestottert hatte, war ihm gesagt worden, dass Hauptkommissarin Sina Marten die Leiterin der Ermittlungen sei.

In deren Büro war er nun geführt worden, wobei er sich vorkam wie ein Lamm auf dem Weg zur Schlachtbank.

»Moin«, begrüßte ihn eine brünette Frau mit freundlichem Lächeln. Sie deutete auf einen Stuhl, der neben ihrem Schreibtisch stand. »Sie haben einen Hinweis für uns?«

Niklas schluckte, überlegte einen Moment, ob er einfach auf dem Absatz umdrehen und das Polizeirevier im Laufschritt verlassen sollte.

Nein, dafür ist es jetzt wohl zu spät.

Er bewegte sich auf den Stuhl zu, stolperte fast über seine eigenen Füße. Als er endlich saß, räusperte er sich. Dann wusste er nicht, was er sagen wollte.

Die Kommissarin schien seine Unsicherheit zu spüren. Sie lächelte ihm immer noch freundlich zu. »Fangen wir doch damit an, dass Sie mir Ihren Namen nennen.«

»Äh, Niklas, Niklas Schäfer.«

»Danke, dass Sie gekommen sind, Herr Schäfer. Es geht um den Fall Luca Christensen?«

Niklas nickte, seine Kehle fühlte sich an wie zugeschnürt.

»Die Zeichnungen«, presste er hervor, »die Zeichnungen auf Lucas Haut, meine ich, das sind alles Motive aus *Die Dunkelheit erwacht*.«

Sina Martens Augenbrauen hoben sich. »Dem ersten Band der Asche und Schatten-Reihe?«

Wieder nickte Niklas, dann erinnerte er sich daran, dass er, um seine Beobachtungen zu belegen, sein Exemplar des Buches mitgebracht hatte.

Er zog das Buch aus seinem Rucksack und legte es auf den Schreibtisch. Einige neongelbe Haftnotizen ragten zwischen den Seiten hervor.

»Ich habe die entsprechenden Stellen eingemerkt.«

Die Kommissarin sah ihn aufmerksam an, sagte

jedoch nichts.

Niklas schlug die erste markierte Seite auf. Sie wurde von einer großen Zeichnung dominiert, auf der fünf nur als Silhouetten sichtbare Menschen in einer zerklüfteten Felslandschaft standen.

»Dieses Bild hier zum Beispiel, das ...« Niklas brach ab. Er spürte, wie Röte sein Gesicht überflutete.

Wie erkläre ich ihr nur, dass ich Fotos der Leiche gesehen habe? Sie schaut mich schon so komisch an, das wird das Nächste sein, was sie mich fragt.

Doch die Kommissarin sagte nichts, beugte sich nur vor und betrachtete das Bild. Zwischen ihren Augenbrauen erschien eine Falte.

»Einen Moment, bitte«, sagte sie und wandte sich ihrem PC zu. Sie drehte den Monitor so, dass Niklas nicht darauf sehen konnte, dann gab sie etwas auf ihrer Tastatur ein, klickte schließlich mit der Maus.

Ihr Blick wanderte wieder zu dem Buch, das immer noch aufgeschlagen auf dem Tisch lag.

»Was ist mit den anderen Post-its?«, fragte sie.

Rasch blätterte Niklas weiter, zeigte stumm auf eine weitere Illustration. Sie zeigte einen Teil eines männlichen Gesichtes mit weit aufgerissenen Augen.

Sina Marten nahm ihm das Buch aus den Händen und blätterte selbst weiter. Wieder sah sie auf den Monitor, klickte mit der Maus, nickte schließlich.

Sie schlug das Buch zu und sah Niklas eindringlich an. »Woher weißt du, welche Bilder sich auf der Leiche befanden?«

Die Frage, die er gefürchtet hatte. Er holte tief Luft und gab die Antwort, die er vorbereitet und auf dem Weg zum Revier in Gedanken eingeübt hatte. »Ich habe Fotos im Internet gefunden.«

Sina Martens Augen weiteten sich. »Fotos von der Leiche?«

Niklas nickte.

»Wo im Internet?«

»Äh, das war so ein Fanforum für Graphic Novels. Die hat jemand anonym gepostet.« Er fühlte, wie ihm der Schweiß ausbrach. Hoffentlich bemerkte die Kommissarin das nicht.

Sie sah ihn prüfend an. »Ein anonymer Post in einem Fanforum also.«

Die glaubt mir doch kein Wort.

»Ja, genau«, presste Niklas hervor.

»Wie heißt dieses Forum?« Sie zog mit einer Hand ihre Tastatur zu sich heran, ließ Niklas dabei jedoch nicht aus den Augen.

»Äh, der Post wurde mittlerweile entfernt. Von einem Admin. Verstieß gegen die Forumsregeln.« Auch diese Ausrede hatte Niklas sich zuvor zurechtgelegt.

»Aber bevor die Fotos gelöscht wurden, hast du sie noch gesehen und sofort einen Zusammenhang erkannt?« Bildete er sich das nur ein oder klang die Stimme der Kommissarin ungläubig?

»Äh, ja. Ich bin ein großer Fan, müssen Sie wissen. Habe alle Bände der Reihe mehrfach gelesen.« Er deutete auf das Buch, dessen Umschlag tatsächlich schon ziemlich abgegriffen war.

»Ich benötige trotzdem den Namen dieses Forums, damit wir uns mit den Betreibern in Verbindung setzen können. Wir müssen herausfinden, wer die Person ist, die diese Fotos anonym hochgeladen hat. Er könnte etwas mit dem Mord zu tun haben.«

In Niklas' Ohren summte es. Er fühlte sich, als würde er gleich in Ohnmacht fallen. Dass die Polizei trotz seiner Behauptung, die Fotos seien gelöscht worden, nachforschen würde, hatte er nicht bedacht.

Ich bin ja so dumm, das war doch klar.

Er legte eine Hand vor den Mund. »Könnte ich vielleicht ein Glas Wasser haben?«, fragte er, um Zeit zu gewinnen.

Jetzt meinte er, aus der Miene der Kommissarin Misstrauen ablesen zu können. Doch sie sagte nichts, stand auf und ging zu einem niedrigen Aktenschrank.

Niklas folgte ihr mit den Augen und sah, dass dort einige kleine Mineralwasserflaschen sowie ein Kaffeebecher und ein Glas standen.

Sina Marten kam mit einer der Flaschen an den Tisch zurück und öffnete den Schraubverschluss. »Mit einem sauberen Glas kann ich leider auf die Schnelle nicht dienen.« Sie reichte ihm die Flasche.

Er nahm einen großen Schluck, überlegte dabei fieberhaft, wie er sich aus dem Lügennetz, in das er sich verstrickt hatte, befreien könnte.

Ich werde ihr die Wahrheit sagen müssen.

Er stellte die Flasche ab, die Kohlensäure kitzelte immer noch in seiner Nase.

»Also, es ist so. Ich hatte Angst, dass Ingo Ärger bekommt«, begann er.

»Ingo?« Die Kommissarin hielt nun einen Stift in der Hand und blätterte in einem Notizbuch.

»Ingo Freese, er arbeitet auf dem Wochenmarkt. Er hat die Fotos gemacht.« Niklas sprach immer schneller. »Aber er hat mit dem Mord nichts zu tun. Ganz sicher nicht. Er war einfach nur dort, weil er auf dem Markt arbeitet, nichts weiter.«

Sina Marten sah ihn aus leicht zusammengekniffenen Augen an. »Ihr seid befreundet?«

Niklas' Wangen brannten, er schob die Hände unter die Oberschenkel. »Nicht direkt.«

»Will heißen?«

»Er ist der Cousin einer guten Freundin. Sie steht auch auf Graphic Novels, genau wie ich.«

Die Kommissarin tippte mit ihrem Kugelschreiber auf die aufgeschlagene Seite ihres Notizbuches. »Wie hast du die Fotos erhalten? Per E-Mail?«

»Nein, per WhatsApp. Erst eins, das war vorgestern ganz spät abends. Als ich mir das gestern ganz genau ansah, entdeckte ich das Bild mit der Felslandschaft. Dann fragte ich, ob es noch mehr Fotos von der Leiche gibt. Da bekam ich den Rest.« Er atmete tief durch. Einerseits fühlte er Erleichterung, dass er nun die Wahrheit gesagt hatte, andererseits war da immer doch die Furcht vor den Konsequenzen. »Bitte, Sie müssen mir glauben, Ingo hat mit dem Mord nichts zu tun.«

Einen Moment sah Sina Marten ihn aufmerksam an. »Wir werden das überprüfen«, sagte sie schließlich. »Aber zuerst möchte ich, dass du mir die Fotos weiterleitest.«

Sie nahm eine kleine Karte aus einem Halter auf ihrem Schreibtisch und legte sie vor Niklas hin. Es war eine Visitenkarte mit dem Emblem der Schleswig-Holsteiner Polizei.

»An diese E-Mail-Adresse hier«, sagte sie.

Niklas zog sein Smartphone hervor, suchte die Bilddateien, die er sich heruntergeladen hatte, und leitete sie weiter.

Der PC der Kommissarin gab einen leisen Signalton von sich.

»Kann ich jetzt gehen?«, fragte Niklas.

Die Kommissarin nickte. »Aber halte dich bitte zur Verfügung, falls wir Rückfragen haben sollten.«

»Das werde ich«, versprach Niklas rasch. »Ganz

sicher.«

***

»Ingo Freese«, murmelte Sebastian. »Ja, hier. Bernd hat ihn vorgestern befragt. Freese arbeitet für einen Blumenhändler.«

»Ausgerechnet«, sagte Sina. Sie stand hinter Sebastians Bürostuhl und beugte sich nun vor, um lesen zu können, was auf seinem Bildschirm stand.

Sebastian scrollte ein wenig tiefer, dann tippte er mit dem Zeigefinger auf den Monitor. »Er hat ausgesagt, er sei kurz nach der Polizei am Rathausplatz eingetroffen. Das wurde von einem Kollegen bestätigt, der zeitgleich ankam.« Er sah zu Sina hoch. »Könnte natürlich gelogen sein. Er hat die Leiche abgelegt, Fotos gemacht, ist dann wieder verschwunden, nur um später zur üblichen Zeit zurückzukehren.«

Sina schüttelte den Kopf. »Zumindest die Fotos hat er tatsächlich erst nach sechs Uhr früh gemacht, als es schon hell war.«

Sie deutete auf den Monitor. »Wie sieht es mit Vorstrafen aus? Wurde der Mann überprüft?«

»Ja, wie alle, die wir an dem Tag befragt haben. Er ist nicht vorbestraft und hier steht auch, dass er seit neun Jahren für Blumen Bieser arbeitet.«

Sina überlegte kurz, sah auf die Uhr. »Die Befragung kann bis morgen warten. Würdest du mich begleiten? Morgen um zehn Uhr.«

»Geht klar, ich habe morgen sowieso Dienst«, meinte Sebastian.

***

Das Kinn auf die verschränkten Hände gestützt, sah Sina Jan dabei zu, wie er eine Flasche Rotwein öffnete.

»Ich hatte mich so auf ein freies Wochenende gefreut«, sagte sie. »Wir müssen auf alle möglichen Informationen warten. DNA-Abgleich, Telefondaten und Ähnliches. Und dann kommt kurz vor Feierabend dieser Comicfan an und hat eine erstaunliche Entdeckung gemacht. Eine Entdeckung, bei der ich nicht recht weiß, was ich davon halten soll.«

Jan kam mit zwei gefüllten Weingläsern an den Küchentisch und reichte Sina eines der Gläser. »Darfst du darüber reden?«

Sina nahm einen kleinen Schluck und nickte. »Erzähl's nur nicht weiter. Das ist genau die Art von Detail, auf die die Medien sich stürzen würden wie die Aasgeier.«

»Ich schweige wie ein Grab.«

»Sag so etwas nicht, das ist so schrecklich makaber«, meinte Sina. »Hast du eigentlich die fünf Graphic Novels schon fertig gelesen?«

»Ja, heute Nachmittag. Ich habe mir Notizen gemacht«, meinte Jan. »Soll ich die holen?«

Sina winkte ab. »Später.«

»Ich kann dir aber auch ohne meine Notizen sagen, dass auch die Begriffe Ticktack und Echo in den Büchern vorkommen.«

»Alle in Band eins?«, fragte Sina.

Jan sah sie ein wenig verwirrt an. »Ich glaube nicht.«

»Schade, das passt dann nicht zu den Bildern.«

»Du sprichst in Rätseln.« Jan sah sie fragend an.

»Also, es ist so: Ein Mitarbeiter des Wochenmarktes hat heimlich Fotos von der Leiche gemacht. Diese hat der Comicfan zu Gesicht bekommen. Er hat sich die Bemalungen ganz genau angesehen und dabei festgestellt, dass sich alle Bilder, die er auf den Fotos erkennen konnte, auch in Band eins der Reihe befinden.«

»Die Dunkelheit erwacht«, sagte Jan.

»Ich sehe, du hast deine Hausaufgaben gemacht.«

»Sicher.« Jan nickte. »Du hast gerade gesagt, alle Bilder, die er erkennen konnte. Ich nehme an, das waren nicht alle. Lag die Leiche auf dem Bauch oder auf dem Rücken?«

Sina winkte ab. »Das tut jetzt nichts zur Sache. Das muss morgen noch erledigt werden. Wir werden die Fotos des Tatortfotografen ganz genau mit dem Buch vergleichen. Außerdem muss der Marktmitarbeiter befragt werden, um auszuschließen, dass er irgendetwas mit dem Mord zu tun hat.«

Sie unterdrückte ein Gähnen. »Wie gesagt: Das war's dann mit dem freien Wochenende.«

»Das erledigst du doch morgen in kürzester Zeit«, meinte Jan. »Eine Befragung, dann bringst du die Fotos mit heim und ich helfe dir, die dazugehörigen Illustrationen zu finden.«

Entsetzt sah Sina ihren Freund an. »Ich zeige dir doch keine Fotos einer Leiche.«

Er verdrehte die Augen. »Erstens bin ich nicht aus Zucker, zweitens kannst du die Fotos doch wohl so bearbeiten, dass man nur noch das Bild sieht, um das es geht, oder?«

»Ja, kann ich«, stimmte Sina ihm zu. »Aber das klingt nicht gerade nach einer tollen Samstagnachmittagsbeschäftigung.«

»Wir werden das Beste daraus machen«, meinte Jan. »Und dann haben wir ja noch den ganzen Sonntag. Da fahren wir dann mit Barney an den Strand.«

Als er seinen Namen hörte, hob der Border Collie, der träge in seinem Hundekörbchen gelegen hatte, den Kopf und spitzte die Ohren.

Bei dem Anblick musste Sina lachen. Sie nahm noch einen Schluck Rotwein und fühlte, wie die Anspannung des langen Arbeitstages langsam von ihr wich.

Sie prostete Jan zu. »Dann erklär mir erst morgen, was es mit den Begriffen Ticktack und Echo auf sich hat. Jetzt ist Freizeit.«

Kapitel vier

Vier Scheiben getoastetes Weißbrot sprangen aus Sinas geliebtem Toaster, dem Jan den Spitznamen Monster verpasst hatte, als Sina bei ihm eingezogen war.

Zwei der Toastscheiben landeten auf Jans Teller, zwei auf ihrem eigenen. Wenn sie schon an einem Samstagvormittag arbeiten musste, dann wollte sie wenigstens zuerst gut frühstücken.

Doch während sie ihren Toast butterte, wanderten ihre Gedanken bereits wieder zu dem Fall.

»Du hast gestern gesagt, du hättest herausgefunden, worauf sich die Begriffe Echo und Ticktack beziehen.« Sie sah Jan fragend an und griff nach dem Glas mit Erdbeermarmelade.

»Willst du das wirklich jetzt beim Frühstück wissen?« Er hielt mit der Kaffeetasse auf halbem Weg zum Mund inne.

»Wieso? Ist es so unappetitlich?«

Jan stellte die Tasse ab. »Nein, das nicht. Aber ich dachte, wir frühstücken in Ruhe und reden später darüber.« Er zuckte die Schultern. »Wenn du von der Arbeit zurückkommst. Es wird doch heute nicht spät, oder?«

Sina biss in ihr Marmeladentoast. »Nein, wird es nicht«, sagte sie kauend. »Aber ich bin jetzt neugierig. Was hat ein Echo mit einer dystopischen Graphic Novel zu tun?«

Jan seufzte. »Also, gut. Das Echo kommt in einer Szene vor, in der eine Gruppe Überlebender in einer Gebirgslandschaft ist. Sie rufen, in der Hoffnung, weitere Menschen zu finden, doch nur das Echo antwortet.«

»Klingt ja fast poetisch«, meinte Sina.

»Den Begriff Ticktack habe ich in einer Zeichnung gefunden, in der die Protagonisten in den Trümmern eines Hauses eine immer noch tickende Uhr finden. Ticktack steht ganz comictypisch in einer kleinen gezackten Sprechblase neben der Abbildung der Uhr.«

»Das heißt also, dass von den ganzen Wörtern, die wir gefunden haben, wirklich alle in irgendeiner Form in einem Zusammenhang mit den Büchern von Neumann und Christensen stehen.« Sina gestikulierte mit der Hand, in der sie ihren Toast hielt. »Keines der Wörter fällt aus der Reihe und könnte so einen Hinweis geben.«

»Was ist mit den Bildern?«, fragte Jan.

»Daran müssen wir wie gesagt noch arbeiten.« Sie nahm einen weiteren Bissen. »Ich habe mir übrigens mittlerweile überlegt, dass deine Idee, wie du mir helfen könntest, nicht schlecht ist.«

Sie leckte sich die Finger ab. »Ich werde sehen, dass ich die Fotos so bearbeite, dass ich sie dir zeigen kann.«

***

Niklas hatte schlecht geschlafen. Stundenlang hatte er wach gelegen und mit sich gerungen, ob er Sammy erzählen sollte, was er getan hatte.

Doch er wusste, wenn er Sammy davon berichtete, dass er auf dem Polizeirevier gewesen war, würde sie sofort ihren Cousin kontaktieren.

Das konnte er nicht riskieren. Wenn die Kommissarin merkte, dass Ingo vorgewarnt war, würde Niklas mächtigen Ärger bekommen.

Bis jetzt bin ich glimpflich davongekommen. Das darf von mir aus gerne so bleiben.

Also hatte er gestern Abend Sammys WhatsApp-Nachrichten ignoriert. Seine Freundin hatte gefragt, warum er am Vorabend so geheimnisvoll getan hätte.

Was hast du auf den Fotos entdeckt? Da ist doch was, oder?

Dass er gestern nicht mehr geantwortet hatte, könnte er damit erklären, er sei zu müde gewesen, um noch mit ihr auf WhatsApp zu chatten. Doch jetzt war Samstagvormittag, er musste nicht zur Arbeit und hatte keine Ausreden mehr.

Er öffnete WhatsApp und begann damit, eine Nachricht zu schreiben, verwarf sie, fing von vorne an.

Aber auch bei seinem zweiten Versuch konnte er nicht die richtigen Worte finden. Er war versucht, das Handy beiseitezulegen.

Nein, ich kann Sammy nicht einfach ignorieren. Sie ist meine beste Freundin. Ich muss sie wenigstens irgendwie vertrösten.

Niklas seufzte. Dann startete er einen erneuten Versuch.

Sei mir bitte nicht böse, dass ich mich gestern nicht mehr gemeldet habe. Ich werde dir alles erklären, aber ich brauche noch ein wenig mehr Zeit.

Er atmete tief durch und tippte auf *Senden*.

In der Hoffnung, dass ihm diese Nachricht ein wenig Zeit erkaufte, legte er das Handy weg.

Das wäre erledigt. Bleibt nur noch die Frage, was ich heute unternehme, um mich ein wenig von all dem abzulenken, was in den letzten Tagen geschehen ist.

Der Schock über die Morde an Fabian und Luca,

der Anblick der Fotos von Lucas Leiche, seine Entdeckung, dass die Motive, die der Mörder gemalt hatte, alle aus *Die Dunkelheit erwacht* stammten, all das hatte Niklas sehr mitgenommen.

Er ging zu seinem Schreibtisch und suchte einige Stifte zusammen. Dann nahm er seinen Skizzenblock und packte alles in seinen Rucksack.

***

Sina und Sebastian hatten auf dem Polizeirevier eine kurze Besprechung abgehalten, um die Befragung von Ingo Freese abzustimmen. Dabei hatte Sebastian zu bedenken gegeben, dass es gut sein könnte, dass Freese auch am Samstag arbeitete.

Ein kurzer Anruf im Ladengeschäft von Blumen Bieser in Keitum hatte dann tatsächlich ergeben, dass Freese dort bis sechzehn Uhr im Verkauf tätig war. Da Sina nicht warten wollte, bis Freese wieder zu Hause war, hatten sie sich auf den Weg zum Blumengeschäft gemacht.

Sina, die vorher noch nie etwas von Blumen Bieser gehört hatte, staunte, als Sebastian vor einem niedrigen Flachbau parkte, hinter dem sich mehrere große Gewächshäuser befanden.

»Das ist ja eine richtige Gärtnerei«, sagte sie. »Ich dachte, die beziehen alle ihre Blumen und Pflanzen von irgendeinem Großhändler vom Festland. Ich wusste nicht, dass sie die zumindest teilweise selbst ziehen.«

»Blumen Bieser ist eine Sylter Institution«, sagte Sebastian, als sie auf die Ladentür zugingen. »Ich kenne die Firma schon seit meiner Kindheit.« Er zog die Tür auf und ließ Sina den Vortritt.

Im Inneren des Geschäfts erwartete sie der für Blumenläden so typische Geruch nach nassen Blättern und feuchtem Papier, der sich mit dem Duft verschiedenster Blumen vermischte, und schwer in der Luft hing.

Sina sah sich um. Der Laden war gut besucht, mehrere Verkäufer berieten Kunden, eine Floristin stand an der Ladentheke und wickelte einen großen bunten Blumenstrauß in Seidenpapier, während ein Mann mit gezückter Kreditkarte wartete.

»Ich sehe zwei männliche Verkäufer, welcher von denen ist jetzt Freese?«, fragte Sina Sebastian leise.

»Freese ist einunddreißig. Also muss er der Mann mit den kurzen dunklen Haaren sein, der andere ist eindeutig älter.«

Sina ging auf den Verkäufer zu, der gerade einer Kundin eine Topfpflanze reichte. Sie wartete kurz, bis die Frau sich bedankt und auf den Weg zur Kasse gemacht hatte.

Als der Mann sie bemerkte, lächelte er. »Guten Tag, womit kann ich Ihnen behilflich sein?«

»Sind Sie Ingo Freese?«, antwortete Sina mit einer Gegenfrage.

Überrascht sah der Mann sie an. »Ja, der bin ich.«

Sie zog ihren Polizeiausweis hervor. »Sina Marten von der Kripo Sylt. Mein Kollege und ich möchten noch einmal kurz mit Ihnen sprechen.«

Unsicherheit huschte über Freeses Miene. »Wegen dem ...«, er senkte die Stimme, »... Mord?«

»Ganz genau. Können wir uns hier irgendwo ungestört unterhalten?«

Ingo Freese führte sie an der Ladentheke vorbei zu einer Tür, durch die man in einen Raum gelangte, in dem mehrere Floristen Blumensträuße zusammenstellten und Kränze banden. Von dieser Werkstatt ging eine weitere Tür ab, hinter der ein kleiner Pausenraum lag.

Neben einem Kühlschrank, einer Mikrowelle und einer Kaffeemaschine gab es auch einen Tisch und mehrere Stühle.

Sie setzten sich und Freeses Blick wanderte zwischen Sina und Sebastian hin und her. »Gibt es Neuigkeiten?«

Sina zog die Ausdrucke hervor, die sie von den Fotos angefertigt hatte, die Niklas ihr gemailt hatte. Sie breitete sie auf der Tischplatte vor Ingo Freese aus.

Ein Blick genügte und Freese wurde blass.

»Sie haben diese Fotos am vergangenen Mittwoch angefertigt«, sagte Sina.

»Woher haben Sie die?« Freeses Stimme war nur ein Flüstern.

»Das tut nichts zur Sache«, meinte Sina. »Die Kollegen vor Ort hatten Sie und alle weiteren Personen, die sich in der Nähe des Tatortes aufhielten, ausdrücklich aufgefordert, keine Fotos zu machen.«

Sie tippte mit dem Zeigefinger auf eines der Bilder. »Nicht nur, dass es pietätlos ist, Fotos eines Toten aufzunehmen, die Verbreitung solcher Bilder könnten auch die polizeilichen Ermittlungen erschweren.«

Freese schluckte, Sina konnte sehen, wie sich sein Adamsapfel bewegte. Einen Moment schwieg er, dann sprach er mit leiser Stimme. »Das wollte ich nicht. Ich hatte auch nicht vor, die Fotos zu verbreiten, wie Sie das formuliert haben.«

»Ach, nein? Wie kommt es dann, dass wir diese Fotos nun in unserem Besitz haben? Offenbar haben Sie sie ja weitergegeben.«

Freese fuhr sich mit einer Hand über die Stirn. »Ich habe Sie nur ein paar Leuten gezeigt. Freunden. Die hatten mir alle versprochen, die Fotos für sich zu behalten.«

»Gezeigt?«, bohrte Sina nach. »Was genau verstehen Sie unter *zeigen*?«

»Naja, äh, also, ich habe sie ihnen auf WhatsApp gezeigt.«

Sina musste an sich halten, nicht mit den Augen zu rollen. »Ihnen musste doch klar sein, dass Sie in dem Moment, in dem Sie die Fotos versenden, keinerlei Kontrolle mehr darüber haben, ob die Bilder heruntergeladen und weiterverbreitet werden.«

Ingo Freese senkte den Kopf. »Es war ein Fehler«, sagte er schlicht.

Nun verdrehte Sina doch die Augen. *Wahrscheinlich wollte er seinen Freunden gegenüber angeben, sich wichtig machen.*

»Nun zu meinen Fragen«, sagte sie. »Haben Sie nur diese vier Bilder aufgenommen oder gibt es noch weitere Fotos?«

»Nein, nur die vier«, beeilte Freese sich zu antworten.

»Sie haben die Fotos mit Ihrer Handykamera gemacht?«

»Ja, genau. Darum ist auch die Auflösung nicht so gut, ich musste ziemlich zoomen.« Freese leckte sich nervös über die Lippen. »Hören Sie, ich wollte nichts Schlimmes machen, ehrlich. Ich war einfach nur neugierig, wollte genauer sehen, was da los ist. Warum wir nicht wie sonst unsere Stände aufbauen durften.«

Sina hatte keine Lust, sich Freeses gesammelte Ausreden anzuhören und gab ihm mit einer Geste zu verstehen, dass sie noch weitere Fragen hatte. »An wie viele Personen haben Sie diese Fotos weitergeleitet?«

»An drei«, sagte Freese kleinlaut. »Zwei Kumpels und meine Cousine.«

»Bitte geben Sie mir die Namen«, forderte Sina ihn auf.

Freese riss die Augen auf. »Die bekommen jetzt aber keine Schwierigkeiten, oder?«

Sina schüttelte den Kopf. »Wir müssen versuchen nachzuvollziehen, wo diese Fotos mittlerweile überall im Umlauf sind. Wir wollen um jeden Preis verhindern, dass sie weiter verbreitet werden.«

»Verstehe«, flüsterte Ingo Freese. »Also, das wären dann Robert Henkel, Paul Sänger und Samantha Freese. Sie wohnen alle hier auf Sylt. Wenn Sie die Telefonnummern brauchen, müsste ich in meinem Handy nachsehen.«

»Tun Sie das bitte.«

Freese zog das Handy aus der Hosentasche und während Sina sich noch wunderte, dass er es bei der Arbeit bei sich tragen durfte, wischte er hektisch über das Display. Dann nannte er Sina langsam nacheinander drei Telefonnummern.

Sie notierte diese in ihrem Notizbuch, dann deutete sie auf das Smartphone. »Bitte senden Sie mir die vier Fotos per E-Mail.« Sie nannte ihm ihre Adresse.

Wieder wischte Freese über das Display, dann tippte er etwas. »Erledigt«, sagte er und blickte auf.

»Gut«, meinte Sina. »Dann löschen Sie jetzt bitte die Bilddateien von Ihrem Handy.«

***

Viel lieber hätte Sina den restlichen Tag mit Jan und Barney verbracht. Doch natürlich hatte die Befragung von Ingo Freese neue Fragen aufgeworfen, denen nachgegangen werden musste.

Die Befragungen von Robert Henkel, Paul Sänger und Samantha Freese hatte Sina an Maja und Bernd delegiert, die genauere Untersuchung der von Ingo Freese aufgenommenen Fotos an Sebastian.

Sie selbst hatte sich die Fotos vorgenommen, welche die Tatortfotografen in Flensburg und Westerland aufgenommen hatten.

Nachdem sie am Vorabend auf Jans Vorschlag, ihr bei der Zuordnung der Bilder zu helfen, zunächst mit Entsetzen reagiert hatte, weil sie ihm keine Fotos der Leichen zeigen wollte, hatte sie sich mittlerweile mit der Idee angefreundet, ihm nur Ausschnitte aus den Fotos zu zeigen.

Statt am Strand spazieren zu gehen, saß Sina nun also in ihrem Büro vor dem PC und ging sämtliche Fotos der beiden Leichen durch. Jedes Foto, auf dem eine Zeichnung vollständig und gut erkennbar war, öffnete sie in einem Bildbearbeitungsprogramm. Dann schnitt sie sorgfältig nur die jeweilige Zeichnung aus und speicherte dieses neue Bild ab.

Es dauerte über eine Stunde, bis sie alle Fotos auf diese Weise bearbeitet hatte. Als sie den Ordner öffnete, in dem sie die neuen Bilder gespeichert hatte, war sie erstaunt zu sehen, dass sich auf den beiden Leichen vierzig Zeichnungen befunden hatten.

Sie hatte die Dateinamen so vergeben, dass sie nachvollziehen konnte, welche Zeichnungen sich auf Fabians und welche sich auf Lucas Haut befunden hatten.

Es waren jeweils exakt zwanzig.

Die vergleiche ich aber jetzt nicht alle miteinander, um herauszufinden, ob es sich um zwanzig Motive handelt, die alle zwei Mal vorkommen. Ich fühle mich jetzt schon, als wären meine Augen viereckig.

Bevor Sina ihren PC herunterfuhr, speicherte sie Kopien der Bilder auf einem USB-Stick.

Dann packte sie ihre Handtasche und ging in Sebastians Büro.

»Gibt es irgendetwas Neues?«, fragte sie ihren Kollegen. »Ich mache jetzt Schluss für heute.«

»Ich habe mir die Fotos von Freese genau angesehen. Sie wurden um sechs Uhr neunzehn aufgenommen, sonst habe ich nichts Neues herausgefunden. Maja und Bernd sind noch unterwegs.«

Kurz überlegte Sina, ob sie abwarten sollte, was ihre Kollegen zu berichten hatten, doch sie entschied sich dagegen.

»Falls bei den Befragungen etwas Interessantes herauskam, sagt mir bitte Bescheid«, sagte sie. »Ich lasse mein Handy an.«

»Geht in Ordnung.«

***

»Das ist schwieriger, als ich dachte.« Jan wischte über das Display seines Tablets, auf dem er die e-Books der Asche und Schatten-Reihe gelesen hatte. »Ich bin mir zwar sicher, dass ich so ein ähnliches Bild gesehen habe, aber wo?«

Geduldig sah Sina zu, wie ihr Freund weiter nach einer Illustration suchte, die dem Foto ähnelte, das auf ihrem eigenen Tablet geöffnet war. Sie saßen nebeneinander auf der Couch im Wohnzimmer. Barney hatte es sich zu ihren Füßen bequem gemacht und döste vor sich hin.

»Ah, hier!« Jans Stimme klang triumphierend. Er hielt Sina sein Tablet hin. Sie verglich die Zeichnung mit dem Foto vom Tatort.

»Passt. Kannst du bitte einen Screenshot anfertigen und abspeichern?«

Jan tat wie ihm geheißen. »Wie viele Bilder sind das eigentlich insgesamt?«

»Genau vierzig. Zwanzig von Fabian, zwanzig von Luca. Wir schauen uns jetzt aber nur die von Luca an. Ich hoffe, es sind bei beiden dieselben Motive.«

Mit großen Augen sah Jan Sina an. »Zwanzig? Das dauert doch ewig, bis wir die alle gefunden haben.«

Sina zuckte mit den Schultern. »Darum habe ich ja extra früher Feierabend gemacht.«

»Früher Feierabend gemacht«, murmelte Jan. »Es ist Samstag. Da sollte man eigentlich gar nicht arbeiten.«

»Sagt derjenige, der heute Vormittag einen Kite-Schüler hatte«, konterte Sina. Sie öffnete das nächste Foto auf ihrem Tablet und stellte es zurück auf den Tisch, sodass Jan einen guten Blick auf das Display hatte.

Der seufzte übertrieben auf und wandte sich wieder der Graphic Novel zu. Er wischte, sah zwischen den beiden Tablet-Displays hin und her, wischte weiter. Es dauerte einige Minuten, bis er das Gesuchte gefunden hatte.

»Dieses Mal mit Text«, sagte er.

»Wir müssen weiterziehen. Hier gibt es nichts mehr für uns«, las Sina ab. Das Bild zeigte fünf Personen in einer offensichtlich verlassenen Stadt. Sie standen im Vordergrund auf einer leicht erhöhten Plattform, die von Trümmern und Schutt umgeben war. Der Himmel über ihnen war wolkenverhangen, was noch mehr zur düsteren Atmosphäre des Bildes beitrug.

Sina griff nach ihrem Notizbuch, das auch auf dem Couchtisch lag. Rasch notierte sie sich den kurzen Text.

»Screenshot ist gespeichert«, sagte Jan. »Wie sieht das nächste Bild aus?«

Sina öffnete das dritte Foto. Jan betrachtete es, sah nach unten auf sein Tablet und nickte. »Das war jetzt einfach. Das ist gleich das nächste Bild im Buch.«

»Zeig«, forderte Sina ihn auf.

Jetzt waren zwei der Protagonisten, ein Mann und eine Frau, von schräg unten zu sehen. Um sie herum erhoben sich verlassene Gebäude, deren Fenster mit den zerbrochenen Scheiben wie leere Augen wirkten.

Über dem Kopf der Frau befand sich eine Sprechblase. *Ich habe das Gefühl, dass wir beobachtet werden. Wir sind hier nicht sicher.*

Auch diese beiden kurzen Sätze schrieb Sina sich auf.

»Warum notierst du dir das alles?«, fragte Jan. »Du hast doch die Screenshots.«

»Ich will es schwarz auf weiß vor mir sehen«, meinte Sina. »Außerdem kann ich mir Texte, die ich mir aufgeschrieben habe, besser merken.«

Jan beugte sich vor und griff nach Sinas Tablet. Mit einem Wischer holte er das nächste Foto auf das Display.

»Mann steht auf Hügel und blickt über karge Landschaft, der Boden ist rissig, sieht aus wie nach einer langen Dürreperiode. Nicht ganz so düster wie die letzten Bilder, die Sonne durchbricht die Wolkendecke«, beschrieb Jan, was er sah. »Darüber der Schriftzug *Zerstörung*.« Er legte das Tablet kopfschüttelnd weg. »Passt gar nicht zu dem Bild.«

Eine Weile blickte er hochkonzentriert auf sein Tablet. »Gefunden«, rief er schließlich. »Und da, schau dir das an.« Er legte den Zeigefinger auf die Sprechblase neben dem Kopf des Mannes.

»Vielleicht finden wir auch Hoffnung, nicht nur Zerstörung und Trostlosigkeit«, las Sina halblaut den Text vor. »Volltreffer, würde ich sagen.«

»Ich bin gespannt, ob das bei den anderen Bildern auch so ist«, sagte Jan. Jetzt klang er eifrig, als könne er es kaum erwarten, die Suche fortzusetzen. Egal, wie lange es dauern mochte.

Sina zeigte ihm das nächste Foto. Auf ihm war eine Frau abgebildet, die zu Boden blickte. Sie stand im Inneren eines Gebäudes, dessen Wände mit Graffiti überzogen waren, darunter ein unregelmäßig gezackter Stern, in dem das Wort *Bumm* stand.

Die entsprechende Illustration fand Jan schnell. Natürlich war die Zeichnung in der Graphic Novel detaillierter, hier konnte man den Gesichtsausdruck der Frau erkennen, der mit gesenkten Augen und zusammengepressten Lippen pure Resignation ausdrückte.

Hoffnung? In dieser Welt? Wir müssen realistisch bleiben.

Jan deutete auf die kleinen Blasen zwischen dem Text und dem Kopf der Frau. »Sie sagt das nicht laut, sie denkt das. Sonst befinden sich durchgezogene Striche zwischen den Sprechblasen und den Sprechenden.«

Sina notierte sich auch diese Besonderheit, dann suchten sie nach der nächsten Entsprechung. Langsam, aber stetig arbeiteten sie die zwanzig Fotos ab, die Sina mitgebracht hatte.

Nach einer Weile stand Barney auf, drehte sich mehrmals im Kreis und legte dann seinen Kopf auf Sinas Knie. Aus großen dunklen Augen starrte er sie an.

Sie kraulte ihn mit der freien Hand hinter den Ohren. »Bist ein ganz ein Braver. Sobald wir hier fertig sind, gehen wir raus, versprochen.«

Konzentriert arbeiteten Sina und Jan weiter, ließen sich auch von Barney nicht ablenken, der immer vehementer Aufmerksamkeit forderte und sich schließlich sogar zwischen ihnen auf die Couch drängen wollte.

Sanft, aber bestimmt schob Sina den Border Collie ein Stück zur Seite. »Gleich, Barney. Gleich.«

Der Hund gab ein leises Schnauben von sich, das verächtlich klang, und trottete in Richtung Küche.

Ein wenig besorgt sah Sina ihm nach. »Hoffentlich stellt er nichts an.«

»Was soll er schon machen?«, meinte Jan. »Die Kühlschranktür öffnen kann er nicht. Komm, los jetzt, die letzten beiden Bilder.«

Einige Minuten später hatten sie auch die letzten Motive, die der Mörder auf die Haut seiner beiden Opfer gemalt hatte, gefunden.

Erschöpft, aber zufrieden lehnte Sina sich zurück.

»Und was machst du jetzt damit?«, fragte Jan und schaltete sein Tablet aus.

»Jetzt weiß ich, dass der Zeuge, der sich gestern bei uns gemeldet hat, recht hatte. Der Täter hat sich bei seinen Bildern genau an die Vorlage der Graphic Novel gehalten.«

»Bedeutet das, sein Motiv für die Morde liegt irgendwo in dieser Serie verborgen?«, fragte Jan.

»Wenn, dann in Band 1«, meinte Sina. »Wenn ich das richtig sehe, stammten doch sämtliche Bilder aus *Die Dunkelheit erwacht.*«

Jan nickte. »Vielleicht hat ihm einfach die Story nicht gefallen. Darum brachte er die beiden Autoren um die Ecke und um sie zu verhöhnen, hat er ihnen ihr eigenes Buch auf den Leib gepinselt.«

Sina schüttelte sich. »Wenn du das so sagst, klingt es einfach nur abstoßend.«

Jan sah sie ernst an. »Es ist einfach nur abstoßend.« Er stand auf. »Ich gehe jetzt doch lieber mal nach Barney sehen. Er ist verdächtig ruhig, seit er in die Küche gegangen ist.«

Auch Sina schaltete ihr Tablet aus und folgte ihrem Freund in die Küche. Im Türrahmen blieb sie stehen und lachte über den Anblick, der sich ihr bot.

Barney hatte eine Zeitung aus dem Korb für das Altpapier gezogen, sie zerfetzt und die Papierschnipsel in der gesamten Küche verteilt. Das schien sehr anstrengend gewesen zu sein, denn nun lag er inmitten des Chaos auf dem Boden und schlief tief und fest.

***

Niklas stand in der Küche vor dem offenen Kühlschrank und überlegte, was er sich zu essen machen könnte, um die Zeit bis zum Abendessen zu überbrücken, als es an der Haustür klingelte.

Er zuckte zusammen, denn es klingelte nicht einfach nur einmal, sondern da klingelte jemand Sturm. Es klang, als würde jemand die geballte Faust unablässig gegen die Türklingel pressen.

Mit einem unguten Gefühl im Magen eilte Niklas in den Hausflur und zur Tür. Ein kurzer Blick durch den Spion bestätigte seine Ahnung. Vor der Tür stand Sammy mit vor Wut verzerrtem Gesicht.

»Was zum Geier hast du dir nur dabei gedacht?«, schrie sie ihn an, als er die Tür öffnete.

Beschwichtigend hob Niklas beide Hände. »Komm doch erst mal rein«, sagte er leise.

Ohne ein weiteres Wort stürmte Sammy an ihm vorbei, rempelte ihn dabei an.

Seufzend schloss er die Tür und drehte sich um. Seine Freundin war bereits die Treppe hinaufgestürmt. Langsam folgte er ihr.

Sie war in seinem Zimmer, hatte sich mit verschränkten Armen gegen das Fensterbrett gelehnt und sah ihn herausfordernd an. »Also? Warum hast du das getan?«

»Ich nehme an, du hast mit Ingo gesprochen?«, fragte Niklas vorsichtig.

»Nicht nur das«, schnaubte Sammy. »Erst hat er mich angerufen. Wollte wissen, ob ich der Polizei was von den Fotos gesagt hätte. Und dann standen die wenig später auch schon bei mir vor der Tür und haben mich befragt.«

Sie hob eine Hand, stach mit dem Zeigefinger in die Luft. »Du hast den Bullen von den Fotos erzählt! Was ist dir an den Bildern aufgefallen? Warum wolltest du unbedingt alle vier haben?«

Niklas räusperte sich, überlegte, wie er am besten anfangen sollte.

»Spuck's schon aus«, forderte Sammy ungeduldig.

»Es war so, dass ich mir das erste Foto, das du mir geschickt hast, ganz genau angesehen habe«, begann er. »Ich habe es am PC vergrößert und Stück für

Stück betrachtet.«

»Uh, das ist doch ekelhaft«, stieß Sammy hervor. »Das war ein Foto von einer Leiche.«

Niklas legte den Kopf schräg. »Das fiel nicht mehr auf, ich habe ja nur noch Ausschnitte des Fotos gesehen.«

Sammy winkte ab. »Wie auch immer. Was ist dir aufgefallen?«

Niklas holte tief Luft. »Dass alle Bilder, die ich erkennen konnte, Motive aus *Die Dunkelheit erwacht* waren.«

In Sammys Augen blitzte es auf. »Wie meinst du das?«

Niklas ging zu seinem Schreibtisch, auf dem alle Graphic Novels der *Asche und Schatten*-Reihe lagen. Er war froh gewesen, dass die Polizistin ihm den ersten Band nicht abgenommen hatte. Sie hatte nur Fotos der Seiten angefertigt, die er markiert hatte.

Er schlug das Buch an einer der mit einem Post-it markierten Stellen auf.

»Hier zum Beispiel, das Bild, auf dem Fyria in dem über und über mit Graffiti beschmierten Haus steht. Eine ganz ähnliche Zeichnung befand sich auf der Leiche. Nicht so detailliert natürlich, aber es stimmte alles überein. Die Körperhaltung, die Graffiti.«

Sammy stieß sich vom Fensterbrett ab und nahm ihm das Buch aus der Hand. »Im Ernst jetzt?«

»Darum wollte ich die anderen Bilder auch haben. Ich konnte auf dem einen Foto nicht alles erkennen.«

Mit kullerrunden Augen sah Sammy Niklas an. In ihrer Miene lag keinerlei Wut mehr, nur noch Staunen. »Hast du noch mehr Gemeinsamkeiten entdeckt?«

Niklas nickte. »Das sind die ganzen Post-its. Auf den Seiten sind die Zeichnungen, die ich auch auf den Fotos von der Leiche gefunden habe.«

Er fuhr sich mit einer Hand über die Stirn. »Verstehst du jetzt, warum ich zur Polizei gehen musste?«

Sammy biss sich auf die Unterlippe, blätterte ein paar Seiten um. Dann schlug sie das Buch zu und warf es auf den Schreibtisch. »Trotzdem. Du hast Ingo riesigen Ärger beschert. Die Bullen waren bei ihm in der Arbeit.«

Niklas senkte den Blick. »Das konnte ich doch nicht ahnen. Hat er Ärger mit seinem Boss?«

Sammy sagte nichts, kaute auf ihrer Lippe, wirkte nachdenklich. »Wenn Lucas Leiche mit lauter Bildern aus *Die Dunkelheit erwacht* bemalt war, was war dann mit Fabian?«

Erschrocken sah Niklas seine Freundin an. »Darüber habe ich gar nicht nachgedacht.«

Sammy verschränkte erneut die Arme, doch dieses Mal wandte sie sich um, sodass sie aus dem Fenster nach draußen sehen konnte. »Was ist das nur für ein Irrer, der die beiden umgebracht hat?«

»Genau diese Frage stelle ich mir doch auch die ganze Zeit«, sagte Niklas leise. »Hoffentlich findet die Polizei ihn bald.«

Sammy wirbelte herum. »Aber das bringt uns Fabian und Luca nicht zurück.«

Niklas ließ den Kopf hängen. »Ich kann den Gedanken kaum ertragen, dass es keine neuen Bücher mehr geben wird.«

»Ich doch auch nicht«, flüsterte Sammy.

»Ich will, dass wenigstens derjenige bestraft wird, der das getan hat«, sagte Niklas. »Wer auch immer er sein mag.«

»Oder sie«, sagte Sammy.

Erstaunt blickte Niklas auf. »Wieso denkst du, dass es eine Frau gewesen sein könnte?«

Sammy hob die Schultern. »Einfach nur so. Es ist doch nicht gesagt, dass es ein Mann war.«

Niklas kratzte sich an der Schläfe. »Hm, aber wie sollte eine Frau die Leiche eines Mannes auf den Stufen vor dem Rathaus ablegen? Sie hätte Luca ein Stück weit tragen müssen.«

»Man kann doch mit dem Auto bis direkt vor die Rathausstufen fahren. Wo wurde eigentlich Fabian gefunden? Auch auf einer Treppe?«

»Ich hab keine Ahnung. In der Zeitung stand, in der Flensburger Innenstadt, aber ich weiß nicht, wo da.«

Sammy deutete auf Niklas' Schreibtisch, wo sein Laptop stand. »Lass uns nachsehen.«

Da Niklas nur einen Stuhl hatte, setzten sie sich nebeneinander auf die Bettkante, den Laptop balancierte Niklas auf den Knien.

Eine Internetsuche brachte schnell das gesuchte Ergebnis. »Vor dem Stadttheater«, las Sammy vor. »Gib das mal bei Google Maps ein.«

Die kleine rote Flagge, die den gesuchten Ort markierte, steckte ganz in der Nähe einer großen Grünanlage. Niklas klickte auf Street View und sie beugten sich beide über den Bildschirm.

»Da sind auch Stufen«, stellte Sammy fest. »Aber da hätte man direkt mit dem Auto hinfahren und die Leiche abladen können. Das hätte auch eine Frau machen können.«

»Was für eine Frau würde so etwas tun?« Nachdenklich starrte Niklas auf das Bild des Flensburger Stadttheaters. »Eine Ex-Freundin fällt aus. Die hätte nur einen der beiden getötet.«

»Wir wissen rein gar nichts über das Privatleben der beiden«, gab Sammy zu bedenken. »Vielleicht hatten die ja was mit ein- und derselben Frau.«

»Das klingt mir zu sehr nach Seifenoper«, wehrte Niklas ab.

»Ha! Da gab es im wahren Leben aber schon viel schlimmere Dinge.«

Sammy hatte natürlich recht. Mit einem Schlag fielen Niklas die zahlreichen Szenarien aus den True Crime-TV-Sendungen, die er eine Zeitlang so gerne gesehen hatte, wieder ein.

Er schloss Google Maps und öffnete stattdessen Instagram. Er folgte dort sowohl den beiden Autoren als auch deren Verlag.

»Insta kannst du vergessen«, meinte Sammy. »Die beiden haben doch nie viel gepostet. Und schon gar nichts Privates. Lucas Insta besteht fast nur aus Zeichnungen.«

Niklas runzelte die Stirn. »Wo könnten wir Informationen über die beiden herbekommen?«

»Versuchs mal im Graphic Galaxy-Forum«, meinte Sammy.

»Da bin ich nicht Mitglied.«

»Aber ich. Gib her, ich log mich da ein.« Ohne Niklas' Reaktion abzuwarten, griff Sammy nach dem Laptop und zog ihn auf ihren eigenen Schoß.

Keine Minute später erschien eine lange Liste von Themen-Threads auf dem Bildschirm. »Ich bin mir ganz sicher, dass die beiden einen eigenen Thread haben«, sagte Sammy.

Niklas tippte mit dem Zeigefinger auf den Bildschirm. »Ja, hier ganz oben.«

Vor dem Thema *Fabian Neumann und Luca*

Christensen war ein kleines rot-gelbes Flammensymbol zu sehen.

»Klar, das ist gerade das Hot Topic überhaupt«, meinte Sammy. »Wahrscheinlich reden die alle zurzeit über nix andres mehr.«

Sie öffnete den Thread und gemeinsam begannen sie zu lesen.

Nach einigen Minuten hob Niklas den Kopf und rieb sich die Stirn. »Die spekulieren genauso rum wie wir. Von denen hat auch keiner eine Ahnung, was abgeht.«

»Ich hab eine Idee«, sagte Sammy. Sie klickte in das Feld, in dem man eine neue Nachricht eingeben konnte und tippte. Bevor Niklas reagieren konnte, hieb sie auf die Enter-Taste.

Hat jemand von euch Fabian oder Luca eigentlich persönlich gekannt? Falls ja, bitte DM, ich hätte ein paar Fragen.

Niklas schüttelte den Kopf. »Da antwortet doch keiner.«

»Wir werden sehen. Einen Versuch ist es wert.« Sammy schob den Laptop wieder auf Niklas Schoß. »Während wir warten, ob da jemand schreibt, könnten wir was Sinnvolles tun.«

Fragend sah Niklas seine Freundin an, die ihn spitzbübisch angrinste. »Was Sinnvolles?«

»Ja, was essen zum Beispiel.«

***

Nachdem Sina und Jan die Küche aufgeräumt und einen ausgiebigen Spaziergang mit dem nach seinem Nickerchen wieder putzmunteren Barney unternommen hatten, waren sie zu ihrem Lieblingsitaliener gefahren und hatten dort Pizza zum Mitnehmen geordert.

Auf dem Heimweg war Sina siedend heiß eingefallen, dass Laura sie darum gebeten hatte, über wichtige neue Entwicklungen informiert zu werden.

»Was ist? Warum schaust du so komisch?« Jan warf ihr vom Fahrersitz einen prüfenden Blick zu. Sie standen gerade an einer roten Ampel, Sina hielt die Pizzakartons auf den Knien und Barney hatte den Kopf durch den Spalt zwischen den Sitzen geschoben und schnüffelte interessiert.

»Ich habe ganz vergessen, Laura über die Aussage von diesem Comicfan zu informieren. Und darüber, dass wir die Bilder abgeglichen haben.«

»Na und? Es ist Wochenende.«

»Schon, aber ich habe keine Lust, mir Stress mit ihr einzuhandeln.« Sina verschob die Pizzakartons ein wenig, was ein Winseln von Barney auslöste, und zog ihr Handy aus der Jackentasche.

»Willst du sie etwa jetzt gleich anrufen?«

»Nein, natürlich nicht. Ich schreibe ihr eine E-Mail. Es war zwar eine wichtige Entdeckung, aber nichts, was uns auf eine heiße Spur geführt hat, der wir sofort nachgehen müssen. Im Detail reden wir dann am Montag darüber. Sie ist sowieso gerade in Flensburg.« Sina entsperrte ihr Display, dann hielt sie inne. »Sie hat mir erzählt, dass sie einen vierjährigen Sohn hat. Das hat mich überrascht.«

Jan fuhr weiter, beschleunigte, sobald er über die Kreuzung gefahren war. »Wieso hat dich das überrascht? Dachtest du, nur weil sie dir unsympathisch ist, kann sie keine Familie haben?«

»Nein, das nicht, aber ... Ich weiß auch nicht, sie hat einfach so überhaupt nichts Mütterliches an sich.

Finde ich zumindest.« Sina senkte den Blick auf ihr Handy, tippte auf das Icon für E-Mails.

Soll ich jetzt das Thema eigene Kinder anschneiden? Aber das ist jetzt wahrscheinlich wirklich nicht der richtige Zeitpunkt, so zwischen Tür und Angel.

»Definiere mütterlich.« In Jans Stimme lag ein Lächeln.

Sina seufzte. »Weicher, nicht so kratzbürstig. Außerdem wirkt sie so viel jünger als sie ist. Manchmal sieht sie aus wie ein Teenager. Sie hat diese ganzen Piercings, die sie natürlich im Dienst nicht trägt. Aber ich sehe die Löcher in ihren Ohrläppchen, ihren Augenbrauen und ihrem Nasenflügel. Tattoos hat sie auch. Und wenn die Dienstvorschriften nicht wären, würde sie sich die Haare wahrscheinlich pink färben.«

Jan warf ihr einen raschen Seitenblick zu, bevor er sich wieder auf die Straße konzentrierte. »Kann es sein, dass du eine leicht antiquierte Vorstellung davon hast, wie eine Mutter auszusehen und sich zu benehmen hat?«

Sina blies die Backen auf. »Ja, ich geb's zu, das kann gut sein.«

Jan lachte. »Gut zu wissen.«

Sina blinzelte. *Gut zu wissen? Was soll das denn jetzt bitte heißen?*

Doch bevor sie nachfragen konnte, bog Jan in die Straße ein, in der sie wohnten.

Gut, diese Debatte werden wir wohl ein andermal führen müssen.

Kapitel fünf

Weit holte Sina aus und warf den Stock mit voller Kraft in Richtung Wasser. Voller Enthusiasmus rannte Barney hinterher, Sand stob von seinen Pfoten auf. Der Stock landete im Wasser, trieb an der Oberfläche, Barney platschte hinterher, packte ihn mit der Schnauze.

Sina und Jan lachten, als ihr Border Collie umkehrte und mit unverminderter Geschwindigkeit auf sie zurannte.

Erst als er den Stock zu ihren Füßen niederlegte und sich anschickte, sich zu schütteln, um die Wassertropfen aus seinem Fell zu bekommen, sprang Sina einen Schritt zurück. Auch Jan brachte sich aus dem Gefahrenbereich.

Nachdem er sich ausgiebig geschüttelt hatte, stupste Barney den Stock mit der Schnauze an. Dann sah er zu Sina und Jan auf.

Sina schüttelte den Kopf. »Nein, das reicht für heute. Es ist bald Zeit fürs Mittagessen, wir fahren jetzt nach Hause.«

Barney legte den Kopf schräg. Als Sina sich halb abwandte und ihn auffordernd ansah, legte er sich hin.

»Trotzig wie ein Teenager«, meinte Jan.

Sina schnippte mit den Fingern. »Komm schon, Barney. Sei lieb.« Sie machte einige Schritte in Richtung Dünen.

Statt aufzustehen und ihr zu folgen, rollte Barney sich auf die Seite und begann, sich im Sand hin und her zu wälzen.

Sina stöhnte auf, Jan nahm es mit Humor. »Da will wohl jemand heute unbedingt gebadet werden.«

»Das übernimmst du«, sagte Sina. »Du kannst ihn ja mit dem Gartenschlauch abspritzen, sobald wir daheim sind.«

»Mach ich. Dafür übernimmst du den Wagen.«

Beim Gedanken daran, wie viel Sand Barney wohl im Auto hinterlassen würde und dass es eine halbe Ewigkeit dauern würde, das alles aufzusaugen, runzelte Sina die Stirn. »Da hab ich jetzt wohl das kürzere Streichholz gezogen, was?«

»Könnte sein«, gab Jan grinsend zurück. Dann klopfte er sich auf die Oberschenkel und pfiff durchdringend.

Sofort hörte Barney auf, sich im Sand zu wälzen, schüttelte sich noch einmal und rannte auf Jan zu.

»Schade, dass ich nicht so gut pfeifen kann«, murmelte Sina und leinte den Border Collie an.

Als sie den Parkplatz erreichten, ging sie vor ihrem Hund in die Hocke und strich ihm mit energischen Bewegungen über das immer noch leicht feuchte Fell.

Jan holte eine alte Decke aus dem Kofferraum und breitete sie auf dem Rücksitz aus. Mit einem Satz war Barney im Auto und ließ sich auf der Decke nieder.

»Wahrscheinlich pennt er gleich ein. Er muss doch jetzt müde sein nach der ganzen Rumtollerei«, meinte Jan.

»Schön wär's, dann müsste ich daheim nur die Decke ausschütteln und könnte den Staubsauger im Schrank lassen.«

Barney legte den Kopf auf die Pfoten und blinzelte Sina an. Sachte schloss sie die hintere Autotür.

***

Enttäuscht loggte Niklas sich aus dem Forum aus. Sammy hatte ihm ihre Zugangsdaten gegeben, sodass er sich kein eigenes Benutzerkonto hatte erstellen müssen.

Aber ihr Postfach war leer gewesen. Es hatte keine einzige Antwort auf den Aufruf gegeben, den sie am Vortag gepostet hatte.

Dieses Forum war wahrscheinlich nicht der richtige Ort. Warum sollte dort auch jemand Fabian oder Luca persönlich gekannt haben? Da tummeln sich Fans von Graphic Novels und Comics aus ganz Deutschland.

Niklas stand auf und trat ans Fenster. Öde lag der Sonntag vor ihm. Er hatte keine Pläne für das Wochenende gemacht, hatte auf nichts Lust.

Das Einzige, was ich im Moment will, ist, herausfinden, was mit Fabian und Luca passiert ist. Aber wie nur?

Er warf einen Blick zurück über die Schulter auf den Laptop, der immer noch eingeschaltet auf seinem ungemachten Bett lag.

Wo könnte ich noch nach jemandem suchen, der einen der beiden gekannt hat? Klar, Facebook! Aber auch nur, wenn die keine super krassen Sicherheitseinstellungen hatten.

Von frischem Tatgeist beflügelt setzte Niklas sich wieder auf das Bett und zog den Laptop auf die Knie. Er loggte sich in sein Facebook-Konto ein und suchte erst nach Fabian Neumann. Er fand rasch ein Profil, dessen Foto den Co-Autor seiner Lieblingsbücher zeigte.

Mit klopfendem Herzen klickte Niklas auf den Link. *Fabian Neumann, Künstler, Flensburg, 1.800 Personen sind Follower.*

Follower interessieren mich nicht, wie sieht es mit Freunden aus?

Niklas schob den Mauszeiger auf das Wort *Freunde* und klickte. Enttäuscht stieß er den angehaltenen Atem aus. Fabian hatte seine Freundesliste verborgen, Niklas konnte nicht sehen, mit welchen Profilen er auf Facebook verbunden war.

Hoffentlich sieht das bei Luca anders aus.

Er startete eine neue Suche, dieses Mal nach Luca Christensen. Auch das Profil von Fabians Co-Autor war schnell gefunden, denn Luca verwendete ein Foto des Covers von *Die Dunkelheit erwacht* als Profilbild.

Ein wenig mutlos klickte Niklas auf den Link zum Profil und dann auf den Link zur Freundesliste. *Wahrscheinlich hat er die auch verborgen, genau wie Fabian.*

Doch zu seiner großen Überraschung erschienen zwei Spalten mit Profilbildern und Namen.

Oh, wow.

Niklas' Blick wanderte von der Freundesliste ein wenig höher. *710 Freunde, ganz schön viele. Wo fange ich da nur an?*

Ein wenig ratlos scrollte er durch die Liste, betrachtete die Fotos, las die Namen und die zusätzlichen Informationen wie Wohnorte, Ausbildungsstätten oder Berufe, die bei einigen von Lucas Freunden zu sehen waren.

Neben etlichen dieser Profile waren blaue Schaltflächen zu sehen, auf denen *Freund/in hinzufügen* stand.

Die, bei denen es diesen Button nicht gibt, kann ich gleich vergessen. Denen werde ich auch keine DM schreiben können, ohne mit ihnen befreundet zu sein.

Niklas hielt kurz inne. Durch über siebenhundert Profile zu scrollen, machte keinen Sinn, er musste gezielter vorgehen.

Er ging wieder zum Anfang der Liste. Dort gab es die Auswahlmöglichkeiten *Alle Freunde*, die standardmäßig eingestellt war, und daneben *Kürzlich hinzugefügt*, *Aktueller Wohnort*, *Heimatstadt* und *Gefolgt*.

Luca kam von Sylt, dann dürften unter Heimatstadt seine Freunde zu sehen sein, die auch hier auf der Insel wohnen.

Niklas wählte durch einen Klick aus, dass er nur Lucas Sylter Freunde sehen wollte. Nun war die Liste dramatisch geschrumpft. Nur noch sieben Profilbilder und Namen waren zu sehen.

So wenige? Das kann doch gar nicht sein. Ach nee, klar, da haben halt ganz viele ihren Heimatort nicht angegeben.

Niklas seufzte. Doch dann sah er sich die sieben verbliebenen Freunde genauer an. Nur bei vieren war der blaue Button zu sehen. Er öffnete das Profil des ersten dieser Freunde, Uwe Madsen.

Wie erwartet, war die graue Schaltfläche *Nachricht senden* vorhanden.

Niklas zögerte.

Was schreib ich da nur, damit ich nicht rüberkomme wie irgendein irrer Stalker-Fan?

Statt den Button zu klicken und eine Nachricht zu schreiben, scrollte er ein wenig tiefer, wollte herausfinden, ob er auf dem Profil irgendetwas sehen konnte, was ihm einen Anknüpfungspunkt gab.

Gleich der oberste Beitrag, der für alle sichtbar war, auch für diejenigen, die nicht mit Uwe Madsen befreundet waren, ließ Niklas innehalten.

Es handelte sich um ein Facebook-Event mit dem Titel. *Gedenkfeier für Luca und Fabian.*

Mit klopfendem Herzen las Niklas den Beschreibungstext.

Wir wollen uns ganz zwanglos zusammensetzen, um Luca und Fabian zu ehren. Lasst uns Anekdoten austauschen, was trinken und das Leben der beiden feiern. Treffpunkt: In der Lombok-Strandbar.

Niklas sah nach dem Datum der Veranstaltung und hielt den Atem an. *Sonntag, neunter Juni. Das ist heute Abend!*

***

Eigentlich hatten Sina und Jan nach dem Mittagessen Sven besuchen wollen, der mittlerweile aus dem Krankenhaus entlassen worden war. Doch der hatte ihnen per SMS mitgeteilt, dass seine Freundin Jessica aus Hamburg zu Besuch sei.

Also hatten sie stattdessen einen ruhigen Tag daheim verbracht. Sie hatten sich um einige Dinge im Haushalt gekümmert, die während der Woche vernachlässigt worden waren. Sina hatte zwei Ladungen Wäsche gewaschen und im Garten auf die Leine gehängt, während Jan die Schlafzimmer und das Wohnzimmer gesaugt hatte.

Gemeinsam hatten sie sich dann die Küche vorgenommen. Als sämtliche Oberflächen glänzten und die Spülmaschine lief, packte Jan die beiden Plastiksäcke mit dem Recycling-Müll.

»Weißt du was? Wir bringen das hier gleich weg und dann lad ich dich zum Essen ein, bevor du ab morgen wieder voll eingespannt bist und ich dich kaum noch zu sehen bekomme.«

Da sie sich zum Mittagessen nur rasch jeder ein belegtes Brot gemacht hatten, knurrte Sinas Magen nun am frühen Abend vernehmlich. »Grandiose Idee. Lass mich nur schnell was anderes anziehen.«

Sie lief ins Obergeschoss und schlüpfte in ein leichtes Sommerkleid. Dann suchte sie noch nach passenden Sandalen und eilte zurück in die Küche.

Dort war mittlerweile auch Barney, der nach seinem Bad den größten Teil des Nachmittages verdöst hatte, wieder munter und strich um Jans Beine.

»Am besten wir gehen ins Lombok«, sagte Jan. »Da kann Barney mit.«

Das Lombok war ein indonesisches Restaurant direkt am Strand, von dessen Terrasse man einen wunderschönen Blick auf das Meer hatte. Neben dem Restaurant gab es auch eine Strandbar direkt unterhalb der Terrasse. In den Außenbereichen waren Hunde gestattet.

»Meinst du, da kriegen wir so kurzfristig noch einen Tisch?«

Jan hob sein Smartphone. »Laut der Reservierungs-App, ja. Soll ich buchen?«

Sina nickte und ging ihre Handtasche holen.

Ausgerechnet das Restaurant, in dem Luca Christensen mit seinen Freunden war, sucht er aus. Aber egal, das Essen dort ist sehr gut.

Wenige Minuten später saßen sie im Auto, Barney wie immer auf der Rückbank, und ließen sich bei weit geöffneten Fenstern den Fahrtwind um die Nase wehen.

Zum ersten Mal seit Tagen fühlte Sina sich ganz und gar entspannt.

Jetzt erst ein leckeres Abendessen, dann vielleicht noch ein Glas Wein und den Sonnenuntergang be-

obachten. Danach sind meine Batterien wieder aufgeladen für die Arbeitswoche, die morgen beginnt.

Auf dem Strandparkplatz in der Nähe des Lombok war kaum noch ein Platz zu bekommen. Viele Sylter und Urlauber verbrachten den schönen Tag am Strand, ob mit Surfen, Schwimmen oder einfach nur Sonnenbaden.

Ein Kellner brachte sie zu ihrem Tisch auf der großen Terrasse. Barney nahm brav unter dem Tisch Platz und bekam eine Schale mit Wasser.

Bevor sie die Speisekarte studierte, ließ Sina ihren Blick erst einmal über das Meer und den gut besuchten Strand schweifen. Als sie zur Strandbar des Lombok blickte, war sie erstaunt zu sehen, dass dort jeder Platz besetzt zu sein schien.

»Die Bar läuft besser als das Restaurant«, sagte sie zu Jan und deutete mit dem Kinn nach unten.

Jan warf einen flüchtigen Blick zur Bar und zuckte mit den Schultern. »Vielleicht eine Feier. Geburtstag oder so.«

Schnell hatte Sina die Strandbar und deren Besucher vergessen. Sie konzentrierte sich voll und ganz auf das vorzügliche Essen und auf Jan. Den gemeinsamen Abend wollte sie in vollen Zügen genießen.

Während sie Sayur Lodeh, Gado Gado und Sate Ayam genossen und ab und zu Barney einen Happen zusteckten, unterhielten sie sich über einen Film, den sie sich im Kino ansehen wollten, über Svens Genesungsfortschritte und über den Kitesurf-Wettbewerb, der im August auf Sylt stattfinden würde.

Sie waren beim Dessert angekommen, als die Klänge einer akustischen Gitarre von der Strandbar herüberwehten. Dann begann jemand zu singen, mehrere andere Personen fielen ein.

Sina erkannte den Led Zeppelin-Klassiker *Stairway to Heaven*. Sie ließ den Löffel sinken und sah zum Strand hinunter. »Das klingt jetzt aber gar nicht nach einer Geburtstagsfeier.«

Stirnrunzelnd sah auch Jan zu der Strandbar und den zahlreichen Gästen, von denen nun viele in den Song einstimmten. »Nein, der Song ist viel zu melancholisch und die sehen auch alle gar nicht aus, als seien sie in Feierlaune.«

Jetzt fiel Sina auf, dass die meisten der Leute dort unten am Strand schwarz gekleidet waren. »Du hast recht, die wirken eher so, als kämen sie direkt von einer Beerdigung.«

»Seltsamer Ort für einen Leichenschmaus«, meinte Jan und widmete sich wieder seinem schwarzen Klebreispudding.

»Vielleicht hat der Verstorbene den Strand geliebt«, meinte Sina und nahm ebenfalls ihren Löffel wieder auf.

»Wahrscheinlich. Aber wenn das wirklich eine Trauergemeinde ist, dann bin ich froh, dass sie nicht Highway to Hell singen.« Für Jan schien das Thema damit beendet zu sein.

Doch Sina blickte weiter nachdenklich zur Strandbar hinüber, während die Klänge von *Stairway to Heaven* immer noch die zunehmende Dämmerung untermalten.

Um wen diese ganzen Leute wohl trauern? Ich wüsste zu gerne, was das für ein Mensch war, der selbst nach seinem Tod noch so viel Zuneigung erfährt.

***

Zuerst hatte Niklas sich auf der improvisierten Trauerfeier mehr als unwohl gefühlt. Er hatte befürchtet, jeden Moment würde jemand auf ihn zukommen und fragen, wer er sei, was er hier zu suchen habe und ihn dann auffordern, die Strandbar zu verlassen.

Doch es war ganz anders gekommen. Nachdem er einige Minuten mit einer Flasche Bier in der Hand verkrampft in der Gegend herumgestanden und überlegt hatte, wie er mit einem der anderen Gäste ins Gespräch kommen könnte, hatte ihn eine junge Frau angelächelt. Als er überrascht zurücklächelte, kam sie auf ihn zu und stellte sich als Sarah Friedrich vor.

Seine Befürchtung, dass sie ihn fragen würde, woher er Luca oder Fabian kannte, stellte sich als unnötig heraus. Sarah war viel zu sehr damit beschäftigt, von Surfabenteuern mit Luca zu schwärmen. Daran, Niklas irgendwelche Fragen zu stellen, hatte sie offenbar keinerlei Interesse.

Also hörte er zu, nickte und gab an den passenden Stellen zustimmende oder bewundernde Laute von sich.

Nach einiger Zeit gesellte sich ein junger Mann zu ihnen. Auch er schien nicht auf die Idee zu kommen, dass Niklas vielleicht gar nicht zu ihrer Gruppe gehörte.

Wahrscheinlich denken die alle, ich sei ein Freund von Fabian aus Flensburg, fuhr es ihm durch den Kopf.

»Ich hoffe, die Verfilmung von *Asche und Schatten* fällt jetzt nicht ins Wasser«, sagte der junge Mann. Er hielt sich kurz eine Hand vor den Mund. »War das jetzt pietätlos? Ich möchte einfach, dass Luca und Fabian wenigstens in ihrer Arbeit weiterleben.« Er senkte traurig den Blick.

Sarah klopfte ihm auf den Rücken. »Ist schon gut, Jo. Das wollen wir doch alle.«

Jetzt sah Niklas seine Chance, sich am Gespräch zu beteiligen. »Von den Filmplänen habe ich auch gehört«, sagte er. »Aber das waren mehr so vage Andeutungen. Wisst ihr denn da was Genaues?«

Jo schüttelte den Kopf, doch Sarah fuhr sich mit beiden Händen durch die lockigen Haare. »Luca meinte am vergangenen Sonntag, als wir zusammen abhingen, dass die Verhandlungen gut liefen. Es ging wohl nur noch ums Geld. Darum hat sich ihr Agent gekümmert.«

»Agent?« Ein weiterer junger Mann hatte sich zu ihnen gesellt, eine Dose Red Bull in der Hand.

»Wir reden gerade über die mögliche Verfilmung von *Asche und Schatten*«, sagte Niklas.

Erstaunt sah der junge Mann ihn an. »Die Serie soll verfilmt werden? Aber was ist mit den Plagiatsvorwürfen? Sind die denn vom Tisch?«

Verblüfft starrte Niklas sein Gegenüber an. Auch Sarah und Jo schienen überrascht zu sein.

Nach einer kurzen Schrecksekunde redeten plötzlich alle auf einmal, Fragen prasselten auf den jungen Mann ein. Der hob die freie Hand. »Moment, nicht alle auf einmal.«

»Wer bist du überhaupt?«, fragte Sarah. »Ich hab dich noch nie gesehen.«

Unwillkürlich zog Niklas ein wenig den Kopf ein. Das war genau die Frage, von der er gefürchtet hatte, dass sie ihm gestellt werden würde.

»Till, ein Freund von Fabian aus Flensburg. Bin extra schnell hergekommen, nachdem ich das Event auf Facebook entdeckt hatte.«

»Und was soll das mit den Plagiatsvorwürfen?«, fragte Jo. Seine Stimme klang aufgeregt.

Niklas nippte an seinem Bier und hörte aufmerksam zu. *Wunderbar, die nehmen mir die ganze Fragerei ab.*

»Also, das war so«, setzte Till an. »Da war so ein Typ, der hat Fabian per E-Mail kontaktiert und behauptet, er habe sich die Story von *Die Dunkelheit erwacht* ausgedacht.«

»Und das weißt du woher? Das hat Fabian dir einfach so erzählt?« Sarah funkelte Till an. »Das erscheint mir äußerst unwahrscheinlich.«

Trotz Sarahs leicht aggressivem Tonfall blieb Till gelassen. »Ja, das hat er mir tatsächlich einfach so erzählt. Wir waren auf einer Party, haben gequatscht. Da brummte Fabians Handy und ich hab noch gescherzt, wer denn so spät noch was von ihm will. Er hat aufs Display geschaut und gestöhnt. Dann erzählte er mir, dass sei eine E-Mail von einem Typen, der ihn seit einigen Tagen mit Nachrichten bombardiert und behauptet, er habe *Die Dunkelheit erwacht* verfasst. Fabian war schon ganz schön stramm, schätze das war der Grund, dass er mir das alles so locker erzählt hat.« Till hob seine Red Bull-Dose. »Wir haben dann ne Weile abgelästert. Über Trittbrettfahrer und Leute, die sich wichtig machen wollen.«

Trittbrettfahrer? Was, wenn an den Vorwürfen wirklich was dran war? Könnte das ein Mordmotiv sein?

Ein Schauer lief Niklas über den Rücken, als ihm die Zeichnungen auf den toten Körpern wieder einfielen.

Das waren alles Motive aus Die Dunkelheit erwacht! Kein einziges aus den Folgebänden. Hat das etwas zu bedeuten?

Mit einem Mal war Niklas ganz flau im Magen. In seinen Ohren summte es, obwohl er noch nicht einmal seine erste Flasche Bier ausgetrunken hatte.

Doch es war nicht der Alkohol, der ihm zusetzte, es war die Erkenntnis, dass die Person, die die Plagiatsvorwürfe erhoben hatte, vielleicht der Mörder war.

Der Mörder von Fabian und Luca. Ich muss jetzt ganz cool bleiben. Darf mir nichts anmerken lassen.

Niklas riss sich mit aller Macht zusammen und wandte sich an Till. »Wie hieß denn dieser Typ?«

Till zuckte mit den Schultern. »Das hat Fabian nicht gesagt.«

Die Enttäuschung traf Niklas wie ein Faustschlag in den Magen.

Das Gespräch zwischen Till, Sarah und Jo plätscherte noch eine Weile vor sich hin, doch Niklas hörte nicht mehr zu. Er war vollkommen in seine Gedanken versunken.

Schließlich murmelte er eine kurze Entschuldigung und entfernte sich von der Strandbar. Er lief ein Stück am Strand entlang, dann setzte er sich in den Sand und starrte aufs Meer hinaus.

Plagiatsvorwürfe. Ob da am Ende wirklich etwas dran ist?

Der Gedanke, dass ausgerechnet seine Lieblingsautoren ihre Erfolgsserie vielleicht gar nicht selbst geschrieben hatten, traf Niklas tief.

Traurig leerte er seine Bierflasche und beschloss, nicht zu der Gedenkfeier zurückzukehren.

War sowieso eine blöde Idee herzukommen.

Kapitel sechs

Als Sina um halb neun das Revier betrat, saß Laura bereits im Eingangsbereich und blätterte im Sylter Boten. Sobald sie Sina erblickte, sprang sie auf und kam auf sie zu.

»Wieso bist du schon so früh da?«, fragte Sina erstaunt. Sie hatte erwartet, dass Laura ihren Sohn in Flensburg in den Kindergarten bringen und dann erst nach Sylt aufbrechen würde.

»Konnte nicht schlafen«, meinte Laura knapp. »Bin kurz vor sieben losgefahren.«

»Was ist mit deinem Sohn? Wolltest du nicht ...«

»Der ist bei meiner Mutter«, schnitt Laura Sina das Wort ab. »Aber das ist jetzt unwichtig. Während ich im Autozug saß, erhielt ich eine Nachricht von der Kriminaltechnik. Der DNA-Abgleich ist fertig.«

»Was? Schon?« Sina fischte ihr Smartphone aus der Handtasche. Tatsächlich hatte sie ebenfalls eine Nachricht aus Flensburg.

»Die DNA, die an Luca Christensens Leiche gefunden wurde, gehört nicht zu Ulf Bundis«, verkündete Laura. »Sie ist aber leider auch in keiner Datenbank erfasst.«

»Falls sie vom Täter stammt, hat er sich also entweder noch nie etwas zuschulden kommen lassen oder zumindest nichts, was zu einem DNA-Test geführt hat«, meinte Sina. »Aber das ist trotzdem großartig. Jetzt brauchen wir nur noch einen Verdächtigen.«

»Die Chance, dass diese DNA vom Täter stammt, ist tatsächlich sehr hoch«, stimmte Laura zu.

»Wir treffen uns in drei Minuten, im Besprechungsraum«, sagte Sina. »Gib bitte Sebastian Bescheid. Ich hole mir nur schnell einen Kaffee.«

***

Auch Sebastian hatte zu dieser frühen Stunde bereits gute Neuigkeiten. »Der Mobilfunkanbieter von Christensen hat die Einzelverbindungsnachweise für sein Handy geschickt«, verkündete er, kaum dass Sina am Besprechungstisch Platz genommen hatte.

»Das geht ja heute Schlag auf Schlag«, freute sie sich.

»Ich hatte natürlich noch keine Zeit, sie im Detail durchzugehen, aber das mache ich sofort nach der Besprechung.«

»Gut, was liegt sonst noch an für heute?« Sina nahm einen Schluck Kaffee und sah ihre Kollegen über den Tassenrand hinweg fragend an.

»Wir warten darauf, dass uns Marlena Yaran vom Visiverse Verlag Informationen über negative Reaktionen auf die *Asche und Schatten*-Reihe gibt. Das wird hoffentlich heute im Laufe des Tages geschehen«, sagte Laura.

»Gut, falls sie sich nicht meldet, könntest du da noch einmal nachhaken?« Sina blätterte in ihrem Notizbuch. »Ich wollte noch einmal mit den Eltern von Luca Christensen sprechen, vor allem wegen der Erbschaft.«

Sie schlug das Buch zu und sah Sebastian an. »Aber das erledige ich später. Jetzt interessieren mich vor allem diese Verbindungsnachweise.«

***

Niklas hatte erneut schlecht geschlafen, ständig war er aufgewacht, hatte diffuse Träume gehabt, die ihn verwirrten. Um fünf Uhr hatte er davon genug gehabt, war aufgestanden und hatte sich eine große Tasse schwarzen Kaffee aufgebrüht.

Vielleicht hilft es mir, wenn ich alles aufschreibe. Das soll doch so gut für die mentale Gesundheit sein. Liest man doch ständig.

Er hatte sich an den Schreibtisch in seinem Zimmer gesetzt und ein Blatt aus einem seiner Skizzenblöcke gerissen.

Dann hatte er alles aufgeschrieben, was er am Vorabend bei der Gedenkveranstaltung für Luca erlebt hatte. Dabei notierte er nicht nur, was Till aus Flensburg erzählt hatte, sondern auch seine Gefühle und die Eindrücke, die er von den anderen Anwesenden gewonnen hatte.

Als dann plötzlich jemand zur Gitarre griff und Stairway to Heaven anstimmte und alle anfingen zu singen, da hatte ich Gänsehaut am ganzen Körper. Das war einerseits so kitschig und abgedroschen, aber andererseits auch so ergreifend. Ich hätte fast geheult, wie ich da so stand mit meinem Bier, aufs Meer geschaut habe, auf den Sonnenuntergang und dazu dieses Lied.

Niklas schluckte. Selbst bei der Erinnerung an diese intensiven Minuten, lief ihm erneut ein Schauer über den Rücken.

Sein Stift glitt über das Papier, doch nun schrieb er nicht mehr, nun zeichnete er. Das Meer, den Horizont, eine einzelne Möwe, die elegant über den Abendhimmel schwebte, Menschen in Silhouette, die in kleinen Grüppchen zusammenstanden, sich um einen Mann mit Gitarre versammelt hatten.

Er legte den Bleistift beiseite, griff nach seinen Pastellstiften und begann den Himmel in verschiedenen Rot- und Orangetönen zu schraffieren.

Es dauerte nicht lange und Niklas war voll und ganz in seine kreative Arbeit versunken, nahm seine Umgebung gar nicht mehr war. Sein Zimmer war verschwunden, es gab nur noch den Abend am Strand und den Himmel in der Abenddämmerung.

Als es an seiner Zimmertür klopfte, zuckte er zusammen, herausgerissen aus der Welt, die er mit seinen Stiften erschaffen hatte, halb Erinnerung, halb Fantasie.

»Niklas? Wo bleibst du denn? Komm frühstücken, es ist schon nach acht«, drang die Stimme seiner Mutter durch die Tür.

Verwirrt sah Niklas sich um. Die roten Ziffern auf dem Digitalwecker neben seinem Bett zeigten tatsächlich an, dass es bereits einige Minuten nach acht Uhr war.

Wo ist nur die Zeit hin?

Hastig schob er das Blatt, das zur Hälfte aus tagebuchartigen Notizen und zur Hälfte aus seiner Zeichnung bestand, in eine Schublade. »Komme schon.«

***

Sina, Laura und Sebastian hatten sich erneut im Besprechungszimmer versammelt. Sebastian fasste die Ergebnisse seiner Auswertung der Verbindungsnachweise von Luca Christensens Handy zusammen.

»Christensen hat leider nicht allzu viel telefoniert und kaum SMS versendet. Seiner Datennutzung nach zu urteilen, denke ich, er hat hauptsächlich über WhatsApp mit seinen Freunden kommuniziert«, sagte Sebastian. »Und an die Nachrichten kommen wir ja leider nicht ran.«

»Gab es bei den Anrufen etwas Auffälliges?«, fragte Sina.

»Ich habe die Daten der letzten zwei Wochen vor seinem Tod erhalten. Er hat zwei Tage vor Neumanns Tod knapp zwanzig Minuten mit ihm telefoniert. Das war der letzte telefonische Kontakt zwischen den beiden. Die anderen Nummern - wie gesagt, es waren nicht viele -, die er angerufen oder von denen er angerufen wurde, habe ich abgeglichen, es sind alles Freunde von ihm. Die vier SMS, die im fraglichen Zeitraum verschickt beziehungsweise eingegangen sind, hat Christensen mit seiner Mutter ausgetauscht.«

»Klar, ältere Leute bevorzugen SMS, die stehen nicht so auf WhatsApp«, warf Laura ein.

»Die Generation von Christensen und Neumann dafür umso mehr«, meinte Sina mit gerunzelter Stirn. »Die Handydaten bringen uns also leider nicht groß weiter. Keine Anrufe von unbekannten Nummern oder Ähnliches.« Sie legte die Hände zusammen. »Ich wundere mich nur, dass Christensen und Neumann so lange telefoniert haben. Wenn sie etwas zu besprechen hatten, warum haben sie sich nicht einfach getroffen?« Sie sah Sebastian an. »Wer hat denn wen angerufen?«

»Das war ein eingehender Anruf. Neumann hat Christensen angerufen.«

»Was hatten die beiden nur fast zwanzig Minuten lang miteinander zu besprechen?« Sina klopfte sich nachdenklich mit dem Zeigefinger gegen das Kinn. Dann fiel ihr etwas ein. »Moment mal, sagtest du zwei Tage vor Neumanns Tod?«

»Ja, genau.«

»Das ist der Tag, an dem Neumann Christensen den USB-Stick mit den verschlüsselten Dateien geschickt hat«, sagte Sina. »Vielleicht ging es in dem Telefonat darum. Er kündigte ihm an, dass er diese Dateien schicken würde, hat ihm womöglich sogar gesagt, wie er sie entschlüsseln kann.«

»Könnte sein«, meinte Laura. »Könnte aber auch um die Verhandlungen mit der Filmproduktionsfirma gegangen sein. Oder eine Idee für das nächste Buch, irgend so etwas in der Art.«

»Hm, ja«, murmelte Sina. Was auch immer Thema des Gespräches zwischen den beiden Männer gewesen war, sie würden es nie erfahren.

Sie blickte auf ihre Notizen, dann sah sie wieder Sebastian an. »Eine Frage hätte ich noch: Wann hat Christensen sein Handy das letzte Mal benutzt?«

»Am Tag vor seinem Tod, also am Dienstag, um sechzehn Uhr eins.« Sebastian blätterte in den Unterlagen, die vor ihm lagen. »Die Ortung habe ich auch bereits erhalten. Das passt alles zu dem, was wir uns bereits erarbeitet haben. Erst war Christensen in Flensburg, dann kam er am Samstag nach Sylt. Zuletzt konnte sein Handy in der Nähe von Westerland geortet werden, das war am Dienstag um sechzehn Uhr neunzehn. Danach war das Handy entweder ausgeschaltet oder es ist zerstört worden.«

Sina stand auf und trat an die Wandtafel. Sie schrieb *16:19 h bei Westerland* ganz unten auf die Tafel. Dann zeigte sie mit dem Stift auf das soeben Geschriebene. »Wir können also davon ausgehen, dass der Täter Christensen hier in seine Gewalt gebracht hat.«

»Sollen wir einen öffentlichen Zeugenaufruf starten?«, fragte Laura. Sie sah fragend zwischen Sina und Sebastian hin und her. »Meint ihr, das könnte was bringen?«

Sina neigte den Kopf. »Ich weiß nicht …« Sie legte den Stift beiseite und setzte sich wieder. »Dafür ist die Ortsangabe wahrscheinlich ein wenig zu vage.«

»In der Nähe von Westerland könnte auch bedeuten, dass er ganz allein irgendwo am Strand saß«, gab Sebastian zu bedenken. »Da hätte ihn dann sowieso niemand gesehen. Oder nur irgendwelche Touristen, denen er nicht auffiel, weil sie zu sehr mit sich selbst beschäftigt waren.«

Sina starrte nachdenklich auf ihr aufgeschlagenes Notizbuch. Wie gerne hätte sie diese Frage jetzt mit Sven debattiert.

Sven ist aber nicht hier. Diese Entscheidung muss ich ganz alleine treffen.

Sie holte tief Luft. »Ich denke, ein öffentlicher Aufruf ist keine gute Idee.«

Bevor sie noch etwas sagen konnte, vibrierte ihr Handy, das neben dem Notizbuch lag. Sina warf einen flüchtigen Blick auf das Display, wollte sich in der Teambesprechung nicht stören lassen.

Doch dann sah sie den Namen der Anruferin: Marlena Yaran.

»Die Lektorin von Neumann und Christensen«, sagte sie. »Das könnte wichtig sein.«

Sie tippte auf das grüne Hörer-Symbol, dann auf die Schaltfläche, die den Lautsprecher einschaltete. »Moin, Frau Yaran. Ich habe das Gespräch auf Lautsprecher gelegt, damit meine Kollegen zuhören können.«

»Kein Problem«, sagte Marlena. »Ich wollte Ihnen nur Bescheid geben, dass wir die Informationen betreffend der Social Media-Kommentare für Sie zusammengestellt haben. Ich habe alles per E-Mail an Sie geschickt. Wir haben einiges an negativen Kommentaren gefunden und auch ein paar Briefe, die ganz altmodisch per Post kamen. Die habe ich Ihnen eingescannt.«

»Vielen Dank, das werden wir uns gleich ansehen. Können Sie mir vorab schon etwas dazu sagen? Gab es irgendetwas besonders Auffälliges?«

»Ich weiß nicht recht«, sagte die Verlagsmitarbeiterin zögernd. »Da waren schon ein paar heftige Kommentare dabei. Aber das ist in den sozialen Medien ja häufig so. Da gibt es viele Leute, die virtuell das Maul aufreißen, weil sie sich hinter einem anonymen Usernamen verstecken können.«

Sina nickte. Dieses Phänomen war ihr nur allzu gut bekannt. »Aber konkrete Drohungen gab es keine?«, vergewisserte sie sich.

»Grundgütiger, nein. Da hätten wir sofort etwas unternommen.«

Sina bedankte sich und beendete das Gespräch. Dann wandte sie sich wieder ihren Kollegen zu. »Ihr habt es gehört. Unsere nächste Aufgabe wartet.«

***

Um schneller voranzukommen, hatten Sina und Laura sich zusammengetan. Zuerst hatte Sina den Anhang der E-Mail von Marlena Yaran ausgedruckt, dann war sie in Lauras Büro gegangen, wo sie sich die Ausdrucke aufgeteilt hatten.

Eine Zeitlang lasen sie schweigend, beide einen Neon-Marker in der Hand, um auffällige Passagen anstreichen zu können.

Klappernd warf Laura ihren Stift auf den Schreibtisch. »Das ist doch alles kalter Kaffee.«

Sina blickte von dem Brief auf, in den sie sich gerade vertieft hatte. »Nichts dabei, was wir überprüfen müssen?«

Laura fuhr sich mit einer Hand über die Stirn und machte dabei einen extrem genervten Eindruck. »Liest sich alles wie Beschwerden von verwöhnten Teenagern. Nichts als Gemotze, dass ihnen ein Buch oder sogar nur eine bestimmte Stelle in einem Buch nicht gefallen hat.«

»Nichts, was gegen die Autoren persönlich ging? Alles nur Kritik an den Büchern?«, fragte Sina.

»Naja, ihnen wurde vorgeworfen, dass sie weder schreiben noch zeichnen können - ist das persönlich?«

»Als Autor nimmt man das zwar persönlich, aber nein, das meinte ich nicht.«

Laura tippte auf die Ausdrucke, die vor ihr lagen. »Da ist kein einziger Kommentar dabei, bei dem ich denke, die Person, die das geschrieben hat, kennt Neumann oder Christensen persönlich. Das sind alles nur Leser oder Trolle, die überall negativ rumkommentieren.«

Sie nahm das oberste Blatt hoch und las vor: »Ey, ihr Vollpfosten, ihr habt so dermaßen null Ahnung. Wenn ich nur die Cover von eure Scheißbücher nur seh, krieg ich schon das Kotzen.« Sie ließ das Blatt fallen, das fast vom Schreibtisch segelte. »Rechtschreib- und Grammatikfehler gibt's gratis dazu.«

»Der Brief, den ich gerade lese, ist ein wenig interessanter«, meinte Sina. »Der Schreiber ist entweder schwer verwirrt oder will zumindest so wirken. Er lässt sich auf zwei eng beschriebenen Seiten über diverse Verschwörungstheorien aus. Eine davon ist, dass die *Asche und Schatten*-Reihe von Aliens geschrieben wurde.«

Mit halb offenem Mund starrte Laura Sina an. »Wie bitte?«

Sina schob die vor ihr liegenden Papiere zur Seite. »Das bringt nichts. Keiner von denen hat etwas mit den Morden zu tun, da bin ich mir ganz sicher.«

Laura beugte sich vor und schnappte sich den zuoberst liegenden Brief. »Das mit den Aliens will ich jetzt aber genauer wissen.«

***

Sina überlegte, ob sie lieber allein oder gemeinsam mit Laura Mittagspause machen wollte.

Mit Sven würde ich jetzt gerne essen gehen oder ein Fischbrötchen holen und an der Promenade sitzen. Aber mit Laura? Ich habe überhaupt keine Lust, mehr Zeit mit ihr zu verbringen als unbedingt nötig.

Sie packte ihr Smartphone in die Handtasche und zögerte.

Oder sollte ich mich mehr bemühen, unsere Beziehung zu verbessern?

Die Entscheidung wurde ihr abgenommen, als ihr Telefon klingelte. Es war eine Kollegin, die verkündete, dass ein gewisser Niklas Schäfer da sei, der mit Sina sprechen wollte.

»Bring ihn bitte in mein Büro.«

Sina legte auf und stellte ihre Handtasche wieder weg. Die Mittagspause würde warten müssen.

Heute wirkte der junge Mann weitaus weniger nervös als bei ihrem ersten Gespräch. Er nahm Sina gegenüber Platz, lehnte ab, als sie ihm etwas zu trinken anbot und kam gleich zur Sache.

»Ich war gestern auf einer Gedenkfeier für Fabian und Luca, dort habe ich etwas Interessantes erfahren.«

Sina sah ihn überrascht an. »Gedenkfeier? Hier auf Sylt?«

»Ja, in der Lombok-Bar. Waren ziemlich viele Leute da.«

Stairway to Heaven, dachte Sina. *Jan und ich lagen richtig, als wir dachten, dass es sich um eine Trauerfeier handelt.*

»Und was haben Sie da erfahren?«, fragte sie.

»Da war ein Freund von Fabian dabei, der kam extra aus Flensburg. Er erzählte, Fabian habe Probleme mit jemandem gehabt, der ihm Plagiatsvorwürfe machte.«

Sina tastete nach einem Kugelschreiber und zog einen Notizblock zu sich heran. »Plagiatsvorwürfe? Hat er Ihnen Einzelheiten erzählt?«

Niklas verzog den Mund. »Er wusste leider selbst nicht viel. Er war dabei, als Fabian eine E-Mail von diesem Typen bekam. Wohl nicht die erste, der muss ihn förmlich mit Mails bombardiert haben. Fabian meinte dann, der behaupte, er habe *Die Dunkelheit erwacht* verfasst und Fabian habe ihm sein Buch gestohlen.« Niklas seufzte leise. »Leider hat Fabian den Namen nicht genannt. Er hat ihn nur als Typ bezeichnet.«

Er hob das Kinn. »Aber ich dachte, das sollten Sie wissen. Können Sie Fabians E-Mails überprüfen, haben Sie da Zugriff?«

Sina überlegte kurz. Fabians Laptop war beschlagnahmt worden, das wusste sie. Aber um die Auswertung kümmerten sich die Flensburger Kollegen, zu denen Laura den Kontakt hielt.

Sie hat mir nichts von E-Mails gesagt, in denen jemand Fabian vorgeworfen hat, das Buch gestohlen zu haben.

Sie machte sich eine kurze Notiz, diesbezüglich nachzufragen. Dann sah sie wieder Niklas an. »Wie hieß der Freund?«

»Ich weiß leider nur seinen Vornamen. Till. Aber ich glaube, der weiß auch nicht mehr als das, was ich Ihnen gerade erzählt habe.« Er hob die Schultern. »Ich habe vorsichtig nachgefragt, ob er mehr Details weiß, aber er verneinte das.«

Sina schrieb den Namen Till auf ihren Block. Wenn er wirklich ein enger Freund von Fabian Neumann gewesen war, würden sie ihn sicher aufspüren können.

»Ich weiß ja nicht, ob an der Sache irgendwas dran ist oder ob sie diese E-Mails sowieso schon alle gelesen haben«, meinte Niklas. »Aber ich dachte, ich komme lieber vorbei und erzähle Ihnen das. Könnte ja vielleicht wichtig sein.«

Sina lächelte den jungen Mann an. »Vielen Dank, dass Sie gekommen sind. Sie haben recht, es könnte für die Ermittlungen von Bedeutung sein.«

Ein Lächeln breitete sich auf Niklas' Gesicht aus. Er wirkte auf Sina, als würde er sich ehrlich freuen, dass er vielleicht helfen konnte.

Sina schob den Notizblock beiseite und stand auf. »Falls Ihnen je noch etwas einfällt, melden Sie sich bitte jederzeit.«

***

»Nein, in Fabians E-Mail-Postfach gab es definitiv keine Nachrichten, in denen ihn jemand des Plagiats bezichtigt hat«, sagte Laura. »Falls es diese Mails tatsächlich gab, muss er sie gelöscht haben. An der Wiederherstellung der gelöschten Mails wird nämlich noch gearbeitet.«

Nachdem Niklas gegangen war, hatte Sina sich in Lauras Büro begeben und ihrer Kollegin von seiner Aussage berichtet.

»Es könnte gut sein, dass er diese Mails gelöscht hat«, meinte Sina nachdenklich. »Er fühlte sich belästigt, hat dem Typen, wie er ihn nannte, sicher nicht geantwortet, aber der schrieb immer wieder neue Mails.«

Laura nickte. »Wenn ich in so einer Situation wäre, ich würde diese Mails auch löschen. Wenn mein E-Mail-Service es zulässt, würde ich auch die Absenderadresse blocken.«

»Marlena Yaran hat nichts von Plagiatsvorwürfen gesagt«, meinte Sina. »Den Verlag scheint er nicht kontaktiert zu haben.«

»Vielleicht wollte er nur Fabian drangsalieren. Moment!« Laura wühlte in den Papieren auf ihrem Schreibtisch herum. Sie hielt Sina zwei Blatt Papier hin.

Sina erkannte sofort die eng beschriebenen Seiten. »Der Leser, der behauptet hat, Aliens hätten die Serie verfasst? Das würde ich kaum als Plagiatsvorwurf bezeichnen.«

»Außer er denkt, er sei selbst einer dieser Aliens.« Stirnrunzelnd sah Laura auf die Briefkopie in ihrer Hand. »Ich weiß auch nicht. Sollen wir versuchen, diesen Briefeschreiber ausfindig zu machen?«

»Er hat mit seinem vollen Namen unterschrieben.

Bitte die Kollegen in Flensburg einfach nur abzugleichen, ob es von dieser Person auch E-Mails an Fabian Neumann gab.«

»Gute Idee. Dasselbe sollen sie auch für die Mails von Christensen tun.« Laura wandte sich ab und griff zum Telefonhörer.

Sina blieb noch einen Moment stehen, biss sich auf die Unterlippe.

Der Moment, Laura zu fragen, ob sie anschließend die Mittagspause mit ihr gemeinsam verbringen wollte, war verpasst.

Aber eigentlich sollte auch ich jetzt nicht groß Pause machen, sondern weiterarbeiten.

***

Sina hatte sich nur ein Fischbrötchen geholt und war sofort aufs Revier zurückgekehrt.

Sobald sie wieder an ihrem Schreibtisch saß, hatte sie die Eltern von Luca Christensen angerufen und Ann-Marie erreicht.

»Eine Freundin von Luca und Fabian erzählte mir von Lucas Ex-Freundin Nadine«, sagte sie nach einer kurzen Begrüßung. »Sie wusste leider Nadines Nachnamen nicht.«

»Steeger«, antwortete Lucas Mutter sofort. »Ich war sehr traurig, als die beiden sich trennten. Ich hatte das Gefühl, dass es Luca sehr ernst war mit Nadine. Und sie war so eine nette junge Frau.«

»Wissen Sie zufällig auch, wo Nadine Steeger wohnt?«

»In Flensburg. Es ist aber schon über ein Jahr her, dass die beiden sich trennten«, wandte Ann-Marie ein. »Denken Sie denn, Nadine kann Ihnen bei den

Ermittlungen helfen?«

Ich habe keine Ahnung, dachte Sina. *Ich will nur absolut nichts unversucht lassen.*

Sie ignorierte Frau Christensens Frage und kam stattdessen auf den zweiten Grund, aus dem sie angerufen hatte.

»Wie sieht es mit der Erbschaft aus? Haben Sie schon herausgefunden, ob Luca ein Testament hatte?«

»Offensichtlich nicht. Weder in seiner Flensburger Wohnung noch in seinem Zimmer hier bei uns wurde eines gefunden. Werner und ich haben heute einen Termin bei einem Anwalt. Es sieht aber so aus, als seien wir die Alleinerben nach der gesetzlichen Erbfolge.«

Dann scheidet die Erbschaft als Mordmotiv wohl aus. Sina notierte sich auch dies und verabschiedete sich von Frau Christensen.

Einen Moment saß sie einfach nur da und überlegte. *Diese Plagiatsvorwürfe erscheinen mir vielversprechend. Jemand, der sich bestohlen fühlt, hätte sehr wohl ein Motiv, die beiden Autoren zu töten, die ihn um die Früchte seiner Arbeit gebracht haben.*

Sie blätterte in ihrem Notizbuch, bis sie die Telefonnummer von Uwe Madsen gefunden hatte. Der Surfshop-Betreiber meldete sich nach dem ersten Klingeln.

»Gibt es etwas Neues?«, fragte er.

»In der Tat. Wir haben erfahren, dass es jemanden gibt, der behauptet, er hätte den ersten Band der *Asche und Schatten*-Reihe verfasst. Hat Luca Ihnen von diesen Plagiatsvorwürfen erzählt?«

»Was? *Die Dunkelheit erwacht* soll gestohlen sein? Nein, das höre ich jetzt zum ersten Mal. Luca hat nie etwas von solchen Vorwürfen erwähnt. Das ist ja ungeheuerlich.«

In der Tat, dachte Sina. *Wenn der ganze Erfolg des Autorenduos Neumann-Christensen, der sogar zu fortgeschrittenen Verhandlungen mit einer Filmfirma geführt hat, auf einer Lüge basiert, wäre das wirklich mehr als ungeheuerlich.*

»Denken Sie denn, Luca hätte über so ein Thema mit Ihnen gesprochen?«, fragte sie weiter.

»Wir waren beste Kumpels. Ich bin mir sicher, dass er mir das erzählt hätte. Vielleicht nicht sofort, er hat oft versucht, Probleme erst selbst zu lösen. Aber so eine große Sache? Davon hätte er mir erzählt.«

Madsen schwieg kurz. »Das heißt ... Wissen Sie denn, wann diese Vorwürfe erhoben wurden? Wenn das erst vor Kurzem war, dann würde ich nicht ausschließen, dass Luca einfach noch nicht so weit war, darüber zu sprechen. Außerdem hat ja auch Fabians Tod alles überschattet. Wir hatten bei unseren letzten Treffen kaum ein anderes Thema.«

»Nein, es müsste schon eine Weile her sein. Unseren Informationen nach hat derjenige, der sich als rechtmäßigen Verfasser sah, Fabian mehrere E-Mails gesendet.«

»Luca hat nie etwas in der Art erwähnt«, sagte Uwe Madsen. »Könnte es sein, dass nur Fabian in Kontakt mit dieser Person stand?«

»Ja, das könnte tatsächlich sein. Das versuchen wir gerade herauszufinden«, sagte Sina.

»Hoffentlich gelingt Ihnen das. Viel Glück bei Ihren weiteren Ermittlungen. Ich hoffe, Sie finden den Täter bald.«

Sina bedankte sich und beendete das Gespräch.

Mal sehen, was Laura in der Zwischenzeit herausgefunden hat.

***

»Die Kollegen von der Technik stressen rum«, sagte Laura. »Ich musste mir gerade einen Anpfiff anhören, dass sie nicht alles auf einmal machen können. Entweder sie arbeiten daran, die Dateien auf dem USB-Stick zu entschlüsseln oder sie kümmern sich um die Wiederherstellung der gelöschten E-Mails. Sie hätten nicht genug Leute.«

Mit genervtem Gesichtsausdruck griff sie in die Tüte mit Goldbären, die zwischen Tastatur und Monitor auf ihrem Schreibtisch lag.

»Was hast du darauf gesagt?«, wollte Sina wissen, die neben Laura stand.

»Dass sie weiter am Stick arbeiten und Gas geben sollen. Mir erschien es wichtiger, dass wir erfahren, was das für Dateien sind, die da gespeichert sind.« Laura schob sich eine Handvoll Gummibärchen in den Mund.

Sina nickte. Sie selbst hätte ebenso entschieden. »Gibt es wenigstens schon Fortschritte bei der Entschlüsselung?«

»Mir wurde zugesagt, dass wir die ersten Ergebnisse noch heute erhalten.«

»Gut, hoffentlich klappt das. Ich habe gerade mit Lucas bestem Freund telefoniert. Luca hat nie etwas von Plagiatsvorwürfen erwähnt.«

Laura schob die Unterlippe vor. »Vielleicht hat dieser Till aus Flensburg irgendeinen Quatsch erzählt, um sich wichtig zu machen. Sollten wir uns doch auf die Suche nach ihm machen und ihn befragen? Die Polizei wird er kaum anlügen.«

Sina legte den Kopf schräg. »Ich denke, das kann noch etwas warten. Ich hatte da nämlich noch eine Idee. Die Lektorin wusste zwar nichts von den Vorwürfen, aber was ist mit dem Agenten?«

Laura schnippte mit den Fingern. »Stimmt, dem sollten wir in dieser Hinsicht noch einmal auf den Zahn fühlen.«

***

Jochen Zinßer hatte die Fingerspitzen unter dem Kinn aneinandergelegt und musterte Sina, während sie ihr Anliegen vorbrachte.

»Plagiatsvorwürfe«, sagte er gedehnt, als sie geendet hatte. »Nun ja, dafür gab es keinerlei Beweise.«

Sina zog die Augenbrauen hoch. »Sie wussten davon?«

Der Agent seufzte und beugte sich vor, um seinen eleganten kleinen Laptop aufzuklappen. »Fabian rief mich vor einiger Zeit an und berichtete, dass er E-Mails erhalten hätte, in denen jemand behauptete, Fabian hätte die komplette Story für Band eins von ihm gestohlen. Warten Sie einen Moment.«

Er fuhr über das Trackpad des Computers, klickte, scrollte und sah schließlich Sina wieder an. »Ja, hier. Ich habe eine Aktennotiz verfasst. Das war im März diesen Jahres.«

»Warum haben Sie uns das nicht gleich erzählt, als wir Sie das erste Mal befragt haben?«, fragte Laura. Ihre Stimme klang alles andere als freundlich.

»Weil ich diese Vorwürfe bereits als unhaltbar abgetan hatte.« Wieder lehnte Zinßer sich zurück und legte die Fingerspitzen aneinander. »Außerdem wäre es sehr schlecht gewesen, wenn diese Vorwürfe publik geworden wären. Das hätte die Verhandlungen mit Steiner Film beeinträchtigt.«

»Und diese sind Ihnen natürlich wichtiger als alles andere«, sagte Laura.

Sina zuckte ein wenig zusammen. *Nicht nur, dass sie mir schon wieder dazwischenredet, ein wenig diplomatischer könnte sie sich ruhig auch verhalten.*

Doch dass Diplomatie noch nie Lauras starke Seite gewesen war, wusste Sina ja bereits aus ihrer gemeinsamen Flensburger Zeit.

Jochen Zinßer schien Lauras Kommentar jedoch nicht im Geringsten zu beeindrucken. »Das ist ein sehr wichtiges Projekt, ja. Vor allem für die Erben der Autoren.«

»Um zum Thema zurückzukommen«, schaltete Sina sich ein. »Was genau hat Fabian Ihnen erzählt? Was steht denn in dieser Aktennotiz?«

Zinßer wandte den Blick wieder dem Bildschirm zu. »Fabian rief mich am zwölften März an und las mir eine E-Mail vor. Den Wortlaut habe ich nicht notiert, aber ich fand, dass diese Mail reichlich wirr klang. Ich kann mich noch erinnern, dass sich der Verfasser mehrfach wiederholte und sich bei seiner Argumentation im Kreise drehte. Er behauptete, er hätte eine Graphic Novel geschrieben und illustriert, dieses Werk dann an Fabian geschickt, mit der Bitte um Tipps, wie er einen Verlag dafür finden könnte.«

»Aber *Die Dunkelheit erwacht* ist doch bereits vor knapp zwei Jahren erschienen und es gibt schon mehrere Folgebände«, warf Laura ein. »Warum hat diese Person sich erst jetzt gemeldet?«

»Das war einer der Punkte, den ich auch ansprach. Es gab keinerlei Erklärung für diese zeitliche Verzögerung in der E-Mail.«

Sina hob eine Hand. »Noch eine andere Frage: Haben Sie den Namen dieser Person?«

Zinßer senkte den Blick auf den Laptop und scrollte ein wenig. Dann schüttelte er den Kopf.

Sinas Mut sank.

»Nein, den hat Fabian mir entweder nicht genannt oder die E-Mail war anonym.«

»Das macht keinen Sinn«, sagte Laura. »Wenn jemand Forderungen stellt, warum sollte er das anonym tun?«

»Die E-Mail enthielt keine Forderungen«, sagte Zinßer. »Nur Anschuldigungen. Es stand nicht darin, ob der Verfasser denn nun Geld wollte oder die Rückgängigmachung der Veröffentlichung oder eine Neuveröffentlichung mit seinem Autorennamen auf dem Titel.«

Er sah erst Laura dann Sina an. »Das und die wirre Ausdrucksweise waren die Gründe, dass ich diese Mail nicht ernst genommen habe. Sie erschien mir haltlos.«

»Was haben Sie Fabian geraten?«, fragte Sina, obwohl sie die Antwort schon zu kennen glaubte.

»Diese E-Mail zu ignorieren natürlich«, antwortete Zinßer. »Ich habe ihm gesagt, wenn diese Person keine handfesten Beweise hat, dann sei das die einzig mögliche Vorgehensweise.«

***

Mit einem Ausdruck der Aktennotiz hatten Sina und Laura Zinßers Büro verlassen. Zurück auf dem Revier hatten sie sich zunächst jede einen starken Kaffee geholt und sich dann in Lauras Büro zusammengesetzt, um sich diese Aktennotiz ganz genau anzusehen.

»Zinßer hat geschrieben, dass Fabian ziemlich aufgeregt war, als er ihn anrief«, meinte Laura.

»Verständlich. Falls die Vorwürfe vollkommen haltlos waren, ist er sicher aus allen Wolken gefallen, als die E-Mail kam, in der jemand behauptete, ausgerechnet das Buch, das der erste große Erfolg für Neumann und Christensen war, sei von ihm verfasst worden.«

»Umgekehrt wird ein Schuh draus«, sagte Laura.

Sina sah sie verständnislos an. »Was meinst du?«

»Naja, es könnte ja eben auch stimmen. Dann hätte Neumann erst recht Grund gehabt, aufgeregt zu sein. Weil sein Betrug drohte aufzufliegen.«

Nachdenklich blickte Sina auf die vor ihr liegende Aktennotiz. »Zinßer erwähnt mit keinem Wort, dass er Neumann gefragt hat, ob die Vorwürfe stimmen.«

»Weil er nicht gefragt hat«, sagte Laura mit Nachdruck. »Weil er es gar nicht wissen wollte. Er interessiert sich nur fürs Business, das muss laufen, da muss Geld reinkommen. Ob sein Autorenduo Ideen geklaut hat, interessiert ihn nicht, solange die beiden nicht auffliegen.«

Sina kniff die Augen zusammen. »Wenn ich dir so zuhöre, könnte ich fast meinen, du willst darauf hinaus, dass Zinßer der Mörder ist.«

Laura schürzte die Lippen, dann legte sie den Kopf schräg. »Darauf wollte ich eigentlich gar nicht hinaus, aber ... jetzt, da du es sagst: Ganz ausschließen lässt sich das nicht. Er tötet erst Neumann, dann Christensen, führt die Vertragsverhandlungen mit der Filmfirma fort ... Nein, Moment, da bleibt immer noch ein Problem: Was macht er mit der Person, die behauptet, der rechtmäßige Verfasser zu sein? Hat er den auch getötet? Mit einer großzügigen Geldzahlung ruhiggestellt? Oder weiß er tatsächlich nicht, wer diese Person ist, wie er uns gegenüber behauptet hat?«

»Zu viele Fragen, zu wenige Antworten«, sagte Sina leise. »Ich kann noch eine Frage hinzufügen: Was, wenn diese Person sich demnächst bei Zinßer meldet und Forderungen stellt? Was tut Zinßer dann?«

***

Niklas loggte sich erneut mit Sammys Passwort in das Graphic Galaxy-Forum ein. Er hatte die Mittagspause durchgearbeitet, um früher Feierabend machen zu können. Das wurde eigentlich nicht gerne gesehen, doch heute war ihm das egal. Er hatte ja nicht vor, dies zur Gewohnheit werden zu lassen.

Aber heute hatte er das dringende Bedürfnis, seine Nachforschungen so schnell wie möglich fortzusetzen.

Er hegte keine große Hoffnung, dass vielleicht doch noch eine Direktnachricht in Sammys Forums-Postfach gelandet sein könnte. Als er sah, dass sie eine neue Nachricht hatte, zögerte er.

Nicht dass sie sauer ist, wenn ich ihre Message lese.

Kurz überlegte er, seine Freundin anzurufen und sie zu bitten, die Nachricht selbst zu lesen und ihm Bescheid zu sagen, ob sie sich auf Fabian und Luca bezog.

Nein, das wäre auch wieder albern. Ich werfe einen Blick und wenn mich die DM nichts angeht, markiere ich sie als ungelesen, dann merkt sie nichts.

Bevor er es sich doch noch anders überlegen konnte, klickte er auf den Posteingang. Die neue Nachricht kam von einem Nutzer mit dem Namen *SpiderMatze.*

Wenn du dich für Neumann & Christensen interessierst, solltest du dich vielleicht mal mit Sascha Kallies unterhalten. Der wird dir die Augen öffnen.

Niklas runzelte die Stirn. *Die Augen öffnen? Wie soll ich das denn bitte verstehen?*

Niklas las die Nachricht noch einmal. Wo er diesen Sascha Kallies finden könne, stand natürlich nicht darin.

Aber Kallies ist ein ziemlich ungewöhnlicher Name, den habe ich noch nie gehört oder gelesen. Ob das sein Username hier im Forum ist?

Eine schnelle Suche ergab, dass es im Graphic Galaxy-Forum kein Mitglied mit dem Namen *Sascha Kallies* oder auch nur *Kallies* gab.

Nach kurzem Überlegen schrieb Niklas eine Antwort an *SpiderMatze.* Dass Sammy vielleicht sauer sein könnte, wenn er ohne Rücksprache ihre Nachrichten las, war ihm mittlerweile egal.

Wie kann ich diesen Sascha Kallies denn kontaktieren?

Er klickte auf *Senden* und wartete gespannt. Vielleicht war *SpiderMatze* ja gerade online und würde sofort antworten.

Nachdem Niklas zwei Minuten gebannt auf den Bildschirm gestarrt hatte, beschloss er, die Wartezeit sinnvoller zu überbrücken.

Er ließ das Forum geöffnet und loggte sich in einem zweiten Browsertab bei Facebook ein. Seine Suche nach Sascha Kallies brachte keine Ergebnisse. Ihm wurden nur Profile angezeigt, deren Namen so ähnlich lauteten. Er sah Nachnamen wie *Kalis*, *Klies* und *Killes*.

Auf gut Glück klickte Niklas den Link zum Profil eines Sascha Kallis an. *Vielleicht hat SpiderMatze sich ja vertippt oder er weiß nicht genau, wie man den Namen schreibt.*

Das Profilbild zeigte einen Mann, den Niklas auf Mitte vierzig schätzte. Die wenigen Angaben zur Person, die er sehen konnte, waren ebenfalls nicht vielversprechend. Kallis arbeitete als Buchhalter und lebte in einem Ort in Bayern, von dem Niklas noch nie gehört hatte.

Sicher nicht die Person, die SpiderMatze meint.

Niklas wechselte zu dem Tab, in dem das Graphic Novel-Forum geöffnet war, und sah, dass seine Nachricht an *SpiderMatze* mittlerweile als gelesen markiert worden war. Doch eine Antwort hatte er nicht erhalten.

Er ging zurück zu den Suchergebnissen auf Facebook und scrollte noch ein wenig tiefer. Als er zu einem Suchergebnis für den Namen Alex Kallies kam, hielt er inne.

Alex? Wieso kommt das, wenn ich nach Sascha suche? Das ist doch nicht einmal annähernd ... Oh, natürlich! Sascha ist ein Spitzname für Alexander!

Er besuchte das Profil von Alex Kallies und wurde bitter enttäuscht. Außer dem Profilfoto konnte er nichts sehen. Er klickte auf *Info*, doch Alex Kallies hatte entweder keine Angaben gemacht oder seine Privatsphäreeinstellungen so strikt festgelegt, dass außer seinen Freunden niemand diese Informationen sehen konnte.

Ein wenig mutlos klickte Niklas auf das Profilfoto. Es zeigte einen Mann im Halbprofil, der nach Niklas'

Meinung wie ein Model aussah. *Vielleicht ist das eines von diesen Fake Accounts, von denen man immer so viel hört.*

Erneut ging er zurück zu den Suchergebnissen, markierte das *Sascha* in der Suchleiste und tippte stattdessen *Alexander* ein.

Ein Ergebnis. Ein exakter Treffer.

Mit angehaltenem Atem öffnete Niklas das Profil von Alexander Kallies.

Als er das Profilbild in voller Größe sah, keuchte er überrascht auf.

Diesen Mann hatte er schon einmal getroffen. Aber er hatte sich nicht als Alexander oder Sascha vorgestellt.

***

Sina sah zu, wie Laura die unterste Schreibtischschublade aufzog und eine Packung Haribo herausnahm. Laura riss die Tüte auf und hielt sie Sina hin. »Möchtest du auch ein paar Gummibärchen?«

Kopfschüttelnd lehnte Sina ab. »Mir sind die viel zu süß.«

Laura zuckte mit den Schultern. »Mehr für mich.« Sie griff in die Tüte und schob sich eine Handvoll der bunten Bärchen in den Mund.«

»Was?«, fragte sie Sina, als sie deren Blick bemerkte. »Nervennahrung.«

»Hm ja, schon gut«, murmelte Sina.

Laura verdrehte die Augen und legte die Tüte zurück in die Schublade, schob diese mit einem Knall zu. »Ich weiß, ich weiß, ich sollte mir nicht den ganzen Zucker reinziehen. Aber wenn ich so unter Druck stehe, wie im Moment, brauche ich das einfach.« Sie seufzte. »Ganz ehrlich, ich bin so froh, dass dies mein letzter Fall ist.«

Überrascht sah Sina ihre Kollegin an. »Dein letzter Fall?«

Laura legte eine Hand auf den Mund. »Hat dir das noch niemand erzählt? Ich dachte, die Kollegen daheim in Flensburg zerreißen sich hinter meinem Rücken das Maul über mich.«

»Äh, nein. Tun sie nicht.«

Laura breitete die Hände aus. »Ich habe gekündigt. Mir ist in den letzten Jahren immer deutlicher bewusst geworden, dass ich in diesen Laden einfach nicht reinpasse. Ich will auch nicht den Rest meines Lebens als Beamtin verbringen.« Sie deutete auf ihre linke Augenbraue. »Ich habe keine Lust mehr, jeden Morgen meine Piercings rauszunehmen.« Sie zog einen Ärmel ihres T-Shirts hoch und brachte eine verschlungene Tätowierung zum Vorschein, die für Sina aussah wie ein keltisches Symbol. »Ich habe keine Lust mehr, im Sommer langärmlige Shirts zu tragen, um meine Tattoos zu verstecken.«

Sie fuhr sich mit beiden Händen durch die Locken. »Und diese langweiligen hellbraunen Haare! Im Urlaub färbe ich mir immer Strähnen und töne sie dann wieder braun, kurz bevor ich zurück zur Arbeit muss.« Sie sah Sina an, ihr Blick loderte. »Ich will mich einfach endlich nicht mehr verbiegen und verstellen müssen. Ich will ich selbst sein.«

Sina runzelte die Stirn. »Aber was willst du denn sonst machen? Du bist mit Leib und Seele Polizistin, du bist eine tolle Ermittlerin, das willst du wirklich aufgeben?«

Laura lächelte Sina an. Dieses Lächeln kam für Sina vollkommen unerwartet. »Danke für das Kompliment. In Flensburg gibt es etliche Kollegen, die das anders sehen. Die wären mich lieber gestern als morgen los.«

Sina senkte den Blick. »Das tut mir leid«, sagte sie leise und musste daran zurückdenken, wie sie sich gewünscht hatte, nicht mit Laura zusammenarbeiten zu müssen. *Sie hat recht, sie kommt mit ihrer unangepassten Art bei vielen Leuten nicht gut an.*

»Aber um deine Frage zu beantworten«, sagte Laura. »Du hast recht, dass ich mit Leib und Seele Ermittlerin bin. Nicht Polizistin, aber Ermittlerin.« Sie holte tief Luft. »Du bist tatsächlich die Erste von der Truppe, der ich es sage: Ich will mich selbstständig machen. Mein Bruder und ich werden gemeinsam eine Privatdetektei eröffnen.«

Perplex starrte Sina Laura einen Moment lang an. Mit vielem hätte sie gerechnet, aber nicht damit.

»Das ist ja ... Das klingt, als hättet ihr schon ganz konkrete Pläne gemacht.«

Laura nickte. Sie wirkte entschlossen. »Haben wir.«

»Dann kann ich euch wohl gratulieren und viel Glück wünschen«, meinte Sina.

»Das können wir brauchen.« Laura deutete auf die Aktennotiz von Jochen Zinßer, die immer noch auf dem Tisch lag. »Aber bis es so weit ist, will ich unbedingt noch diesen Fall lösen. An meinem letzten Diensttag will ich mit dem Wissen gehen, dass wir den Mörder von Fabian Neumann und Luca Christensen zur Strecke gebracht haben.«

***

Nach dem überraschend offenen Gespräch mit Laura, fühlte Sina sich seltsam unruhig. Sie konnte nicht still sitzen, stand auf und trat an das Fenster ihres Büros.

Eigentlich sollte ich meinen Schreibtisch aufräumen, den PC ausschalten und nach Hause fahren. Aber ich habe das Gefühl, dass ich heute nicht genug getan habe. Wir kommen in diesem Fall einfach nicht vorwärts.

Sina unterdrückte ein Seufzen und wandte sich wieder ihrem Schreibtisch zu. Sie ging die darauf verteilten Ausdrucke und losen Notizzettel durch, heftete ab, was aufzuheben war, warf alles, was nicht mehr gebraucht wurde, in den Papierkorb.

Sie steckte gerade alle Kugelschreiber in den Stiftbehälter, als ihr PC den Signalton für eine neu eingegangene E-Mail von sich gab.

Ein wenig lustlos öffnete Sina ihren Posteingang. Doch als sie sah, dass die Mail von den Kollegen aus Flensburg kam und der Betreff *Auswertung USB-Stick* lautete, war sie mit einem Schlag ganz bei der Sache.

Sie überflog die Nachricht auf der Suche nach dem Link, unter dem sie sich die entschlüsselten Dateien ansehen konnte.

Sie las den Hinweis, dass es sich bei den Files um E-Mails handelte, die Fabian Neumann erhalten hatte.

Fantastisch, dachte sie, *die konnten uns Hinweise auf den Täter geben. Warum sonst sollte Neumann sie mit einer Nachricht an Christensen geschickt haben, dass der sich die Dateien ansehen soll, falls ihm etwas zustößt?*

Doch als sie den nächsten Satz las, hielt sie inne.

Leider handelt es sich bei den E-Mails um Kopien, die den Absendernamen nicht enthalten.

Sina starrte auf die letzten Worte. *Das macht doch keinen Sinn. Warum hätte Neumann den Namen entfernen sollen? Die Nachricht, die den Stick begleitete, klang doch so, als sollten diese Files eine Art Lebensversicherung sein.*

Kopfschüttelnd scrollte sie weiter und klickte auf den Link, unter dem sie sich die Dateien ansehen konnte. Nach einem weiteren Klick mit der Maus erschien eine unformatierte Textdatei auf dem Bildschirm, die seltsam altmodisch anmutete.

Was ist das überhaupt für eine Schriftart?, dachte Sina und begann zu lesen.

Fabian,

ich weiß gar nicht, was ich schreiben soll. Ich fühle mich wie gelähmt vor Entsetzen. Wie konntest du das nur tun?

Aber von Anfang an. Letzte Woche habe ich zufällig eine Anzeige gesehen, die für die Graphic Novel Geheimnisse der Vergangenheit warb.

Da ich deinen Namen natürlich sofort erkannte, war ich neugierig. So neugierig, dass ich in den nächsten Buchladen ging, um mir ein Exemplar zu kaufen.

Dort sah ich, dass es sich bei dem Buch um den vierten Band einer Serie handelte. Weißt du was? Ich Idiot habe mich sogar noch gefreut, als ich sah, dass du und dein Co-Autor bei einem so guten Verlag untergekommen seid und offenbar so viel Erfolg habt, dass ihr schon vier Bücher veröffentlicht habt.

Das letzte Mal, als ich dich gesehen hatte, warst du zwar bereits ein veröffentlichter Autor, aber nicht sonderlich erfolgreich.

Aber zurück zu letzter Woche ... Natürlich kaufte ich nicht den neuesten Band, sondern den ersten. Ich wollte die Serie von Beginn an verfolgen.

Du weißt, was jetzt kommt ...

Als ich zu lesen begann, erkannte ich sofort, was du getan hast. Du hast die Story, die ich dir vor vier Jahren gegeben habe, die Story, die du angeblich nicht gut genug fandest, um mir bei der Verlagssuche zu helfen, gestohlen.

Auf jeder Seite, in jedem Bild finde ich meine Motive, meine Texte, teilweise sogar wortwörtlich.

Ich fühle mich immer noch, als hätte mir jemand ins Gesicht gespuckt. Wie konntest du mich nur so hintergehen?

Ich sehe, dass Die Dunkelheit erwacht vor knapp zwei Jahren erschienen ist. Mittlerweile dachtest du sicher, du seist mit deinem Diebstahl davongekommen. Fast wäre dir das gelungen. Ich hatte damals meine Hoffnungen auf eine Karriere als Autor aufgegeben. Ich wusste, dass ich es allein nicht schaffen könnte, dass ich Hilfe brauchte.

Nachdem du gesagt hattest, du könntest mir nicht helfen und meine Story sei nicht gut genug, war ich so mutlos, dass ich mich damit abfand, dass ich weiterhin als Graphic Designer in einer Werbeagentur arbeiten müsste.

Doch jetzt das ... Warum wolltest du mir nicht helfen? Warum hast du meine Story gestohlen und sie dann mit einem anderen Autor umgesetzt? Du hättest doch mit mir daran arbeiten können.

Bevor ich einen Anwalt einschalte, möchte ich dir die Gelegenheit geben, mir zu erklären, warum du das getan hast.

Sina lehnte sich zurück und biss sich auf die Unterlippe. Die Datei enthielt wirklich nur den Text der E-Mail, keinen Header mit Datum, Absender und Betreff, keine Grußzeile.

Wollte Neumann Christensen einfach nur darüber informieren, dass es Probleme wegen des Urheberrechts gab, ohne ihm zu sagen, wer die Person war, die behauptete, der eigentliche Verfasser zu sein?

Sina stützte den Kopf in beide Hände. *Aber das ergibt doch keinen Sinn.*

Ein Klopfen an der Tür ihres Büros ließ sie aufblicken. Im Türrahmen stand Laura, die Handtasche über der Schulter. »Ich wäre fertig für heute oder liegt noch etwas an?«

»Allerdings«, sagte Sina. Sie deutete auf ihren PC. »Die entschlüsselten Dateien sind gerade gekommen.«

»Was? Warum hast du mir nicht gleich Bescheid gesagt?« Laura zog den Besucherstuhl neben Sina und ließ ihre Tasche auf den Boden fallen.

»Ich wollte mir nur schnell einen ersten Eindruck verschaffen«, meinte Sina. »Aber das, was ich da gerade gelesen habe, hat mich alles andere vergessen lassen.«

»Worum geht es denn?« Laura beugte sich vor, um auf den Monitor zu sehen.

Sina gab ihr eine kurze Zusammenfassung des E-Mail-Textes.

»Neumann und Christensen haben die komplette erste Story ihrer Serie geklaut?« Lauras Stimme klang atemlos.

»Zumindest behauptet das hier jemand. Lass uns mal sehen, wie es weiterging. Das war ja nur die erste Mail.«

Sina öffnete die nächste Datei. Es bot sich das gleiche Bild: kein Header, keine Unterschriftenzeile. Doch dieses Mal war die Nachricht weitaus kürzer.

Fabian,

du kannst mich nicht einfach ignorieren und hoffen, dass ich aufgebe.

Ich werde nicht aufgeben. Du hast meine Story gestohlen, dafür musst du jetzt geradestehen.

Du hast meine E-Mail-Adresse und meine Telefonnummer steht in der Fußzeile meiner Mails.

Ich erwarte eine baldige Reaktion von dir.

»Kurz und auf den Punkt«, meinte Laura. »Außerdem klingt er ganz schön sauer, wer auch immer er sein mag.«

Sina trommelte mit den Fingern auf die Schreibtischplatte. »So sauer, dass er Fabian und Luca umgebracht haben könnte? Was meinst du?«

»Ich weiß es nicht. Lass uns erst mal die nächsten Mails lesen. Vielleicht wird das Bild dann klarer.«

Sina nickte und öffnete die nächste Datei.

»Jetzt spart er sich schon die Anrede«, sagte Laura, als die wenigen Zeilen auf dem Monitor erschienen.

»Du weigerst dich also, dich mit mir auseinanderzusetzen«, las Sina laut vor. »Ich gebe dir noch genau zwei Tage, bis zum vierundzwanzigsten Mai, dann schalte ich einen Anwalt ein. Dann bleibt dir nichts anderes übrig, als dich mit dem auseinanderzusetzen.«

»Hm, Anwalt«, sagte Laura. »Ob das nur leere Drohungen waren? Von rechtlichen Schritten wegen Urheberrechtsverletzung hat weder die Dame vom Verlag noch der Agent etwas gesagt. Die müssten das aber doch wissen.«

»Leere Drohungen oder er ist tatsächlich der Mörder. Er hat eingesehen, dass er es nicht schaffen kann, seine Urheberschaft nachzuweisen, also hat er Neumann und Christensen getötet, um seine Genugtuung zu erhalten.« Sina seufzte. »Was aber jetzt reine Spekulation meinerseits ist.«

»Oder er war auf dem Weg zum Anwalt, als Neumann ermordet wurde und weiß jetzt nicht, wie er weiter vorgehen soll. Ebenfalls reine Spekulation«, meinte Laura. »War das denn die letzte Mail?«

»Moment.« Sina ging zurück zur Liste der Dateien. »Nein, da ist noch eine weitere Nachricht.«

Ein Doppelklick zauberte den Text der letzten E-Mail auf den Bildschirm. Dieser Text war wieder ein wenig länger.

Dieses Mal war es Laura, die ihn laut vorlas. »Gut, dass du ein Einsehen hattest, Fabian. Aber dein Vorschlag, dass wir uns erst nächste Woche treffen, ist nicht gut. Das gibt mir das Gefühl, dass du mich hinhalten willst. Du hast mich durch dein hartnäckiges Schweigen schon lange genug hingehalten. Übermorgen in der Flensburger Innenstadt. Entweder am Nachmittag oder am Abend, ab fünfzehn Uhr habe ich Zeit. Hör auf, auf Zeit zu spielen.«

Zischend stieß Sina den Atem aus. »Fabian hat sich also doch gemeldet und einem Treffen zugestimmt.«

»Hat dieses Treffen stattgefunden?« Laura sah Sina nachdenklich an. »Wenn ja, was ist dabei geschehen?«

Sina antwortete nicht auf Lauras Fragen. Nicht nur, weil sie keine Antworten hatte, sondern auch, weil es etwas anderes gab, das sie dringend erledigen musste.

Sie schloss die Textdatei und ging zurück zu ihrem Posteingang, wo immer noch die E-Mail aus Flensburg geöffnet war. Sie klickte auf *Antworten* und begann zu tippen.

»Wir müssen unbedingt herausfinden, von wem diese E-Mails stammen, und zwar so schnell wie möglich«, sagte sie.

Sie beendete ihre Nachricht und schickte sie ab. »Die Kollegen in Flensburg müssen ihre Bemühungen verstärken, die E-Mails wiederherzustellen, die Fabian gelöscht hat. Wenn ihnen das gelingt, wissen wir zumindest, wer uns Antworten auf deine Fragen liefern kann.«

***

Lange hatte Niklas das Foto von Alexander Kallies angestarrt. Der Mann hatte dunkle, kurz geschnittene Haare und eher nichtssagende Gesichtszüge. Ein Dutzendgesicht, an das man sich nicht erinnern würde, wenn man Alexander nur einmal kurz sah.

Doch da waren diese Augen. Sie waren von einer so intensiven blauen Farbe, dass sie Niklas förmlich zu durchbohren schienen, obwohl sie ihn nur aus einem Foto heraus ansahen.

Warum hast du auf der Gedenkfeier für Luca und Fabian behauptet, dein Name sei Till?

Schließlich löste Niklas seinen Blick von dem Profilfoto und scrollte ein wenig tiefer. In der linken Spalte unter dem Foto konnte er sehen, dass Kallies aus Flensburg stammte, dort auch zur Schule gegangen war, in Köln studiert hatte und bei einer Werbeagentur in Flensburg als Grafikdesigner arbeitete.

Wenigstens stimmt, dass er aus Flensburg

stammt. Mal sehen, ob er mit Fabian befreundet war.

Er klickte auf *Freunde* und sah sich einer langen zweispaltigen Liste mit Namen und Fotos gegenüber. Er tippte *Fabian* in das Suchfeld und erhielt ein Ergebnis.

Fabian Sommer. Nicht Neumann. Er hat also nicht nur gelogen, was seinen Namen angeht.

Um ganz sicher zu sein, suchte Niklas auch noch nach *Luca*.

Keine Ergebnisse für »Luca« erschien auf dem Bildschirm.

Niklas ging zurück zu *Beiträge* und scrollte langsam durch den Feed von Alexander Kallies.

Er sah sofort, dass Kallies seit vier Monaten nichts mehr auf Facebook geteilt hatte. Sein letzter Post war am achtzehnten Februar ein Foto von Alexej Nawalny gewesen.

Trotzdem scrollte Niklas weiter. Er sah Fotos des jungen Mannes, der sich auf der Gedenkfeier als Till vorgestellt hatte, mit Freunden und allein. In Bars, Clubs und Restaurants oder in der Natur.

Jedes dieser Bilder betrachtete Niklas ganz genau. Doch nirgends entdeckte er Fabian oder Luca.

Auch fand er keinerlei Hinweise darauf, dass Alexander Kallies vielleicht ein Fan der Graphic Novels der beiden war.

Er hat angegeben, dass er als Grafikdesigner arbeitet. Vielleicht kannte er Fabian irgendwie über seinen Job?

Niklas googlete den Namen der Agentur, für die Kallies arbeitete, fügte als Suchbegriff Fabians Namen hinzu.

Er fand keine relevanten Links in den Ergebnissen

seiner Suche.

Ich verschwende hier nur meine Zeit. Am besten ich frage diesen Kallies direkt nach weiteren Infos über diese ganze Plagiatsgeschichte.

Niklas schloss den Tab, in dem er Google geöffnet hatte. Zurück auf Facebook klickte er beherzt auf die blaue Schaltfläche mit der Aufschrift *Nachricht senden.* Nach kurzem Nachdenken beschloss er, nicht lange zu erklären, wie er Alexander gefunden hatte und auch nicht darauf einzugehen, dass er ihn unter dem Namen Till kennengelernt hatte.

Hallo, wir haben uns auf der Gedenkfeier getroffen. Ich würde mich gerne noch einmal mit dir über Fabian unterhalten. Ich würde mich freuen, von dir zu hören. Du kannst mir auch eine E-Mail senden.

Niklas fügte seine E-Mail-Adresse hinzu und sendete die Nachricht.

Hoffentlich ignoriert der mich nicht genauso wie SpiderMatze.

Kapitel sieben

Niklas setzte sich an seinen Schreibtisch, stellte die Tasse Kaffee ab, die er sich gerade in der Büroküche geholt hatte, und schaltete seinen PC ein.

Während der hochfuhr, holte er sein Handy hervor, um es bis zur Mittagspause auszuschalten. Dies war eine Vorschrift seiner Arbeitgeber, damit keiner der Mitarbeiter während der Arbeitszeiten abgelenkt war.

Er wischte über das Display und sah, dass die Facebook Messenger-App eine neue Nachricht anzeigte.

Das wird doch nicht?

Er sah sich kurz um. Keiner seiner Kollegen sah in seine Richtung, also tippte er rasch auf das App-Icon, um zu sehen, von wem die Nachricht kam.

Alexander Kallies.

Niklas schluckte. *Er hat tatsächlich geantwortet, das gibt's doch gar nicht.*

Fieberhaft überlegte er. Am Schreibtisch konnte er diese Nachricht nicht einfach lesen. Also schob er das Smartphone rasch in die Tasche seines Jacketts und stand auf.

Er verließ das Großraumbüro und eilte den Gang entlang zu den Toiletten. Dort angekommen verriegelte er die Tür hinter sich, zog das Handy erneut hervor und las die Nachricht, die Alexander Kallies ihm geschickt hatte.

Hallo Niklas, ich bin gerne bereit, mich mit dir zu treffen und deine Fragen zu beantworten. Ich bin allerdings nur noch heute auf Sylt. Hast du tagsüber Zeit?

Niklas atmete aus und lehnte sich gegen die Wand. Seine Gedanken rasten. Er konnte kaum glauben, dass Alexander ihm tatsächlich geantwortet hatte und bereit war, sich mit ihm zu treffen.

Heute tagsüber. Wie krieg ich das nur hin? Ich habe nur meine Mittagspause.

Er überlegte. Wenn er die Stunde ein klein wenig überziehen würde und dafür abends länger blieb, sollte das in Ordnung gehen.

Trotzdem, wir müssten uns in Westerland oder ganz in der Nähe treffen.

Ein wenig unentschlossen starrte er auf das Display.

Ich muss mich entscheiden, ich muss zurück an meinen Schreibtisch. Wenn die einzige Chance, mit Alexander persönlich zu reden, heute Mittag ist, dann muss ich sofort antworten, damit wir uns verabreden können. Dann darf ich keine Zeit verlieren.

Rasch tippte er eine Antwort. *Geht es bei dir zwischen 12 und 13 h? Da habe ich Mittagspause. Ich arbeite in Westerland, es wäre also gut, wenn wir uns hier treffen könnten.*

Er sendete die Nachricht ab, blieb stehen und starrte auf das Display. *Sofort antworten wird er nicht. Was mach ich nur? Ich kann nicht noch länger hier auf dem Klo bleiben. Aber ich darf auch mein Handy nicht eingeschaltet lassen.*

Zögerlich schob er sein Handy wieder in die Jacketttasche. Er würde es so lange eingeschaltet lassen, bis er wieder am Schreibtisch war.

Niklas verließ die Toilettenkabine, trat ans Waschbecken und drehte den Kaltwasserhahn auf. Er ließ Wasser in seine hohlen Hände laufen und benetzte sein Gesicht damit. Er fühlte sich erhitzt und nervös.

Als er ein Papierhandtuch aus dem Spender zog,

vibrierte das Handy in seiner Tasche. In seiner Hast, das Telefon hervorzuziehen, ließ er das Tuch auf den Boden fallen.

Geht klar, ich hol dich um 12 ab. Lass uns an der Ecke Maybach- und Friedrichstraße treffen. Ich fahre einen dunkelblauen Volvo.

Mit offenem Mund starrte Niklas auf die Nachricht. Das Herz klopfte ihm bis zum Hals.

Wahnsinn. Das klappt tatsächlich.

Er vertippte sich in seiner Eile, Alexander zu antworten gleich mehrfach, obwohl seine Nachricht nur aus wenigen Worten bestand.

In Ordnung. Ich werde da sein.

Nachdem er die Nachricht gesendet hatte, schaltete er das Handy aus und atmete tief durch.

Er warf einen kurzen Blick in den Spiegel. Seine Augen glänzten, seine Wangen waren gerötet.

Wie soll ich mich jetzt nur auf die Arbeit konzentrieren? Ich wünschte, es wäre schon zwölf.

***

Der Vormittag hatte sich für Sina zäh wie Kaugummi dahingezogen. Solange sie und ihr Team auf Ergebnisse aus Flensburg warten mussten, gab es für sie nicht viel zu tun.

Sie hatte alle ihre Berichte geschrieben und die digitale Ermittlungsakte auf den neuesten Stand gebracht. Zwischendurch hatte sie immer wieder in ihrem Postfach nachgesehen, ob es etwas Neues gab, obwohl sie einen Signalton für eingehende E-Mails eingerichtet hatte.

Sie hatte sich gerade eine frische Tasse Kaffee geholt und überlegte, ob sie Jan anrufen sollte, als ihr

Handy eine neue SMS meldete. Sofort sah sie nach, von wem diese kam. Im Display stand jedoch eine ihr unbekannte Nummer.

Doch das erste Wort der Nachricht, das sie in der Vorschau sehen konnte, erregte ihre Aufmerksamkeit. Mit gerunzelter Stirn las sie die SMS.

Hilfe. Alex Kallies hat mihc niedrgeschlagn u in Kofferaum seines dunklblau Volvo gesperrt.

Keine Unterschrift und sie kannte die Nummer nicht. Den Namen Alex Kallies hatte sie ebenfalls noch nie gehört.

Sie wählte *Nummer anrufen* aus und hielt sich das Smartphone ans Ohr. Nach dreimaligem Klingeln antwortete die Mailbox.

Hi, hier ist Niklas. Ich kann gerade nicht rangehen, hinterlass mir bitte eine Nachricht.

Immer noch stirnrunzelnd beendete Sina das Gespräch, ohne eine Nachricht zu hinterlassen. *Niklas ... Etwa der Niklas, der uns nicht nur auf den Zusammenhang zwischen den Bildern auf der Haut der Opfer und dem ersten Band der Graphic Novel-Reihe, sondern auch auf die Plagiatsvorwürfe hingewiesen hat?*

Wie allen Personen, die sie im Laufe der Ermittlungen befragt hatte, hatte Sina auch Niklas eine ihrer Visitenkarten gegeben.

Hastig stand sie auf und eilte in Sebastians Büro. »Ich habe eben eine SMS von Niklas Schäfer erhalten. Die Nachricht klingt so, als sei er in Gefahr.«

Sie hielt Sebastian ihr Handy hin, damit er die SMS selbst lesen konnte. »Das ist der Comicfan, oder?«

»Ja. Wer dieser Alex Kallies sein soll, weiß ich nicht. Kannst du dich darum kümmern? Ich versuche solange, ob ich Niklas unter seiner Festnetztelefonnummer erreichen kann.«

Diese Nummer sowie seine Adresse hatte Niklas angegeben, als Sina seine Aussage zu Protokoll genommen hatte.

Zurück in ihrem Büro suchte Sina rasch diese Telefonnummer heraus und rief an. Eine weibliche Stimme meldete sich.

»Moin, Sina Marten. Ist Niklas Schäfer zu sprechen?«

»Nein, mein Sohn ist bei der Arbeit. Soll ich ihm etwas ausrichten?«

»Ich müsste selbst mit ihm sprechen«, sagte Sina. Sie wollte die Mutter nicht beunruhigen, also sagte sie nicht, wer sie war, und dass sie eine beunruhigende SMS von Niklas' Handynummer erhalten hatte. »Könnten Sie mir bitte sagen, wo er arbeitet?«

»Bei der Sylter Bank in Westerland. Aber jetzt dürfte er Mittagspause haben.«

Sina sah auf die Uhr. Es war kurz nach halb eins. Sie bedankte sich bei Frau Schäfer und wählte sofort die Nummer der Auskunft.

Sie ließ sich die Telefonnummer der Sylter Bank nicht ansagen, sondern ließ sich direkt verbinden. Als sich eine Mitarbeiterin mit dem einstudierten Singsang der perfekten Sekretärin meldete, fragte sie nach Niklas.

»Einen Moment, ich verbinde«, zwitscherte die Mitarbeiterin.

In Sinas Ohr ertönte eine weichgespülte Instrumentalversion eines Songs, der ihr vage bekannt vorkam. Warteschleife. Ungeduldig sah sie auf ihre Uhr.

Mit jeder verstreichenden Sekunde wurde sie unruhiger.

Endlich klickte es in der Leitung, doch es war nicht Niklas Schäfer, der sich meldete, sondern erneut die Mitarbeiterin der Telefonzentrale.

»Herr Schäfer ist leider nicht an seinem Platz. Kann ich eine Nachricht für ihn notieren?«

»Nein, bitte stellen Sie mich zu seinem Vorgesetzten durch.«

»Herr Abrams ist zu Tisch. Er kommt um dreizehn Uhr wieder.«

Sina ließ sich die Durchwahl für Niklas Schäfer geben und kritzelte diese auf ein Post-it. Dann bedankte sie sich und legte auf.

Sie ging zurück in Sebastians Büro. »Ich kann Schäfer nirgends erreichen. Bei der Arbeit ist er nicht. Könnte aber schlicht und ergreifend in der Mittagspause sein.«

»Ich habe keine Ahnung, wer dieser Alex Kallies sein soll«, sagte Sebastian. »Auf Sylt ist niemand mit diesem Namen gemeldet.«

Sina überlegte kurz. »Wie sieht es mit Flensburg aus?«

Sie sah Sebastian über die Schulter, während er eine neue Datenbankabfrage startete.

»Ein Treffer«, verkündete Sebastian. »Alexander Kallies, geboren am 22. November 1990, also 33 Jahre alt.«

»Finde bitte heraus, ob ein dunkelblauer Volvo auf ihn zugelassen ist.«

Dieses Mal musste Sina länger warten, bis Sebastian eine Antwort gefunden hatte. Kopfschüttelnd blickte er zu ihr auf. »Nein, Kallies fährt einen VW Golf.«

Sina unterdrückte einen Fluch. Doch dann hatte sie eine Idee. »Es könnte ein Leihwagen sein. Telefonier bitte alle Mietwagenfirmen auf Sylt durch, Maja soll dir dabei helfen. Ruf mich bitte sofort an, wenn du etwas herausfindest. Ich fahre mit Laura zu Schäfer nach Hause, vielleicht finden wir dort einen Hinweis.«

***

Niklas Schäfers Mutter war eine zierliche Frau in den Vierzigern, die ihre dunklen Haare zu einem Pferdeschwanz gebunden trug. Sina und Laura hatten sie offensichtlich bei der Hausarbeit gestört, denn sie trug gelbe Gummihandschuhe, als sie die Haustür öffnete.

Dieses Mal stellte Sina sich nicht nur mit ihrem Namen vor, sondern nannte auch ihren Dienstrang und zeigte ihren Polizeiausweis vor.

»Polizei? Ist meinem Niklas etwas passiert?« In den geweiteten Augen von Frau Schäfer las Sina pures Entsetzen.

Sie beschloss, der Mutter reinen Wein einzuschenken. »Wir haben eine beunruhigende SMS von Niklas erhalten. Dem gehen wir nach. Wissen Sie, wer Alex Kallies ist?«

Frau Schäfer schüttelte nachdrücklich den Kopf. »Nein, diesen Namen habe ich noch nie gehört.«

»Dürften wir einen Blick in Niklas' Zimmer werfen? Wir hoffen, dort einen Hinweis darauf zu finden, wo er sich aufhalten könnte.«

»Aber selbstverständlich. Kommen Sie bitte mit.«

Sina und Laura folgten Niklas' Mutter die Treppe hinauf. Im ersten Stock angekommen, öffnete sie eine Tür. »Das ist sein Zimmer.«

Als Sina sah, dass vor dem Fenster ein kleiner

Schreibtisch stand, eilte sie darauf zu. Ein zugeklappter Laptop, ein Stiftbehälter, einige lose Blätter mit Zeichnungen, einige Notizzettel.

Gemeinsam mit Laura blätterte Sina die Zeichnungen und Notizen durch.

»Schau dir das hier an«, sagte Laura und reichte Sina einen Zettel.

Till = Sascha Kallies

Einen Moment starrte Sina auf den Zettel. Till, der Name kam doch gerade erst ... Sie schnippte mit den Fingern. »Der Mann von der Gedenkfeier.«

Laura sah sie verständnislos an.

»Der Mann, der Niklas von den Plagiatsvorwürfen gegen Neumann und Christensen erzählte, hieß Till.« Sina deutete auf den Zettel. »Wenn ich das richtig verstehe, hat Niklas irgendwie herausgefunden, dass dieser Till eigentlich Sascha oder vielmehr Alexander Kallies heißt.«

Laura verzog den Mund. »Jemand, der sich bei einer Trauerfeier mit falschem Namen vorstellt, das gefällt mir gar nicht.«

»Mir auch nicht«, meinte Sina. Sie blätterte rasch die Zeichnungen durch, die sie noch in der Hand hielt, fand jedoch nichts. Dann drehte sie sich zu Frau Schäfer um, die mit besorgter Miene in der Tür stand.

»Dürfen wir uns den Computer Ihres Sohnes ansehen?«

»Selbstverständlich.« Sie hob eine Hand, die immer noch in einem gelben Gummihandschuh steckte.

Laura klappte den Laptop auf und drückte die Einschalttaste.

Mit Überraschung sah Sina, dass sofort der Desktop erschien, ohne dass sie nach einem Passwort oder gar einem Fingerabdruck gefragt worden waren.

»Sehr gut«, murmelte Laura. »Hoffentlich hat er auch Autofill für seine Passwörter.«

Sie führte einen Doppelklick auf das Browser-Icon aus und die Startseite öffnete sich. Darauf befanden sich zwei Reihen mit bunten Logos. Shortcuts zu den Seiten, die Niklas am häufigsten besuchte.

»YouTube, Spotify, Instagram, Facebook, GMX, der Rest sagt mir nichts«, meinte Laura.

»Fang mit GMX an. Vielleicht gibt es E-Mails, die er mit diesem Kallies ausgetauscht hat«, sagte Sina.

Laura klickte auf das GMX-Logo und die Log-in-Seite erschien. Sina atmete erleichtert auf, als sie sah, dass die Felder für E-Mail-Adresse und Passwort tatsächlich automatisch ausgefüllt waren.

Laura klickte auf den grünen Button mit der Aufschrift *Login*.

Im Posteingang befanden sich nur wenige Nachrichten. Sina beugte sich vor, sodass sie Schulter an Schulter mit Laura dastand.

»Kein Sascha oder Alexander Kallies«, sagte Laura nach wenigen Sekunden. Sie schob den Cursor nach links und öffnete den Ordner mit den gesendeten Nachrichten.

Sina streckte die Hand aus und deutete auf ein grün hinterlegtes Lupensymbol. »Such lieber nach dem Namen, das geht schneller.«

»Stimmt«, murmelte Laura. Sie startete eine Suche nach *Kallies*.

Suchbegriff leider nicht gefunden.

»Versuch's mit Alex, dann Sascha«, sagte Sina.

Beide Suchen verliefen ergebnislos.

Sina ballte die Fäuste. »Geh als Nächstes zu Facebook«, sagte sie leise.

Auch für die Social Media-Plattform hatte Niklas

die Anmeldedaten gespeichert, sodass sie mit einem Klick Zugang erhielten.

Laura schob den Mauszeiger auf das Messengersymbol und klickte. Runde Profilbilder, die dazugehörigen Namen und die ersten Wörter der jeweils letzten Nachricht erschienen.

»Da!«, rief Sina.

»Alexander Kallies, tatsächlich«, murmelte Laura und klickte auf den Nachrichtenthread. Ein neues Fenster klappte auf, das den gesamten Nachrichtenverlauf zwischen Niklas und Alexander Kallies zeigte.

»Hallo, wir haben uns auf der Gedenkfeier getroffen«, las Laura vor. »Ich würde mich gerne noch einmal mit dir über Fabian unterhalten. Ich würde mich freuen, von dir zu hören. Du kannst mir auch eine E-Mail senden. Dann hat er noch seine GMX-Adresse angegeben.«

Sina konnte bereits das blaue Kästchen sehen, das Kallies' Antwort enthielt. Darüber standen das heutige Datum und die Uhrzeit. »Kallies hat heute früh kurz nach neun geantwortet.«

Wieder las Laura die Nachricht mit leiser Stimme vor. »Hallo Niklas, ich bin gerne bereit, mich mit dir zu treffen und deine Fragen zu beantworten. Ich bin allerdings nur noch heute auf Sylt. Hast du tagsüber Zeit?«

Sie scrollte ein wenig tiefer, zu Niklas' Antwort. »Er hat wenige Minuten später geantwortet: Geht es bei dir zwischen zwölf und dreizehn Uhr? Da habe ich Mittagspause. Ich arbeite in Westerland, es wäre also gut, wenn wir uns hier treffen könnten.«

Sina hielt den Atem an. *Hoffentlich bekommen wir einen Hinweis, wo die beiden sich aufhalten.*

»Geht klar, ich hol dich um zwölf ab. Lass uns an

der Ecke Maybach- und Friedrichstraße treffen. Ich fahre einen dunkelblauen Volvo.«

Enttäuscht blies Sina die Backen auf. »Mist, die beiden könnten mittlerweile überall auf der Insel sein.«

»Immerhin wissen wir, dass Kallies Niklas mit einem dunkelblauen Volvo abgeholt hat«, meinte Laura. »Hier, die letzte Nachricht, da bestätigt Niklas nur, dass er am Treffpunkt sein wird.«

»Sebastian und Maja telefonieren schon sämtliche Mietwagenfirmen durch«, sagte Sina. »Hoffentlich finden sie das Kennzeichen heraus.«

»Ja, hoffentlich«, meinte Laura. »Wenn die Leute von der Mietwagenfirma auf einen gerichtlichen Beschluss bestehen, sieht es aber düster aus. Wir haben keine Zeit zu verlieren. Wir müssen Niklas und diesen Kallies finden.« Sie sprach leise, damit Frau Schäfer sie nicht hören konnte. »Und zwar so schnell wie irgend möglich.«

***

Niklas kämpfte gegen die Fesseln an. In seinem Mund steckte ein Knebel, seine Augen waren verbunden.

Als Kallies nach einer für Niklas endlos erscheinenden Fahrt endlich angehalten und den Kofferraum geöffnet hatte, hatte er Niklas mit einem gezielten Hieb bewusstlos geschlagen.

Nun dröhnte sein Kopf, sein Mund war trocken und der Strick, mit dem seine Handgelenke gefesselt waren, schnitt tief in seine Haut ein.

Außerdem hatte er jegliches Zeitgefühl verloren, er hatte keine Ahnung, wie lange er bewusstlos gewesen war.

Ob Sina Marten meine SMS erhalten hat? Ob sie und ihre Kollegen nach mir suchen?

Doch die Erkenntnis, dass die Polizei als Anhaltspunkt für ihre Suche nur eine Automarke hatten, brachte Niklas dazu, seine Bemühungen zu verstärken.

Ich muss mir selbst helfen. Darauf, dass die das Auto finden, darf ich mich nicht verlassen.

Er zerrte und zog an den Handfesseln, biss die Zähne zusammen, um den Schmerz zu verdrängen. Er geriet ins Schwitzen, spürte schließlich auch, wie warmes Blut über seine Hände sickerte.

Entkräftet hielt er inne, atmete tief durch. *So wird das nichts. Vielleicht sollte ich erst versuchen, die Augenbinde loszuwerden.*

Niklas versuchte, sich auf die Seite zu rollen, als er ein Geräusch hörte. Eine Tür wurde geöffnet, dann fühlte er einen leichten Lufthauch.

Er war nicht mehr alleine.

Schritte, dann spürte er, wie sich jemand über ihn beugte. Eine Berührung an der Seite seines Kopfes, dann ein heftiger Ruck, ein reißender Schmerz.

Niklas stöhnte auf, dann blinzelte er. Das Klebeband, mit dem seine Augen verbunden gewesen waren, baumelte vor seinem Gesicht. Die Hand, die es hielt, verschwand aus seinem Sichtfeld.

Er wollte sich aufrichten, doch das war ihm mit seinen gefesselten Händen und Füßen nicht möglich. Also blieb er auf der Seite liegen und sah zu, wie Alexander Kallies das Klebeband zusammenknüllte und achtlos in das Spülbecken einer winzigen Küchenzeile warf.

Dann trat Kallies wieder auf Niklas zu und blickte

teilnahmslos auf seine gefesselten Handgelenke. »Dummer Junge. Hast wohl versucht, dich zu befreien.«

Niklas konnte nicht antworten, denn der Knebel steckte immer noch in seinem Mund.

Alexander wandte sich wieder ab, versperrte Niklas nicht länger die Sicht auf den Raum, in dem er gefangen gehalten wurde.

Niklas ließ den Blick schweifen und realisierte, dass er in einem Wohnwagen auf einer schmalen Bank lag. Direkt vor ihm befand sich ein kleiner Tisch.

Kallies stand neben der Tür, bückte sich und hob etwas hoch. Eine Plastiktüte. Er stellte sie auf den Tisch und packte den Inhalt aus.

Niklas' Augen weiteten sich vor Schreck, als er sah, was Alexander Kallies auspackte.

Drei Fläschchen und mehrere Pinsel.

***

Sina hatte beide Hände in den Haaren verborgen und saß, die Ellbogen auf die Tischplatte gestützt, an ihrem Schreibtisch.

Von Niklas fehlte weiterhin jede Spur und auch die Abfragen bei Mietwagenfirmen und Ferienunterkünften hatten noch nichts erbracht.

Wenn dieser Kallies der Mörder von Neumann und Christensen ist, heißt das dann, dass er Niklas auch etwas angetan hat?

Da weder Niklas' Eltern noch seine Kollegen eine Erklärung hatten, warum Niklas so plötzlich verschwunden war, fiel Sina nur diese eine Möglichkeit ein.

Einen Unfall kann er nicht gehabt haben, das hätten wir mittlerweile längst mitbekommen. Und dass er sich einfach so absetzt, kann sich aus seinem Umkreis niemand vorstellen.

Sina seufzte, setzte sich wieder aufrecht hin und streckte die Arme über dem Kopf aus, um ihre verspannten Muskeln etwas zu lockern. Dann wandte sie sich wieder ihrem Bildschirm zu.

Sebastian hatte die Liste aller Autovermietungen und Ferienunterkünfte auf Sylt aufgeteilt, sodass sie gemeinsam daran arbeiten konnten.

Sina hatte gerade zwei Stunden damit verbracht, Agenturen anzurufen, die Ferienwohnungen vermieteten. Jetzt standen auf ihrer Liste nur noch sieben Einträge: alle Campingplätze, die es auf Sylt gab.

Da werden Erinnerungen wach, dachte Sina, als sie die erste dieser Nummern wählte. Nach ihrer Versetzung hatte sie eine Weile in einem Wohnmobil gelebt, da sie auf dem angespannten Sylter Immobilienmarkt einfach keine für sie erschwingliche Wohnung finden konnte.

Aber dieses Problem konnte ich ja mittlerweile zum Glück lösen.

Kurz schweiften ihre Gedanken ab. Die Hoffnung, heute zu einer vernünftigen Zeit daheim zu sein, um mit Jan und Barney zusammen zu Abend zu essen und dann vielleicht noch ein wenig fernzusehen, hatte sie bereits begraben, obwohl erst später Nachmittag war.

Sobald ich hier durch bin, rufe ich daheim an und sage ihm, dass er nicht auf mich warten soll.

In ihrem Ohr tutete es zwei Mal, dann meldete sich eine männliche Stimme.

»Campingfreude Wennigstedt.«

Sina stellte sich vor und spulte ihren vorbereiteten Text ab. »Wir suchen einen Alexander oder Alex Kallies. Vermutlich fährt er einen dunkelblauen Volvo. Haben Sie jemanden mit diesem Namen unter Ihren Gästen?«

»Einen Augenblick, ich sehe nach.« Ein leises Klappern, so als habe der Mann am anderen Ende der Leitung den Hörer abgelegt.

Wer hat denn heutzutage noch so ein altmodisches Telefon, dachte Sina. *Oder hat er das komplette Mobilteil abgelegt? Das hätte er aber auch in der Hand behalten können.*

Sie schüttelte den Kopf. *Ich muss mich besser konzentrieren. Ich bin schon so müde, dass ich kaum noch geradeaus denken kann.*

»Jau, den haben wir hier. Schon seit etwas über einer Woche. Hat er was ausgefressen?«

Mit einem Schlag war Sina wieder hellwach. »Ist er mit einem eigenen Wohnmobil angereist oder hat er eines ihrer Mobilheime gemietet?«

»Der hat sich hier eingemietet. Mobilheim 18B«, antwortete der Mann bereitwillig.

Sina angelte nach Stift und Block. »Wie war noch gleich Ihr Name?«

»Georg Nissen.«

»Also, Herr Nissen. Es ist überaus wichtig, dass Sie keinerlei Kontakt zu Herrn Kallies aufnehmen. Bitte sprechen Sie auch sonst mit niemandem über unser Gespräch.«

»Na, das ist ja ein Ding. Ich komm mir ja fast vor wie bei Einsatz in Manhattan.«

Sina ging nicht auf diesen Kommentar, mit dem sie nichts anfangen konnte, ein. »Ich werde schnellstmöglich mit einigen Kollegen zu Ihnen kommen. Bitte bleiben Sie in Ihrem Büro.«

»Mach ich«, versicherte Nissen ihr. »Muss ich mir Sorgen machen? Ist dieser Kallies bewaffnet?«

»Nein, nein«, beruhigte Sina ihn rasch. »Wir müssen uns nur dringendst mit ihm unterhalten.«

»Er will aber wohl nicht mit Ihnen reden, was?«, fragte Georg Nissen.

»So ungefähr«, meinte Sina. Dann verabschiedete sie sich und eilte in Lauras Büro.

***

Es hatte nicht lange gedauert, ein Team zusammenzustellen, das Sina zum Campingplatz begleitete. Gemeinsam mit Laura, Maja und Bernd hatte sie sich auf den Weg nach Wennigstedt gemacht. Sebastian hielt auf dem Revier die Stellung.

Maja hatte das Steuer übernommen und neben dem Büro des Geschäftsführers geparkt, das sich ebenfalls in einem Mobilheim befand.

Von der forschen Art, die Georg Nissen am Telefon an den Tag gelegt hatte, war nichts mehr zu bemerken gewesen. Ganz im Gegenteil, er hatte ein wenig nervös gewirkt, als er Sina und ihre Kollegen begrüßte.

Doch als er einen Lageplan des Campingplatzes vor ihnen auf seinem Schreibtisch ausbreitete, schien es, als sei er voll in seinem Element.

»Wir sind hier«, sagte er und legte einen Radiergummi auf die entsprechende Stelle des Planes. »Und Stellplatz 18B ist hier.« Ein kleiner silberner Bleistiftanspitzer wurde zweckentfremdet, um den Standort von Alexander Kallies' Mobilheim zu markieren.

Dann griff Nissen zu einem Stift und klopfte auf

den Plan. »Sie gehen am besten hier lang, dann rechts. So nähern sie sich dem Mobilheim von der Seite. Da kann er sie nicht sehen, selbst wenn er gerade aus dem Fenster gucken sollte.«

Sina machte mit ihrem Handy ein Foto des Planes. »Vielen Dank für Ihre Unterstützung«, sagte sie.

»Sie geben mir hoffentlich gleich noch Bescheid, wie's gelaufen ist, oder?«

»Ja, werden wir«, sagte Sina knapp. Sie war in Gedanken bereits ganz bei der bevorstehenden Konfrontation mit Alexander Kallies.

Nachdem sie Nissens Büro verlassen hatten, nickte Sina ihren Kollegen zu. »Maja und Bernd, ihr nehmt den Weg, den Herr Nissen gerade beschrieben hat. Laura und ich werden uns von der anderen Seite nähern. Wenn wir alle in Position sind, werde ich an die Tür klopfen und dann versuchen, diese zu öffnen.«

Bernd hob das Stemmeisen, das er im Büro zwischen Arm und Oberkörper verborgen gehalten hatte, um Georg Nissen nicht zu beunruhigen. »Wenn Kallies nicht öffnet und die Tür versperrt ist, weiß ich, was ich zu tun habe.«

»Also, los«, sagte Sina. Ein Stück weit gingen sie gemeinsam den Weg entlang, der vom Büro zu den Stellplätzen führte, dann trennten sie sich.

Laura schritt energisch voran, so schnell, dass Sina Probleme hatte, mit ihrer Kollegin Schritt zu halten.

»Der Volvo ist da«, flüsterte Laura, als das Mobilheim auf Stellplatz 18B in Sicht kam.

Sinas Puls schlug schneller. Kallies war also hier, aber war Niklas bei ihm?

Und wenn Niklas sich tatsächlich da vorne in die-

sem Wohnwagen befindet, lebt er noch?

Laura verlangsamte ihre Schritte und blieb neben der Tür des Mobilheimes stehen. Sina sah, dass Maja und Bernd, die den etwas kürzeren Weg gehabt hatten, sich bereits in Position gebracht hatten.

Bernd nickte ihr zu, das Stemmeisen mit beiden Händen umfasst. Er war einsatzbereit.

Sina holte tief Luft, dann trat sie vor und hämmerte mit der Faust gegen die Tür. »Herr Kallies?«, rief sie. »Öffnen Sie bitte die Tür.«

Sie lauschte. Irgendwo in der Nähe lief ein Fernseher und in einiger Entfernung kreischte eine Möwe. Doch aus dem Inneren des Mobilheimes konnte sie keinen Laut vernehmen.

Sina warf einen raschen Blick zu Maja und Bernd. Bernd hob das Stemmeisen und sah sie fragend an. Sina schüttelte den Kopf, hob einen Finger, um ihm zu bedeuten, noch einen Moment zu warten.

»Kallies«, rief sie erneut. »Hier ist die Polizei. Öffnen Sie sofort die Tür oder wir brechen sie auf.«

Erneut gab es keine Reaktion. Sina zählte im Kopf bis dreißig, dann nickte sie Bernd zu.

Der trat vor und setzte das Stemmeisen auf Höhe des Türschlosses an. Mit einem kräftigen Ruck zog er das Werkzeug zu sich heran, es gab ein leises Splittern und die Tür schwang auf. Bernd trat einen großen Schritt zur Seite.

Sina zog ihre Dienstwaffe, sah dass auch Maja ihre Waffe bereits in der Hand hielt. Sie verständigten sich durch ein Kopfnicken, dann trat Sina vor, die Waffe im Anschlag. Sie spürte, dass Laura dicht hinter ihr war.

Im Wohnbereich des Mobilheimes roch es nach altem Zigarettenrauch. In der Spüle der kleinen Küchenzeile stapelten sich Geschirr und Gläser. Eine zerknüllte Decke lag vor der schmalen Sitzbank auf dem Boden.

Sinas Blick fiel auf den Tisch. Es dauerte einen Moment, bis sie registrierte, was sie dort sah. Drei Fläschchen, mehrere Pinsel.

Scharf sog sie den Atem ein. »Laura, auf dem Tisch ...«

»Hab ich schon gesehen.« Die Stimme ihrer Kollegin klang überraschend ruhig.

Laura trat an Sina vorbei und bückte sich, hob das auf, was Sina für eine Decke gehalten hatte. Doch jetzt sah sie, dass Laura ein dunkelblaues Jackett und eine dazu passende Hose in der Hand hielt.

»Da liegen auch noch Unterwäsche und Schuhe«, sagte Laura leise. Sie ließ die Kleidungsstücke wieder fallen und wandte den Kopf.

Sina folgte Lauras Blick. Die Tür, die vom Wohnbereich in den hinteren Teil des Mobilheimes führte, war geschlossen.

Tief atmete Sina durch, dann ging sie auf die Tür zu. Sie streckte die freie Hand aus, um die Tür zu öffnen, als diese plötzlich aufflog. Sina sprang zurück, wäre fast gestrauchelt.

Ein Mann drängte sich an ihr vorbei, rannte in Richtung der Tür, die ins Freie führte.

»Stehen bleiben!«, brüllte Laura.

Der Mann blieb nicht stehen, stieß Laura zur Seite.

Obwohl sie ihre Waffe in der Hand hielt, konnte Sina nur hilflos zusehen, wie Kallies auf die Tür zustürmte. Hier im Inneren des Mobilheimes konnte sie nicht einmal einen Warnschuss abgeben. Das Risiko, dass jemand durch einen Querschläger verletzt wurde, war einfach zu groß.

Kallies hatte die Tür fast erreicht, als Maja sich ihm in den Weg stellte. Staunend sah Sina zu, wie ihre Kollegin ihren Widersacher am Oberarm packte und herumwirbelte. Einen Sekundenbruchteil später lag Kallies auf dem Boden.

Mit zwei schnellen Schritten war Laura bei Kallies. Sie ließ sich zu Boden fallen und rammte ein Knie in den Rücken des sich windenden Mannes. Sie packte sein rechtes Handgelenk und zog den Arm zu sich.

»Handschellen«, rief sie.

Maja löste die Handschellen, die sie an ihrem Gürtel befestigt trug, und reichte sie Laura. Wenige Sekunden später lag Alexander Kallies gefesselt auf dem Boden. Laura stand auf und klopfte sich die Hose ab.

»Das wäre erledigt«, sagte sie nur.

Sina starrte ihre Kolleginnen an. Maja und Laura schienen nicht einmal außer Atem zu sein.

»Wo ist Niklas Schäfer?«, fragte Laura.

Kallies antwortete nicht. Laura drehte sich zu Sina um.

»Sehen wir im Schlafzimmer nach«, sagte Sina und ging voran.

Ein kurzer, schmaler Gang, von dem rechterhand ein winziges Bad abging, führte in den Schlafbereich des Mobilheimes.

Der Raum wurde von einem breiten Bett mit zerknüllter Bettdecke und knittrigem Laken dominiert. Auf den ersten Blick schien das Schlafzimmer leer zu sein.

Sina ging auf das Bett zu, kniete sich hin und warf einen Blick darunter. »Hier ist er nicht«, rief sie Laura über die Schulter zu.

»Im Bad auch nicht«, gab Laura zurück.

Sina stand wieder auf und sah sich um. Neben einer Kommode, auf der Kleidungsstücke und Zeitschriften lagen, gab es noch einen großen Einbauschrank mit Schiebetüren.

Rasch durchquerte Sina den Raum und schob die Schranktür auf. Auf dem Boden, zusammengekauert zwischen Schuhen und einer Reisetasche, lag ein nackter Körper.

Sie konnte nur den Rücken des Mannes sehen, der in seltsam gekrümmter Haltung dalag.

Eine Schrecksekunde lang dachte Sina, der Mann sei bereits tot, doch dann drehte er den Kopf ein wenig in ihre Richtung.

Sein Gesicht war mit Zeichnungen bedeckt, deren schwarze Farbe teilweise verlaufen war, und in seinem Mund steckte ein Knebel. Trotzdem erkannte Sina, dass es sich um Niklas Schäfer handelte.

»Ruf einen Notarzt«, sagte sie zu Laura. Sie holsterte ihre Waffe, dann ging sie in die Hocke und packte Niklas unter den Achseln. Dabei bemerkte sie, dass seine Hände vor dem Körper gefesselt waren.

So behutsam wie möglich zog Sina den jungen Mann aus dem Schrank und legte ihn mit Lauras Hilfe auf das Bett.

Während Laura Schäfer den Knebel abnahm und ihn mit einem Laken bedeckte, ging Sina zurück in den Hauptraum. Dort bewachten Maja und Bernd den gefesselten Alexander Kallies.

»Schäfer lebt«, teilte Sina ihren Kollegen mit. Dann wandte sie sich der Küchenzeile zu, um nach einem Messer zu suchen, mit dem sie Niklas Schäfers Fesseln durchtrennen konnte.

***

In sich zusammengesunken saß Alexander Kallies auf seinem Stuhl im Verhörzimmer. Sina und Laura saßen ihm gegenüber auf der anderen Seite des Tisches. Sina hatte soeben die vor jedem Verhör vorgeschriebenen Formeln heruntergespult.

»Herr Kallies, Sie werden vernommen im Zusammenhang mit der Freiheitsberaubung an Niklas Schäfer sowie den Morden an Fabian Neumann und Luca Christensen. Sie haben ausdrücklich auf die Anwesenheit eines Rechtsbeistandes verzichtet.«

»Ja«, murmelte Kallies, »ich brauche keinen Anwalt.«

Sina warf ihrem Gegenüber einen prüfenden Blick zu, bevor sie fortfuhr. »Wir haben an der Leiche von Luca Christensen DNA-Spuren gefunden. Wir benötigen eine Probe von Ihnen, um diese DNA abzugleichen.«

»Das wird nicht nötig sein«, sagte Kallies mit leiser Stimme. »Ich war es. Ich habe die beiden getötet.«

Bei diesen Worten lief Sina ein Schauer den Rücken hinunter. Sie hatten den Fall gelöst, der sie noch vor Kurzem fast zur Verzweiflung getrieben hatte.

Sogar noch heute früh dachte ich, wir wären von der Aufklärung der Morde meilenweit entfernt.

»Dann erzählen Sie uns doch bitte, wie das Ganze ablief. Fangen wir ganz vorne an. Der Mord an Fabian Neumann vor knapp zwei Wochen in Flensburg. Warum haben Sie Neumann getötet?«

»Er hat mein Buch gestohlen«, sagte Alexander Kallies schlicht. »Es ist vier Jahre her, da habe ich eine dystopische Story geschrieben und illustriert. Ich kannte Fabian flüchtig von einer Comic Con. Damals war er schon veröffentlichter Verlagsautor, genau das, was ich mir auch so sehnlichst wünschte.«

Er hielt kurz inne. »Sonderlich erfolgreich war Fabian damals allerdings noch nicht. Er hatte mit seinem Co-Autor drei Graphic Novels veröffentlicht, aber die hatten mehr Kultstatus.«

Geistesabwesend fuhr Kallies sich mit einer Hand durch die Haare. »Aber er hatte einen Verlagsvertrag und ich wollte Tipps, wie ich das auch schaffen könnte.«

»Also haben Sie Neumann kontaktiert?«, fragte Sina nach. Sie erinnerte sich an die erste der E-Mails, die sich auf dem USB-Stick befunden hatte. Doch sie musste den Ablauf von Alexander Kallies selbst hören.

Kallies nickte, wirkte dabei geistesabwesend, so als sei er tief in die Vergangenheit eingetaucht und erlebe die damaligen Geschehnisse in Gedanken noch einmal. »Fabian hatte mir bei der Con seine E-Mail-Adresse gegeben. Als mein Buch fertig war, schrieb ich ihn an.«

Er seufzte. »Es dauerte eine Weile, doch Fabian antwortete und sagte, er sei gerne bereit, sich meine Story anzusehen und mir Feedback zu geben. Da machte ich den entscheidenden Fehler.«

Sein Blick richtete sich an Sina und Laura vorbei in die Ferne. »Ich habe ihm mein Buch geschickt. Ich war ja so naiv. Als er sich dann wenig später wieder meldete und mir mitteilte, weder Story noch Illustrationen seien gut genug, um mich damit bei Verlagen zu bewerben, war ich am Boden zerstört. Er sagte, ich müsse noch an mir arbeiten und wünschte mir viel Glück für die Zukunft.«

Kallies lachte auf. Es klang bitter. »Ich nahm mir diese Kritik so zu Herzen, dass ich genau das Gegenteil tat. Statt an mir zu arbeiten und mich zu verbessern, fand ich mich damit ab, dass es mit der Karriere als Graphic Novelist nichts wird. Ich blieb in meinem Job als Graphic Designer einer Werbeagentur und verdrängte meinen großen Traum.«

Sina verspürte angesichts dieser traurigen Geschichte fast so etwas wie Mitleid mit Kallies. »Das ist vier Jahre her, sagten Sie. *Die Dunkelheit erwacht* erschien vor beinahe zwei Jahren und bedeutete den großen Durchbruch für Neumann und Christensen. Warum haben Sie erst jetzt gehandelt?«

Nun endlich richtete Kallies seinen Blick direkt auf Sina. »Weil ich es nicht wusste. Nach der großen Enttäuschung habe ich mich vollkommen aus der Szene zurückgezogen. Ich ging nicht mehr zu Cons, ich las nicht einmal mehr Graphic Novels. Für mich war dieses Kapitel meines Lebens abgeschlossen. Aber dann ... Dann sah ich Ende letzten Jahres diese Werbeanzeige. Da wurde *Geheimnisse der Vergangenheit*, das neueste Werk von Neumann und Christensen groß angepriesen. Ich wurde neugierig, ging in einen Buchladen und blätterte ein wenig. Dabei fiel mir sofort auf, dass einige der Personen in *Geheimnisse der Vergangenheit* Ähnlichkeiten mit Charakteren aus meinem Buch hatten. Ich sah, dass es sich um den vierten Band einer Reihe handelte. Alle Bücher waren vorrätig, und zwar in großer Stückzahl. Es war offensichtlich, dass diese Reihe ein Riesenerfolg war. Ich kaufte Band eins, ging nach Hause und fing an zu lesen.«

»Und dabei stellten Sie Ähnlichkeiten zu ihrem eigenen Buch fest?«, fragte Sina.

Kallies verzog das Gesicht. »Ähnlichkeiten? Das war meine Story, von vorne bis hinten. Fabian hatte kaum etwas geändert. Der Scheißkerl hatte mich schlicht und einfach belogen, als er sagte, mein Buch sei nicht gut genug, um es Verlagen anzubieten.« Er ballte die Faust. »Er wollte es für sich selbst haben.«

»Was taten Sie dann? Sie sagten, das sei bereits Ende letzten Jahres gewesen?«

»Ich suchte die E-Mail-Adresse von Fabian heraus, die ich zum Glück noch gespeichert hatte. Ich schrieb ihm eine lange Nachricht, in der ich ihm erklärte, dass ich *Die Dunkelheit erwacht* gelesen hatte und ihn aufforderte, sich bei mir zu melden.« Alexander atmete tief durch. »Darauf kam natürlich keine Antwort. Ich schrieb noch eine E-Mail und suchte auch nach einer anderen Möglichkeit, Fabian zu kontaktieren. Ich überlegte auch, mich direkt an den Verlag zu wenden. Aber ich wollte erst wissen, was Fabian zu seinem Betrug zu sagen hatte.«

»Warum haben Sie sich nicht einfach einen Anwalt gesucht, der auf Urheberrecht spezialisiert ist?«, fragte Sina.

Kallies lachte humorlos auf. »Den hätte ich mir doch nicht leisten können. Außerdem konnte ich ja auch nicht beweisen, dass das Buch von mir ist. Die E-Mails, die ich damals mit Fabian austauschte, hatte ich längst gelöscht. Mein Manuskript hatte ich zwar noch, aber keinerlei Nachweis, wann ich es erstellt habe.«

Er verbarg das Gesicht in den Händen. »Ich weiß jetzt, wie dumm es war, Fabian zu vertrauen. Ich hätte mein Buch vorher irgendwo hinterlegen sollen, aber auf die Idee kam ich gar nicht.«

Er richtete sich wieder auf, fuhr sich mit der Hand über die Augen. »Also habe ich den Verlag nicht kontaktiert, sondern Fabian erneut angemailt. Ich setzte ihm ein Ultimatum, drohte ihm, mir einen Anwalt zu nehmen, wenn ich weiterhin nichts von ihm hören sollte. Das war natürlich nur eine leere Drohung, da ich ja wie gesagt weder Beweise noch Geld für einen Anwalt hatte. Da kam dann eine Antwort.«

Kallies biss sich auf die Lippe und verstummte.

»Wie lautete diese Antwort?«, fragte Sina.

Langsam und zittrig holte Alexander Kallies Luft. »Er schrieb, dass er keine Ahnung habe, wer ich sei und woher ich seine E-Mail-Adresse hätte. Er sei aber dennoch bereit, sich mit mir zu treffen, damit ich endlich aufhöre, ihn zu belästigen.« Er schluckte hart. »Dann schrieb er noch, er habe aber erst im Juni Zeit. Da war mir natürlich sofort klar, dass er mich nur hinhalten wollte.«

Sina erinnerte sich an die letzte entschlüsselte E-Mail, die sie am Vortag gelesen hatte. »Aber Sie brachten ihn dazu, sich früher mit Ihnen zu treffen?«

Alexander Kallies nickte. »Abends in der Flensburger Innenstadt. Er kam mit seinem Wagen, ließ mich einsteigen. Dann parkte er in einer ruhigen Nebenstraße.«

Kallies senkte den Kopf und fuhr im Flüsterton fort. »Das Schwein hat sich über mich lustig gemacht. Er wusste genau, dass ich nichts gegen ihn in der Hand habe.«

Sina räusperte sich. »Was geschah dann?«

Kallies' Gesichtszüge verhärteten sich. »Ich beschloss, dass ich die Sache auf anderem Wege klären würde. Vor Gericht konnte ich Fabian nicht zerren. Also musste eine andere Lösung her.«

Bei diesen Worten lief es Sina kalt den Rücken hinunter. *Lösung? Er bezeichnet einen Doppelmord als Lösung?*

Sie sah, wie Alexander Kallies die Hände langsam zu Fäusten ballte. »Wenn ich schon keine Chance darauf hatte, als Autor meines Buches genannt zu werden und die mir zustehenden Tantiemen zu erhalten, dann wollte ich wenigstens Rache.«

Nun war es an Sina, tief durchzuatmen. Das, was Alexander Kallies ihr da erzählte, fand sie zutiefst verstörend. »Aber warum Luca Christensen? Nach allem, was Sie uns bis jetzt erzählt haben, könnte es doch gut sein, dass er überhaupt nichts von dem Betrug wusste.«

Kallies sah Sina kalt an. »Das war mir egal. Sein Name stand neben dem von Fabian Neumann auf meinem Buch. Egal ob wissentlich oder unwissentlich, auch er hatte sich schuldig gemacht.«

Sina verschlug es fast den Atem.

Laura schien zu spüren, dass Sina eine kurze Atempause brauchte, und stellte die nächste Frage. »Wie ging es dann also weiter? Sie saßen mit Neumann in dessen Auto und dann?«

Aus schmalen Augen sah Alexander Kallies Laura an. »Ich versetzte ihm einen Handkantenschlag, der ihn ausknockte. Dann packte ich ihn in den Kofferraum und fuhr los. Als ich daheim ankam und in der Tiefgarage den Kofferraumdeckel öffnete, war er immer noch total benommen. Es war ein Leichtes, ihn zu fesseln und zu knebeln und in meine Wohnung zu schaffen.«

»Dort haben Sie dann die Bilder, die er ihnen gestohlen hatte, auf seinen Körper gemalt«, sagte Sina.

»Ganz genau.« Abschätzig verzog Kallies den Mund. »Als er in meinem Wohnzimmer aufwachte, nackt und gefesselt, nahm ich ihm kurz den Knebel ab. Da konnte er gar nicht genug quasseln. Flehte mich an, ihn gehen zu lassen, bot mir Geld an.« Er reckte das Kinn in die Luft. »Aber da war es zu spät. Das Geld hätte er mir nach meiner ersten E-Mail anbieten sollen.«

Sina schluckte die in ihr hochsteigende Übelkeit hinunter. Sie blickte auf ihre Notizen. »Wie ging es dann weiter?«

»Erst habe ich seine Vorderseite bemalt, gewartet, bis alles getrocknet war, dann habe ich ihn auf den Bauch gedreht und hinten weitergemacht. Ach ja, dann fiel mir auch noch ein, dass ich ihm ja die Haare abrasieren könnte. Also hab ich meinen Rasierapparat geholt.« Alexander Kallies spulte seine Aussage ab, als sei er ein Automat. Hatte er zu Beginn der Vernehmung noch so etwas wie Emotionen gezeigt, wirkte er jetzt kalt und unbeteiligt, als erzähle er von Taten, die er gar nicht selbst begangen hatte.

Wieder blätterte Sina in ihren Notizen, überflog noch einmal die letzte E-Mail, die Kallies an Fabian Neumann geschickt hatte und die dieser auf einem USB-Stick gespeichert und an seinen Co-Autor geschickt hatte.

»Hat Neumann Ihnen nicht erzählt, dass er, um sich zu schützen, Ihre E-Mails bei Christensen hinterlegt hatte?«

Kallies verzog das Gesicht. »Doch, hat er. Was denken Sie, warum ich mich sofort, noch bevor ich Neumann erledigt hatte, auf die Suche nach diesem Christensen gemacht habe?«

Er hob eine Hand, machte eine wegwerfende Bewegung. »Die Adresse fand ich in Fabians Handy, aber kaum hatte ich angefangen, Christensen zu observieren, machte der sich vom Acker und fuhr nach Sylt.«

Er zuckte mit den Achseln. »Hat ihm auch nichts genützt.«

Sina warf einen Blick zu Laura, die mit versteinertem Gesicht, den Blick auf Alexander Kallies geheftet, dasaß.

Sie ist wahrscheinlich genauso entsetzt wie ich über das, was wir hier zu hören bekommen.

»Sie haben also Luca Christensen umgebracht, weil Sie Angst hatten, er könnte Ihnen gefährlich werden?«, fragte Sina.

Kallies legte den Kopf schräg. »Nicht nur. Er war Fabians Mitautor. Er war genauso schuldig am Diebstahl meines geistigen Eigentums.«

Sina beschloss, Kallies erst später nach den Einzelheiten des Mordes an Christensen zu fragen. Vorher gab es einige andere Fragen, die sie klären wollte.

»Warum waren Sie bei der Trauerfeier und haben dort herumerzählt, Fabian hätte das Buch gestohlen?«

Verächtlich lachte Kallies auf. »Ich dachte, ich sehe nicht richtig, als ich diese Veranstaltung auf Facebook entdeckte. Die Leute, die so um Fabian und Luca trauerten, wollte ich mir mal näher ansehen. Als ich dann dort war und alle die beiden Diebe in den Himmel lobten und nur Gutes über sie erzählten, wollte ich da ein wenig gegensteuern. Ich wollte wenigstens ein paar von diesen Losern klarmachen, dass ihre beiden hochgelobten Helden nicht fehlerlos waren.«

Er verzog das Gesicht. »Dass dieser Niklas mich ausfindig machen würde, damit hatte ich natürlich nicht gerechnet.«

Offensichtlich nicht. Du scheinst dich für schlauer als alle anderen zu halten. Doch da hattest du dich getäuscht.

»Warum waren Sie denn überhaupt noch auf Sylt? Doch nicht wegen dieser Trauerfeier?«, stellte sie ihre nächste Frage.

»Doch, das war mit ein Grund. Der andere Grund war, dass ich nicht auffallen wollte. Da ich nicht wusste, wie lange es dauern würde, bis ich mir Luca schnappen könnte, hatte ich das Wohnmobil für zehn Tage gemietet.« Wieder zuckte er mit den Schultern. »Wenn ich früher abgereist wäre, hätte das verdächtig wirken können. Geld hätte ich nämlich keines zurückbekommen.«

Er faltete die Hände auf der Tischplatte. »Außerdem hatte ich gehofft, ich könnte noch zu Lucas Beerdigung gehen. Die Trauerfeier war schon toll. An dem Abend konnte ich meinen Erfolg so richtig genießen. Das wollte ich bei der Beerdigung wiederholen.«

Sina musste sich mit aller Macht zusammenreißen, um einen halbwegs neutralen Gesichtsausdruck beizubehalten. Doch in ihrem Inneren kochte es.

Wenigstens das hast du nicht geschafft. Du gehst so schnell zu keiner Beerdigung mehr. Weder zu der von Luca noch zu der von Fabian.

Epilog

»Grüße Sven von mir, wenn du ihn das nächste Mal siehst. Ich hoffe, er ist bald wieder ganz fit.«

Laura lehnte in der Tür zu Sinas Büro. Die Kombination aus dunkelblauen Stoffhosen und dezentem Jackett, die sie in den vergangenen Tagen während der Ermittlungsarbeiten getragen hatte, hatte sie gegen Jeans, T-Shirt und Lederjacke getauscht. Außerdem funkelten Piercings in ihrer Augenbraue und ihrem Nasenflügel.

»Mach ich. Ich bin mir sicher, dass er bald wieder ganz der Alte ist. Er ist schließlich hochmotiviert, so schnell wie möglich gesund zu werden, damit er an dem Kitesurf-Wettbewerb im August teilnehmen kann.«

Laura lachte. »Da muss er sich aber wirklich ranhalten, wenn er bald wieder trainieren will.«

»Allerdings.« Auch Sina lachte. »Ich werde ihn nachher besuchen.« Sie deutete auf die Aktenstapel auf ihrem Schreibtisch. »Sobald ich den ganzen Papierkram hier abgelegt habe.«

Sina musterte Laura, die in ihrem privaten Outfit ganz anders wirkte. Viel jünger und entspannter.

Gut, dass sie entspannter wirkt, liegt daran, dass der Fall gelöst ist. Ich bin ja seit gestern auch viel lockerer.

»Vielen Dank für deine Hilfe. Ich hätte nicht gewusst, was ich ohne dich tun soll«, sagte sie.

Laura winkte ab. »Das ist mein Job. Oder vielmehr - war mein Job.« Sie grinste über das ganze Gesicht.

»Du machst also wirklich Ernst?«

Laura stieß sich mit der Schulter vom Türrahmen

ab. »Ja, ich bin nur noch bis Ende des Monats im Dienst. Ich habe aber ein paar Urlaubstage übrig, die ich nehmen werde.«

»Dann bleibt mir wohl nur noch, dir viel Glück zu wünschen. Hoffentlich kommen gleich viele Aufträge rein.«

Laura zog ihren Autoschlüssel aus der Jackentasche und wandte sich zum Gehen. »Meine Mutter ist schon fleißig mit der Akquise beschäftigt. Die ist in letzter Zeit richtig aufgeblüht.«

»Klingt gut«, meinte Sina. »Komm gut heim, gute Fahrt.«

»Danke. Euch wünsche ich einen ruhigen Sommer. Dann kann sich auch Sven in Ruhe auf seinen Wettbewerb vorbereiten.«

Lächelnd sah Sina Laura hinterher.

Ein ruhiger Sommer, das ist genau das, was ich mir nach der Aufregung der letzten Woche wünsche.

Sie wandte sich wieder den Papierstapeln auf ihrem Schreibtisch zu.

Natürlich konnte sie nicht ahnen, dass der Sylter Sommer dieses Jahr alles andere als ruhig werden würde.

Sina und ihren Kollegen stand ein tödlicher Sommer bevor.

***

Syltcr Fchdc: Tödlichc Wcllcn, dcr 11. Krimi mit Sina Marten, ist als e-Book bereits vorbestellbar: https://www.amazon.de/dp/B0CW99PJM7

Ebenfalls bereits vorbestellbar ist **Gefährliche Einmischung: Die tote Geliebte**, der 1. Band der

Serie **Laura Jacobs ermittelt in Flensburg**. Wenn Sie wissen möchten, wie es mit Laura weitergeht, folgen Sie diesem Link:
https://www.amazon.de/dp/B0D6Z9CCLH

Falls Sie Sinas und Lauras Fälle in Kindle Unlimited lesen möchten, folgen Sie der Autorin auf Amazon, um informiert zu werden, sobald das nächste Buch erscheint.

Über die Autorin

Mara Tamen ist das Pseudonym einer in Deutschland geborenen, mittlerweile im Ausland lebenden Autorin.
Normalerweise in anderen Genres unterwegs, schreibt sie als Mara Tamen kurzweilige Krimis mit Wohlfühlfaktor, die in ihrer liebsten Urlaubsregion spielen: Strandlektüre, wie Mara selbst sie am liebsten liest.

Die Reihe Sina Marten ermittelt wird fortgesetzt.

Bisher erschienen:
Sylter Geheimnis: Die unbekannte Tote (Sina Marten ermittelt 1):
https://www.amazon.de/dp/B09QVZ3Q1S

Sylter Verhängnis: Tödliches Theater (Sina Marten ermittelt 2):
https://www.amazon.de/dp/B09SXXCR7Z

Sylter Schatten: Die verlorene Braut (Sina Marten ermittelt 3):
https://www.amazon.de/dp/B0B5M2BYHH

Sylter Schmerz: Geheimes Grab (Sina Marten ermittelt 4): https://www.amazon.de/dp/B0BHXK2PDX

Sylter Zorn: Mord in Hörnum (Sina Marten ermittelt 5): https://www.amazon.de/dp/B0BQT8KXYH

Sylter Flammen: Brennende Schuld (Sina Marten ermittelt 6):

https://www.amazon.de/dp/B0BZ5W3HLV

Sylter Abgrund: Mörderische Beziehungen (Sina Marten ermittelt 7):
https://www.amazon.de/dp/B0C97QLP97

Sylter Schweigen: Tod am Morsum-Kliff (Sina Marten ermittelt 8):
https://www.amazon.de/dp/B0CJ8M5LNF

Sylter Wahn: Todbringende Lügen (Sina Marten ermittelt 9):
https://www.amazon.de/dp/B0CQQDK1G9

Um informiert zu bleiben, folgen Sie der Autorin auf Amazon (auf den gelben Folgen-Button unter dem Profilbild klicken): https://www.amazon.de/Mara-Tamen/e/B09R2D131D oder auf Facebook:
https://www.facebook.com/MaraTamenKrimi

Sylter Rätsel: Die illustrierte Leiche (Sina Marten ermittelt 10), deutsche Erstveröffentlichung 2024

Covermotiv: TasfotoNL/Shutterstock.com

Impressumanschrift:
c/o Block Services
Stuttgarter Str. 106
70736 Fellbach

Printed in Poland
by Amazon Fulfillment
Poland Sp. z o.o., Wrocław

49911771R00141